KNÖPFE UND FESSELN

KNÖPFE EINS

PENELOPE SKY

Knöpfe und Fesseln

Für Kris Kendall

Ich kam zu dir auf der Suche nach einem Herausgeber und stattdessen habe ich eine Freundin fürs Leben gefunden. Ich würde ohne dich nicht hier sein, und ich werde mich niemals genug für deine Unterstützung bedanken können.

KAPITEL EINS

Pearl

Der Winter tobte in New York City. Eine kolossale Naturgewalt wehte Schnee gegen die Wolkenkratzer und verteilte eisige Küsse in den Straßen. Der Weihnachtsbaum im Rockefeller Center ragte immer noch hoch und stolz auf, aber er verschwand rasch unter einer weißen Schneedecke.

Der Baum stand im Wohnzimmer, eine weiße Lichterkette wand sich um ihn. Ich bestand immer auf einem echten Baum in der Wohnung. Der Pinienduft aus den großen Wäldern erweckte die Feiertage erst richtig zum Leben. Es lagen Piniennadeln überall auf dem Boden und es war schwierig sie alle aufzufegen, aber die Mühe war es wert.

Ich hielt den Weihnachtsbaumschmuck in meiner Hand und überlegte, wo ich ihn aufhängen sollte. Er war schlampig rot lackiert und in der Mitte war ein Bild. Es war Jacob, als er acht Jahre alt war. Er hatte ihn in der Schule gemacht und ihn mitgenommen, als er bei seinen Eltern ausgezogen war.

Weihnachten war für mich schwierig zu verstehen, denn ich hatte es nie wirklich gefeiert. Ich war in einem Waisenhaus aufgewachsen, und das eine Mal, das ich adoptiert worden war, hatten meine Pflegeeltern mich schnell wieder zurückgebracht, als sie realisierten, dass ein weiteres Kind zu haben, eine zu große finanzielle Belastung war. Es waren nur noch ein paar Tage bis Weihnachten.

Ein Klopfen ertönte an der Tür und meine Finger ließen fast die Christbaumkugel fallen. Wenn sie zu Boden gefallen und zersplittert wäre, hätte ich mir das niemals verzeihen können. Jacob liebte seine Kindheitserinnerungen. Er hatte zwei Eltern, die ihn liebten und vergötterten, und eine Schwester, mit der er sich bei jeder sich bietenden Gelegenheit stritt.

Ich legte die Kugel zurück in die Schachtel und öffnete danndie Tür. Ein Mann in einer schwarzen Lederjacke stand vor der Tür. Sein langes, schwarzes Haar glänzte und seine buschigen Augenbrauen ließen ihn respekteinflößend aussehen. Derschmelzende Schnee von draußen ließ die Lederstiefel an seinen Füßen glänzen.

Er kam in die Wohnung, so als ob sie ihm gehören würde. "Wo ist Jacob?"

"Hey, Moment mal. "Ich legte meine Hand auf seine Brust und schob ihn zurück. "Ich habe Sie nicht hereingebeten. Also bleiben Sie gefälligst vor der Tür stehen. "Ich deute mit meiner Zehenspitze auf die metallene Türschwelle, die den Flur von meiner Wohnung trennte.

Seine Augenbrauen wurden noch buschiger, als er seine Stirn runzelte.

"Also, wie kann ich Ihnen helfen?"Ich kannte diesen Typen nicht, aber er schien Jacob zu kennen.

"Ich möchte zu Jacob. "

"Er ist im Moment nicht hier. Wer sind Sie?"

"Er ist nicht hier. So ein Quatsch. "Er hatte einen starken Akzent, vermutlich italienisch. "Ich weiß, dass er da ist. Sag ihm, er soll rauskommen, oder ich werde ihn rausholen. "

"Er ist wirklich nicht hier", sagte ich verärgert. "Er ist bei der Arbeit. Worum geht es?"

"Das geht dich nichts an. "Er warf mir einen finsteren Blick zu, dann trat er zurück. "Er bezahlt besser. Er kann nicht für immer davonrennen. "

"Bezahlt was?"Ich streckte meinen Kopf zur Tür heraus, sodass ich ihn davongehen sehen konnte.

"Sag ihm einfach, er soll seine Schulden bezahlen, oder er wird mit seinem Leben dafür bezahlen. Ganz einfach. "Er ging weiter, beim Sprechen nicht langsamer werdend. Dann war er verschwunden.

Ich ging zurück in die Wohnung und schloss die Tür hinter mir. Jacob schuldete jemand Geld?Wofür? Für sein Studium? Er hatte mir gesagt, dass er vor einem Jahr alles abbezahlt hatte.

Es sei denn, er hatte gelogen.

Jacob kam eine Stunde später als üblich von der Arbeit nach Hause. Er blickte den Baum an, aber er sagte nichts über die Lichter und den Schmuck. Er warf seine Tasche auf den Tresen und nahm sich ein Bier aus dem Kühlschrank.

Er schien meine Anwesenheit gar nicht zur Kenntnis zu nehmen. "Ähm, hallo?"

Er öffnete die Bierflasche und trank sie in einem Zug halb leer.

Jacob und ich waren in den letzten Wochen nicht mehr so wie früher gewesen. Er küsste mich nicht, wenn er von der Arbeit nach Hause kam. Wir hatten selten Sex, und wenn doch einmal, dann war er schnell damit fertig und rollte sich von mir. Obwohl wir zusammenlebten, war er niemals wirklich richtig anwesend. Jedes Mal, wenn ich ihn fragte, sagte er mir, dass alles in Ordnung sei. "Hi. "

Ich hatte langsam die Nase voll von seinem miesen Benehmen. Ich hatte noch nie viel Geduld mit Menschen gehabt, wenn es um schlechte Launen oder schlechtes Benehmen ging. Menschen mussten einfach damit klarkommen, was immer sie bedrückte, und dann weitermachen. Wenn er sich einbildete, dass er eine harte Zeit durchgemacht hatte, war mein Lebenviel schlimmer gewesen. "Jacob, was ist dein Problem?"

Als Antwort nahm er einen weiteren Schluck von seinem Bier.

"Du bist wie ein Zombie, wenn du nach Hause kommst. Wir haben keinen Sex und—"

"Ich wurde gefeuert. "Er trank das Bier aus und warf die leere Flasche ins Spülbecken. Sie schepperte laut im Becken herum, bis sie schließlich am Abfluss zum Liegen kam. Er hielt sich am Rand des Spülbeckens fest. Sein dicker Wintermantel war mit Schnee bedeckt.

Ich machte meinen Mund zu, als ich seine Worte verdaute. Es erklärte sein heutiges Verhalten, als er nach Hause gekommen war, aber es erklärte nicht, warum er den ganzen Monat so verschlossen gewesen war. Aber jetzt war nicht der Zeitpunkt, um Fragen zu stellen.

Er griff sich ein weiteres Bier aus dem Kühlschrank

und machte es auf. "Ich gehe duschen. "Er trank die Flasche leer und warf sie dann ebenfalls ins Spülbecken. Diesmal zerbrach die Flasche und überall lagen Glasscherben herum. Er verließ die Küche und ging in den Flur.

"Möchtest du darüber sprechen?"Ich hatte den seltsamen Mann vergessen, der vorhin zur Wohnung gekommen war. Aber angesichts Jacobs schlechter Laune schien das nicht mehr wichtig zu sein. Und jetzt wäre ein sehr schlechter Zeitpunkt gewesen, es zu erwähnen.

Er drehte sich nicht um. Sein Rücken war mir zugewandt, seine Schultern waren breit und kräftig. Aber selbst von hinten sah er aus wie ein Mann, der nichts hatte, woran er glaubte. Hoffnungslosigkeit strahlte wie Radioaktivität von ihm aus. Sie schien alles in seiner Umgebung zu verseuchen. "Nein. "

Eine Woche verging und Jacob blieb jeden Tag zuhause. Er versuchte nicht, einen neuen Job zu finden. Er saß den ganzen Tag vor dem Fernseher und trank Bier. Seine schlanke Statur würde sich schnell zu einem Mann mit Bierbauch verändern, wenn er so weitermachte.

Ich war Ingenieurin und arbeitete für die Stadt. Mein

Job war es, Baustellen in der Umgebung zu organisieren. Erst vor sechs Monaten hatte ich an einem Projekt zur Reparatur einer der Brücken gearbeitet. Die meiste Zeit arbeitete ich während des Tages, aber manchmal musste ich auch abends zur Arbeit gehen.

Als ich an diesem Abend nach Hause kam, konnte ich meine Verärgerung nur mühsam beherrschen. Jacob hatte die Wohnung in eine Müllhalde verwandelt. Das Spülbecken war voller Bierflaschen und der Abfall quoll aus dem Mülleimer und lag neben ihm auf dem Boden. Er nahm mich nicht zur Kenntnis, als ich in die Wohnung kam.

Er nahm mich niemals zur Kenntnis.

"Für den Fall, dass du es nicht gewusst hast, das Spülbecken ist kein Mülleimer. "Ich räumte seinen Müll nach einem langen, anstrengenden Tag bei der Arbeit weg und schluckte die harschen Worte herunter, die ich sagen wollte.

"Tut mir leid...Ich wollte den Müll noch rausbringen. "

Ich wechselte die Mülltüte und warf die volle in den Müllschlucker am Ende des Flurs. Als ich zurückkam, hatte Jacob seinen Arsch immer noch nicht hochbekommen, um mich zu begrüßen. Anstatt darauf zu warten, machte ich den Kühlschrank auf und schaute nach etwas zu essen. In beschrifteter Tupperware waren Mahlzeiten für Jacob—zubereitet von seiner Mutter.

Ich hasste sie manchmal wirklich.

Er war absolut in der Lage, sich selber etwas zu kochen, wenn er denn nur seinen Arsch von der Couch bewegen wollen würde. Wenn er eine schwere Zeit durchmachte, dann half sie ihm, was ihn noch fauler machte, als er es bereits war.

Es war jetzt lange genug so gelaufen. "Jacob, ein komischer Typ kam vor ein paar Tagen hierher. Er sagte, du schuldest ihm Geld oder so etwas. "

Jacob reagierte überhaupt nicht. Die einzige Bewegung, die er machte, war mit seinen Augen. Aber sie blickten fast sofort wieder zurück zum Fernseher, als ob diese Sache nicht wichtig wäre. "Ich habe Poker gespielt und ich hatte nicht genug Bargeld dabei. "

"Du hast ihn also bezahlt?"

"Ja, ist alles geklärt. "

Meine Intuition sagte mir, dass er log. Meine Jugend auf der Straße zu verbringen und ein Waisenhaus zu überleben, hatte mich gelehrt, Menschen sehr gut lesen zu können. "Es hat aber so geklungen, als würdest du ihm eine Menge Geld schulden. "Der Typ war einsneunzig groß und hatte kräftig ausgesehen. Er sah nicht aus wie die Art Menschen, mit denen Jacob normalerweise etwas zu tun hatte.

Er seufzte, aber seine Augen blieben weiterhin auf den Fernseher gerichtet. "Ich hab dir doch gesagt, ich habe mich darum gekümmert. "

Ich stemmte meine Hände in meine Hüften und ging weiter ins Wohnzimmer hinein. "Sagst du mir wirklich alles?"

Jacob setzte sich auf und rollte seine Augen. "Würdest du mich bitte in Ruhe lassen? Ich habe gerade meinen Job verloren und du nörgelst herum. Ich hasse es, wenn du das tust. "Er warf die Fernbedienung auf den Couchtisch und stürmte zur Wohnungstür.

"Ich nörgle nicht. "Ich folgte ihm. "Aber ich habe das Gefühl, dass du mir nicht alles erzählst. "

Er nahm seine Jacke und ging zur Tür hinaus. "Ich habe dir alles erzählt. Du bist diejenige, die paranoid ist. "

Wochen vergingen und nichts änderte sich.

Jacob blieb weiterhin in Depressionen versunken, sich vor der Realität abschottend. Er fuhr fort, die Wohnung in ein Chaos zu verwandeln. Dreckiges Geschirr stapelte sich im Spülbecken und der Mülleimer stank nach Essensresten.

Trotz meiner Verärgerung hielt ich meinen Mund.

Wir hatten während der ganzen Zeit nicht einmal Sex. Die Dauer unserer Abstinenz erreichte zwei Monate. Ich war nicht sexsüchtig, aber ich musste regelmäßig einen Orgasmus haben. Ansonsten wurde ich sehr mürrisch. Die Tatsache, dass Jacob mich nicht wollte, irritierte mich. Wir schliefen im gleichen Bett, aber er lag einfach nur auf seiner Seite. Und ich auf meiner.

Als ich eines Tages von der Arbeit nach Hause kam, hatte sich etwas verändert. Die Wohnung war sauber und der Fernseher lief nicht. Jacob hatte sich nicht mit einem Bier in der Hand vor sich aufs Sofa gepflanzt.

"Jacob?"

Er kam durch den Flur, eine Tasche über seiner Schulter hängend. "Hey, Baby. "Er hatte ein Lächeln im Gesicht, das erste, das ich seit langer Zeit gesehen hatte.

Und er hatte mich Baby genannt.

Er legte einen Arm um mich und küsste mich auf die Wange.

Wow, was ging hier vor sich?"Warum bist du so gut gelaunt?"

"Ich habe einen Job. "

"Oh, das ist toll. "*Gott sei Dank.* Ich hatte die Nase voll davon, ihn nur rumsitzen und fett werden zu sehen. Es gab mehr Arbeit im Haushalt für mich, und die Wohnung wurde langsam aber sicher zu einem unbewohnbaren Ort. "Das freut mich für dich. Was für ein Job ist das?"

"Ich bin der neue Kontendirektor einer Investmentfirma. "

"Oh...toller Titel. "

"Ich fange am Montag an. "

"Das ist großartig. Du hast das verdient. "

"Die Bezahlung ist sehr gut und es gibt auch einen Bonus. "

"Noch besser. "Ich betrachtete die Reisetasche in seiner Hand. "Wofür ist die?"

"Nun, ich dachte, wir könnten zusammen in Urlaub fahren, bevor ich mit der Arbeit anfange. "

Urlaub? Wow. Ich mochte wirklich diese neue Seite an ihm. "Für Urlaub bin ich immer zu haben. "

"Wie wäre es mit den Bahamas? Da ist tolles Wetter im Winter und die Flüge sind ziemlich preiswert. "

Irgendwohin in Urlaub zu fahren, klang für mich perfekt. Jacob und ich waren seit einem Jahr nirgendwo mehr hingefahren. Unser letzter Urlaub war in Florida gewesen, aber das schien schon eine Ewigkeit her zu sein. "Die Bahamas?"Ich konnte meine Aufregung nicht verbergen. "Wirklich?"

"Ja. "Seine Augen sahen endlich wieder lebendig aus. Er war lebhaft und glücklich. Es war ein krasser Kontrast zu dem leblosen Mann, der in den letzten Wochen in unserer Wohnung herumgegeistert war. "Wir werden ein paar Inseln besuchen. Der erste Stopp ist St. Thomas. "

Ich warf mich in seine Arme und schlang meinen Körper um seinen. "Das wird toll werden. "

Seine Arme legten sich um meinen Körper und er

zog mich dicht an sich heran. Er reagierte sofort auf mich und seine Lippen fanden meine. Es war der erste Kuss seit Wochen. Und er fühlte sich gut an—genauso wie früher.

Seine Arme hoben mich hoch und er trug mich in unser kleines Schlafzimmer. Kleidung wurde zu Boden geworfen und unsere nackten Körper umschlangen einander. Nur einen Moment später war er in mir und wir bewegten uns ausgehungert und gierig im Bett. Ich hatte solange schon keinen Sex mehr gehabt, dass ich wusste, ich würde sofort kommen. Es hatte nichts mit dem zu tun, was er tat. Ich war einfach so ausgehungert und angespannt. Und ich hatte recht. Ich hatte endlich einen Orgasmus, der meine Anspannung löste und alle düsteren Gefühle vertrieb. Es war das, was ich nach all diesen Wochen in der Hölle brauchte.

Es war genau das, was ich brauchte.

KAPITEL ZWEI

Pearl

Die Hotelanlage war wunderschön. Unsere Drinks waren immer voll. Der Sand fühlte sich herrlich unter unseren bloßen Füßen an. Die Sonnenuntergänge waren noch schöner als die Sonnenaufgänge. Es war perfekt. Es war alles, was ich mir jemals hätte wünschen können.

Es war auch eine perfekte Gelegenheit für Jacob und mich, unsere eingefrorene Beziehung wieder zum Leben zu erwecken. Als wir erstmals zusammengezogen waren, waren wir beide unsterblich ineinander verliebt gewesen. Wir waren eines dieser Paare, die nicht voneinander loskommen konnten. Aber im Laufe der

Zeit verschwand die Romantik und wir wurden zu zwei Menschen, die sich eine Wohnung teilten. Der Sex war mittelmäßig—im besten Falle. Ich hatte Jacob ein paarmal beim Masturbieren im Bad erwischt. Ich tat so, als ob ich nur ein wenig beleidigt wäre.

Aber vielleicht würde sich bei diesem Urlaub alles wieder zum Guten wenden.

Der Sex war niemals so wie der in Liebesromanen. Wo der Mann tatsächlich wusste, was er tat und wie er eine Frau zum Orgasmus brachte. Aber wenn ich meine Klitoris während dem Sex rieb, dann funktionierte es meistens. Ich würde mich nicht darüber beschweren, dass er mich nicht selber dazu bringen konnte, zu kommen. Zumindest hatte ich Sex.

Wir blieben die meiste Zeit im Hotel. Es gab dort alles, was wir brauchten, denn es war alles im Preis inbegriffen. Wir bekamen unbegrenzt Cocktails und Essen, und natürlich unbegrenzten Sonnenschein.

"Ich habe eine Reservierung für uns in einem Restaurant in der Nähe des Hafens gemacht. Es klang gut. "

"Außerhalb der Hotelanlage?", fragte ich.

"Ja. "Er knöpfte sein Hemd ganz zu, obwohl es draußen siebenundzwanzig Grad waren und es schwül war. "Es hat tolle Bewertungen bekommen. Es ist in der Nähe der Anlegestelle, wo all die Kreuzfahrtschiffe anlegen. Ich habe noch niemals eines aus der Nähe gesehen. Das wird bestimmt cool. "

Ich hatte immer nur Schlechtes über den Hafen gehört. Dort legten die Touristenschiffe an und Massen an Touristen gingen an Land. Und dort trieben sich auch Bettler und Taschendiebe rum, um den Menschen ihr Geld abzunehmen. Es war im Prinzip eine Touristenfalle.

"Ich freu mich drauf. "Er schenkte mir ein Lächeln, bevor er sich selber im Spiegel ansah.

Da er sich so darauf freute, beschloss ich meine Bedenken für mich zu behalten. Wir würden zusammenbleiben und alles würde gut sein. Ich würde meinen Reisepass und meinen Führerschein im Hotel lassen, sodass sie mir niemand klauen könnte. Wenn jemand wirklich Geld wollte, was machte das aus. Es war nur Geld. "Ich mich auch. "

Jacob wollte kein Geld für ein Taxi ausgeben, also gingen wir zu Fuß zum Restaurant. Ich hielt das für eine dumme Idee, aber er sagte, dass es kein Problem sein würde. Ein wenig Bewegung und ein paar Kalorien zu verbrennen, war natürlich nichts Falsches, aber ich hätte aus Gründen der Bequemlichkeit einfach ein paar Dollar mehr ausgegeben.

Hand in Hand gehend, kamen wir ohne Probleme beim Restaurant an und hatten ein schönes Abendessen. Wir hatten einen Tisch in der Nähe des Fensters, sodass wir die Schiffe im Hafen sehen konnten. Palmen schwangen sanft im Wind und das Mondlicht spiegelte sich glitzernd im Wasser.

Das Restaurant war auf Fisch und Meeresfrüchte spezialisiert, was eine meiner Lieblingsspeisen war. Ich bestellte Mahi Mahi, zusammen mit einem Glas Wein, den der Ober mir empfohlen hatte. Jacob bestellte sich einen Teller mit Meeresfrüchten und natürlich Calamares. Es war sein Lieblingsessen. Wenn es das in irgendeinem Restaurant gab, dann bestellte er es immer.

Die Kerze in der Tischmitte flackerte und schuf eine romantische Aura in dem schwach beleuchteten Restaurant. Andere Paare saßen an den Tischen um uns herum, ihren Urlaub genießend, genau wie wir. Unsere Beziehung hatte sich in den letzten paar Tagen verändert, und ich konnte das in der Luft spüren. Wir waren uns wieder nähergekommen und unsere Freundschaft blühte wieder auf. Eine Weile lang hatte ich den Glauben an unsere Beziehung verloren, aber jetzt fing ich an, wieder an sie zu glauben.

Jacob war nicht mehr so entspannt, wie er es vor wenigen Augenblicken noch gewesen war. Er fing an, auf seinem Stuhl herumzurutschen, sich an sein Haar zu fassen und auf seine Uhr zu blicken. Er schaute fünfmal innerhalb von zwei Minuten auf seine Uhr.

"Musst du irgendwo hin?", neckte ich ihn.

"Was?", fragte er, erschrocken zusammenzuckend.

"Du schaust dauernd auf deine Uhr…"Ich deute auf sein Handgelenk.

"Oh. "Er nahm seine Hand vom Tisch, sodass ich sie nicht mehr sehen konnte. "Wir sind im Urlaub. Ich weiß nicht, warum ich überhaupt meine Armbanduhr mitgenommen habe. "Er kicherte seltsam und dann musste er husten. Er nahm seinen Wein und trank ihn wie Wasser.

Ich hob eine Augenbraue, unschlüssig, warum er sich so komisch benahm. "Bist du sicher, dass es dir gut geht?"

"Ja. "Er räusperte sich und blickte sich dann im Restaurant um.

Wollte er mir einen Antrag machen?Konnte das sein? Er war die letzten Wochen so abweisend gewesen, dass ich mir nicht sicher war, dass er es tun könnte. Unsere Beziehung war in einer tiefen Krise gewesen. Wenn ich das bemerkt hatte, dann er sicherlich auch. Aber warum würde er sich sonst so komisch verhalten?

Als wir schließlich mit dem Abendessen fertig waren, war

es draußen komplett dunkel geworden. Das letzte Blau des Himmels war verschwunden. Die roten und orangen Wolken des Sonnenuntergangs waren unter einer Decke aus Finsternis verschwunden. Das Wasser war jetzt eine endlose schwarze Fläche, die sich ins Nichts erstreckte.

Jacob bezahlte das Essen und Hand in Hand verließen wir das Restaurant. Ich wollte so schnell wie möglich zurück zum Hotel und dachte, es wäre das Beste, ein Taxi zu rufen. Durch die Dunkelheit zu laufen war dumm, auch wenn wir zu zweit waren.

"Ich werde ein Taxi rufen. "Ich zog mein Handy aus der Tasche.

"Warte. "Er zog mich dichter zum Hafenbecken, in dem die riesigen Schiffe vor Anker lagen. "Lass uns die Schiffe ansehen. "

"Ich denke nicht, dass wir da einfach hingehen dürfen. "

"Wir werden ja nicht auf die Schiffe gehen", sagte er mit einem Lachen. "Wir schauen sie uns nur an. "

"Äh...Ich denke, wir sollten trotzdem nicht irgendwo hingehen, wo wir nicht sein sollten. "Ich hob wieder mein Handy. "Lass mich einfach ein Taxi rufen. "

Er drückte meine Hand herunter, sodass ich das Display nicht mehr sehen konnte. "Ruf das Taxi später. Komm schon, ich möchte die Schiffe sehen. "Er nahm wieder meine Hand und zog mich mit sich fort.

Da er in so einer guten Stimmung war, und ich nicht die Fortschritte ruinieren wollte, die wir gemacht hatten, folgte ich ihm einfach. "Ich wusste nicht, dass dich Schiffe so sehr interessieren. Wir haben auch einen Hafen in New York, weißt du. "

"Ja, aber der riecht scheußlich. Wie alte Fische. Hier ist alles sauber. Es riecht immer nach Palmen. " Er stoppte bei jedem Schiff, betrachtete es von der Seite und schaute sich die Schiffsnamen an. ""Vielleicht können wir ja mal irgendwann eine Schifffahrt machen. "

"Vielleicht. "Oder einen Jetski mieten. Die sahen nach Spaß aus.

Er zog mich weiter mit sich in die Docks, weg von der Promenade und den Laternen. Wir waren jetzt nur noch von Dunkelheit umgeben, und ich spürte, wie mir ein Schaudern über den Rücken fuhr. Es hatte nichts mit dem Wetter zu tun, denn es war immer noch schwülwarm. "Jacob, ich denke, dass wir jetzt zurückgehen sollten. "

"Wow. Siehst du das Marineschiff da vorne? Denkst du, es ist ein amerikanisches Schiff?"

"Äh..."Auch als ich meine Augen zusammenkniff, konnte ich es nicht genau erkennen. "Vermutlich. Aber lass uns jetzt gehen. "

"Ach, komm schon. "Er zog mich hinter sich her. "Es

gibt nichts, wovor du Angst haben musst. Du hast doch mich. "

"Ja. "Würde das genug sein, um einen Obdachlosen mit einem Messer zu stoppen?"Das bedeutet nicht, dass ich blindlings in die Gefahr laufen sollte, als wäre ich unverwundbar. "

"Entspann dich, Pearl. "Er drückte meine Hand, so fest, dass sie fast taub wurde. Wir erreichten das große Marineschiff und starrten es mit großen Augen an. "Wow. Das ist so was von cool. "

"Weißt du, wir könnten auch während des Tages zurückkommen, dann könntest du es besser sehen. "Ich konnte den Anblick der Schiffe nicht genießen, da ich zu paranoid war. Ich blickte immer wieder über meine Schulter, aus Angst, dass sich irgendwer aus der Dunkelheit anschlich. Es war eine kindische Angst, aber ich konnte das Gefühl nicht abschütteln, dass uns jemand beobachtete.

"Ich frage mich, ob dieses Schiff noch im Einsatz ist oder ob es ausgemustert wurde. "

Ich hörte ein knirschendes Geräusch hinter mir, wie ein schwerer Stiefel, der auf Plastik trat. Ich hätte schwören können, dass ich es gehört hatte. Vielleicht spielte mein Gehirn mir Streiche und meine Angst kontrollierte meine Sinne. "Jacob, hast du das gehört?"

"Was gehört?", fragte er.

Ich blickte über meine Schulter, aber ich sah nichts

außer Finsternis. "Lass uns gehen. Ich will nicht—" Ein schwarzer Sack wurde mir über den Kopf gestülpt und schmerzhaft an meinem Hals zugezogen. Ich konnte nichts mehr sehen und brach sofort in Panik aus. "Ahh!"Ich schlug mit meinen Armen um mich und versuchte, meinen Angreifer abzuwehren. Ich spürte einen muskulösen Arm um meine Schultern, der mich festhielt, während der Sack über meinem Kopf zugebunden wurde. "Lass mich los!"

"Pearl!"Ich hörte Jacobs verzweifelte Stimme aus der Ferne rufen. Er schrie auf, als ihn jemand schlug, und ich hörte das Geräusch eines schweren Körpers, der auf die Holzplanken des Bootsstegs fiel.

"Jacob!"Trotz meiner eigenen Situation, machte ich mir Sorgen um seine Sicherheit. "Jacob!"

Eine furchteinflößende und fremd klingende Stimme erklang neben meinem Ohr. "Bringt die Schlampe zum Schweigen. "

Ich trat um mich und rammte meinen Absatz auf den Schuh des Mannes.

"Fuck!"Er schüttelte mich grob durch und warf mich dann zu Boden. "Miststück. "

Ich versuchte wieder auf die Beine zu kommen, um davonzurennen, aber ein schwerer Körper warf sich auf mich. "Lass mich los, Arschloch!"Plötzlich spürte ich, wie eine Nadel in meinen Hals eindrang und dann wurde mir irgendetwas injiziert.

Gleich darauf fühlte ich mich benommen. Ich versuchte meine Arme zu bewegen, aber sie wollten mir nicht gehorchen. Mein Kopf lag auf dem Boden und unter der Kapuze wurden meine Augen schwer. Ich konnte meine Beine nicht mehr spüren und mein Körper fiel langsam in einen tiefen Schlaf. "Nein...Jacob. "Ich kämpfte gegen die Benommenheit an, aber es war hoffnungslos. Sie ergriff Besitz von mir und zwang mich, einfach alles geschehen zu lassen.

KAPITEL DREI

Pearl

Mein Körper wurde von den ständigen Bewegungen hin und her gerollt. Ich rollte auf meinen Bauch und dann zurück, in einem gleichmäßigen Rhythmus. Das Geräusch von Wasser, das gegen eine harte Oberfläche schlug, drang aus der Ferne an meine Ohren.

Ich war zurück im Hotel und hörte durch das Fenster, wie die Wellen auf den Strand krachten. Das Sonnenlicht begrüßte mich und sagte mir, ich solle aufstehen und einen wunderschönen Tag genießen. Ich konnte den Margarita auf meiner Zunge schmecken, ohne einen Schluck von ihm genommen zu haben.

Aber dann traf mich die harsche Realität.

Das Letzte, woran ich mich erinnerte, war, dass ich mit dem Gesicht nach unten in den Docks lag, und dass Jacobs lebloser Körper irgendwo in der Nähe auf dem Boden lag. Die Kapuze war mir über meinen Kopf gezogen worden und ich war in ewiger Finsternis gefangen. Dann war mir die Spritze in den Hals gestochen worden und ich hatte reglos und bewusstlos auf dem Boden gelegen.

Bitte lass dies einen Alptraum sein.

Ich öffnete meine Augen nicht, denn ich war nicht bereit mich der Realität zu stellen. Wenn das wirklich passiert war, dann war mein Schicksal schlimmer als der Tod. Es musste ein Alptraum sein, das Resultat von zu viel Sonne und zu viel Alkohol.

Aber ich öffnete immer noch nicht meine Augen.

Was, wenn ich mich irrte?

Schließlich tat ich es. Ich öffnete meine Augen und sah ein Bullauge in der Wand eines Schiffes. Wasser spritzte gegen das Bullauge und zwischen den Wellen sah ich den Himmel. Das Blau ersteckte sich endlos, bis es wieder von einer Welle verdeckt wurde.

Was. Zur. Hölle.

Ich setzte mich mit einem Ruck auf und schaute mich um. Meine Überlebensinstinkte übernahmen die Kontrolle über meinen Körper. Ich war auf einem Schiff, mitten im Meer, und es würde niemand kommen, um mich zu retten. Ich war auf mich alleine gestellt. Und ich würde einen Weg herunter von diesem verdammten Schiff finden.

Und dann erinnerte ich mich an Jacob.

Mist, bitte lass ihn nicht tot sein. War er mit mir hier auf dem Schiff?War er irgendwo anders eingesperrt?

Was wollten diese Menschen mit mir? Ich hatte etwas Geld, aber nicht viel. Sie konnten mich nicht wegen Lösegeld entführt haben, denn ich hatte keine Familie, die sich um mich Sorgen machen würde. Die einzige Person, der ich am Herzen lag, war Jacob. Und ich hatte keine Ahnung, was aus ihm geworden war.

Bleib einfach ruhig.

Du kannst hier rauskommen.

Benutze dein Gehirn, um einen Weg zu finden.

Es gibt für jedes Problem immer eine Lösung.

Die Kabine war nur ein Schlafraum. Es gab nur das eine Bett in der Ecke und sonst nichts. Die Tür war zu und vermutlich abgeschlossen. Ich ging zu ihr, dankbar, dass ich immer noch die gleiche Kleidung wie in der Nacht zuvor trug.

Der Türgriff bewegte sich nicht. Die Tür war verschlossen. Ich versuchte, an ihr zu rütteln, aber sie bewegte sich keinen Zentimeter.

Okay, ich muss also etwas finden, um die Tür zu öffnen.

Ich schaute mich in dem Raum um, aber ich fand nichts Nützliches. Mein Bett war nur eine Matratze auf dem Boden und ein paar Decken. Es gab keinen Schrank und auch kein Bad oder WC. Ich war in einem Raum mit vier Wänden.

Ich blickte zum Bullauge, aber auch das würde mir nicht weiterhelfen. Selbst wenn ich es schaffen würde, es zu öffnen, würde ich nicht hindurch passen. Und selbst wenn, dann würde ich nur im Meer ertrinken. Ich hatte keine Ahnung, wie meine Zukunft aussah, also war dies vielleicht sogar eine gute Option.

Bevor ich noch weiter nachdenken konnte, wurde die Tür geöffnet.

Ein Mann in schwarzer Kleidung kam herein, an seiner Hüfte hing eine Pistole. Er hatte einen dichten, schwarzen Bart und unbarmherzige Augen. Ein Blick auf ihn genügte, um mir alles zu sagen, was ich wissen musste. Er war eiskalt und erbarmungslos. Nichts würde an seine gute Seite appellieren können, denn er hatte keine. Er starrte mich mit einem stoischen Gesichtsausdruck an, was er dachte, war nicht erkennbar.

"Lass mich gehen, bevor ich dir dein Gesicht einschlage. "Ich war keine Kampfsportspezialistin, aber ich kannte ein paar Tricks. Ich hätte ihm liebend gerne seine Nase gebrochen und das Blut über seine Kleidung spritzen sehen.

Ein Lächeln erschien auf seinen Lippen, aber es sah eher wie ein spöttisches Grinsen aus. "Du bist eine

Temperamentvolle. "Ein Akzent war in seiner Stimme zu hören. Ich konnte ihn nicht sofort erkennen, aber er klang italienisch. Ich hatte nicht viele Erfahrungen mit Ausländern gemacht. Es war peinlich zugeben zu müssen, dass ich noch nie im Ausland gewesen war.

"Nein. Ich bin eine Gewalttätige. "

Er kicherte, als ob die Unterhaltung ihn amüsierte. "Oh, ich werde dir zeigen, was gewalttätig bedeutet. "Er trat weiter in den Raum hinein, seine schweren Stiefel dröhnten bei jedem Schritt.

Ich versuchte, standhaft zu bleiben. Er jagte mir Angst ein und mein Körper reagierte automatisch. Ich wich zurück, bis ich auf dem Bett saß, mit dem Rücken an die Wand gelehnt.

Er packte mich an der Kehle und warf mich brutal zu Boden.

Ich krachte gegen den Stahl und spürte die Knochen in meinem Körper vor Schmerz protestieren. Ein Lastwagen hatte mich gerade überfahren und ich konnte mich nicht wieder aufrappeln. Ich sah Sterne, obwohl sein Stoß nicht so hart gewesen war, wie er es hätte sein können.

Vielleicht war ich nicht so stark, wie ich dachte.

Er öffnete seinen Gürtel und dann seine Hose.

Das war das beste Schmerzmittel, das ich je bekommen hatte. Der Schmerz verblasste plötzlich, als Angst und Wut in mir aufstiegen. Dieses Arschloch würde mich vergewaltigen. Nun, zumindest wollte er mich vergewaltigen.

Ich blickte zu der Schnalle seines Gürtels, die jetzt frei herunterhing.

Der Mann beobachte mich aufmerksam, ein breites Grinsen in seinem Gesicht. "Ich werde dich in den Arsch ficken. Und dann werd ich deine Möse ficken. "

"Viel Glück dabei. "Ich griff nach der Schnalle und riss seinen Gürtel aus seiner Hose. Seine Hose rutschte bis auf seine Schenkel herunter und ich rollte mich zur Seite weg, den Gürtel fest in meiner Hand haltend. Ich wickelte ihn um meine Hände und sprang ihn dann an, alle meine Kraft einsetzend, um diesen Bastard zu töten. Ich schlang den Gürtel um seinen Hals, stand hinter ihm und zog so fest ich konnte an dem Gürtel. Ich trat ihm in die Kniekehlen und er sackte zu Boden.

Er griff nach dem Ledergürtel und versuchte ihn von seinem Hals wegzuziehen, aber es gelang ihm nicht. Mein Griff war zu fest und meine Wut nicht aufzuhalten. Ich zog fester an dem Gürtel, ohne jegliche Schuldgefühle dabei, diesen Vergewaltiger umzubringen.

Die Tür flog auf und zwei weitere Männer stürmten in den Raum. Sie sahen die Hose um seine Knöchel und den bläulichen Farbton seines Gesichts.

Der Mann zu meiner Linken richtete seine Waffe auf mich. "Lass ihn los. "

Ich zerrte noch fester an dem Gürtel. "Lasst mich gehen oder er stirbt. "

Er hielt die Pistole auf mich gerichtet. "Sofort. "

Ich hielt den Gürtel fest um seinen Hals gezogen und ließ ihn nicht los. "Wenn ihr wollt, dass euer Freund lebt, dann sagt mir, wie ich von diesem Schiff runterkomme. "

Er richtete die Pistole auf den Vergewaltiger und drückte den Abzug.

Ich hörte den Knall und spürte, wie sein Körper gleichzeitig in meinen Armen erschlaffte. Meine Hände ließen den Gürtel fallen, und ich keuchte und spürte sein Blut auf mein Gesicht spritzen.

Der Mann senkte seine Waffe und trat in den Raum. "Hoch. "

Der andere Mann griff sich den leblosen Körper und zerrte ihn aus meiner Zelle.

Ich starrte die Leiche an, als sie über den Boden gezogen wurde und eine Blutspur hinter sich zurückließ. Ich hatte noch nie jemand sterben sehen. Ich hatte noch nie gesehen, wie jemand erschossen wurde. Ich war in einem Schockzustand und konnte kaum atmen.

"Hoch. "Er verpasste mir eine kräftige Ohrfeige und das brachte mich zurück in die Realität.

Ich kam auf die Beine, mich plötzlich sehr schwach fühlend. Meine waghalsige Aktion hatte nichts erreicht.

"Er bedeutet nichts. Du bedeutest nichts. Wir alle bedeuten nichts. "Er packte mich am Ellbogen und zerrte mich aus meiner Gefängniszelle heraus. Er steuerte mich einen langen Flur entlang und bog dann ein paarmal ab.

Ich achtete nicht darauf, wo wir hingingen, denn ich stand immer noch unter Schock.

Wir kamen in einen Duschraum. Duschköpfe hingen von der Decke und Wasser spritze aus ihnen auf den Boden. Andere Frauen waren bereits dort, alle völlig nackt. Ihre Körper waren voller blauer Flecken und manche hatten sogar Schnittwunden im Gesicht.

Was war das hier?

"Zieh dich aus. "Er drückte den Pistolenlauf zwischen meine Schulterblätter. "Jetzt. "

Der Schock ließ nach, als ich seine Stimme hörte. Ich würde mich vor niemanden ausziehen. Ich würde eher vom Blut eines Verbrechers bedeckt sein, als ihm zu gehorchen. "Fick dich!"Ich spuckte ihm ins Gesicht, genau in sein rechtes Auge.

Eine komplette Sekunde verstrich, und er ließ die Spucke in seinem Gesicht. Sie lief langsam seine Wange hinunter. Er biss seine Zähne zusammen, seine Lippen verzogen sich und ein dunkles Knurren ertönte. Mit Lichtgeschwindigkeit schlug er mir mit seiner Pistole seitlich gegen den Kopf.

Es tat so sehr weh, dass ich tatsächlich aufschrie. Ich

fiel zu Boden, die schlimmsten Kopfschmerzen meines Lebens spürend. Die Waffe war hart und schwer und hätte mir fast den Schädel eingeschlagen. Und als ob das noch nicht schlimm genug gewesen wäre, setzte der Mann seinen Stiefel auf meinen Bauch und trat kräftig nach unten.

Ich hustete und versuchte zu atmen.

"Ausziehen. "Er hob seinen Fuß etwas und trat mir in die Rippen. "Sofort. "

Ich rollte mich zur Seite und krümmte mich zusammen. Meine Arme lagen schützend vor meinem Bauch, aber der Schaden war bereits angerichtet.

Er packte meine Haare und zerrte mich auf die Beine.

Das tat nach dem Schlag mit der Pistole noch mehr weh. "Okay. "Ich drückte seinen Arm weg. Ich wollte ihm nicht gehorchen, aber ich wollte auch nicht totgeprügelt werden. Ich zog langsam meine Kleidung aus. Mein Kleid ließ ich einfach zu Boden fallen.

Er starrte mich die ganze Zeit an, die Lust brannte in seinen Augen. Mit jedem Kleidungsstück, das ich auszog, wurde er erregter, als ob er seit Jahren keine nackte Frau mehr gesehen hätte. Es waren jede Menge anderer nackter Frauen im Duschraum, aber er starrte nur mich an.

Ich zog meinen BH und meine Unterwäsche aus, angewidert, dass ich tatsächlich tat, was er mir befohlen hatte. Ich hätte weiterkämpfen sollen, aber mein Kopf tat bereits höllisch weh. Ich war mir nicht sicher, ob ich noch mehr Schmerzen ertragen könnte.

"Geh duschen. "Er nickte zu den Duschen.

Ich drehte mich um, obwohl ich wusste, dass er meinen Arsch anstarren würde. Ich stellte mich unter die Dusche und versuchte in der Wärme des Wassers Linderung für meine Schmerzen zu finden. Die anderen Frauen blickten nicht zu mir, blieben unter sich und sagten nichts.

Ich konnte die Blicke des Mannes auf meinem Körper spüren. Er starrte mich unverblümt an, seine Intentionen waren völlig klar. Ich war schon immer etwas schüchtern gewesen, wenn es um meinen Körper ging. Einen Fremden mich so anstarren zu wissen, machte es tausendmal schlimmer.

Ich versuchte meinen Kopf frei zu bekommen und konzentrierte mich auf das Wasser und die Seife. Ich wusch meinen Körper, wohl wissend, dass ich womöglich lange Zeit nicht mehr duschen würde. Dann konnte ich die Gelegenheit auch ausgiebig nutzen.

Als ich mir die Haarspülung aus dem Haar wusch, hörte ich eine der Frauen schluchzen. Sie stand in einer Ecke, ihre Brüste mit ihren Armen verdeckend. Sie atmete heftig, ihre Brust sich hebend und senkend. Ihre Angst war zu sehen und in ihrem Schluchzen zu hören.

Ich hörte ihr zu und spürte, wie mich Verzweiflung überkam.

Es gab kein Entkommen.

Außer den Tod.

Ich aß mit den anderen Mädchen in einem kleinen Raum mit zwei Tischen zu Abend. Wir waren zwanzig, aber es war uns nicht erlaubt miteinander zu sprechen. Wir durften nicht einmal Besteck zum Essen benutzen. Drei Wachen standen im Raum und beobachteten uns. Sie hatten Gewehre und Pistolen.

Ich war nicht hungrig, aber ich zwang mich dennoch, etwas zu essen. Ich würde meine Kraft vielleicht brauchen, um gegen jemand zu kämpfen, und ich brauchte Nahrung, um das zu tun. Der Mann, der mir beim Duschen zugesehen hatte, war auch da. Seine Augen waren die ganze Zeit auf mich gerichtet. Der gleiche lüsterne Blick brannte immer noch in seinen Augen. Sie verschlangen mich, während ich mein Abendessen aß und mir die schrecklichen Dinge ausmalte, die er mit mir tun wollte.

Mir war schlecht.

Ich bemühte mich mit einem der anderen Mädchen in Augenkontakt zu treten. Vielleicht wussten sie, wo wir hinfuhren. Vielleicht kannten sie einen Fluchtweg.

Vielleicht wussten sie, was diese Männer mit uns vorhatten.

Die anderen Gefangenen ansehend, konnte ich aber nur zu einem Schluss kommen.

Sie waren Menschenhändler.

Sie würden uns an den Höchstbietenden verkaufen, wir würden zu schrecklichen Orten gebracht werden, wo schreckliche Dinge mit uns getan werden würden.

Ich würde lieber eine Million Male sterben.

Nach dem Abendessen wurden wir in unsere Zellen zurückgebracht. Ich war mir nicht sicher, ob ich die Einzige war, die eine Einzelzelle hatte. Manche würden vielleicht denken, das wäre ein Privileg. Aber ich sah es als einen Nachteil. Gemeinsam war man immer stärker. Aber hier war ich völlig alleine.

Und ich wusste, dass der Mann zu mir kommen würde.

Er würde versuchen, mich zu vergewaltigen, genau wie der andere.

Aber es würde ihm nicht gelingen.

Eine Woche kam und verging, und das Schiff fuhr immer noch mit voller Geschwindigkeit weiter. Ich spürte, wie das Schiff in den Wellen schaukelte. Manchmal kamen wir in raue Gewässer und das Schiff wurde wild hin und her geworfen. Starke Böen und hohe Wellen kamen meist ganz plötzlich, und unser Essen rutschte während der Mahlzeiten über die Tische. Manchmal war es so schlimm, dass ich nicht schlafen konnte, obwohl ich völlig erschöpft war.

Während meiner Zeit alleine, dachte ich an Jacob. Er tat mir leid, obwohl mein Schicksal vermutlich schlimmer war als seines. Er war vermutlich tot und trieb irgendwo im Meer herum. Oder er hatte überlebt und war krank vor Sorgen um mich. Er war in einem fremden Land und wusste nicht genau, wie er mit den Behörden dort umgehen sollte. Er könnte in der Heimat anrufen, aber was würde das bringen?

Nicht zu wissen, was mit mir passiert war, musste furchtbar sein. Er wusste vermutlich nicht einmal, dass ich auf einem Schiff war. Und selbst wenn er es wüsste, er hatte keine Ahnung, wie es aussah oder wie es hieß. Und wie sollte die Polizei es dann finden?

Jacob würde mich nicht retten kommen.

Am achten Tag war ich rastlos. Ich war es leid, auf dem Schiff gefangen zu sein. Der Wellengang machte mir zu schaffen, und ich musste mich ein paarmal übergeben. Niemand gab mir irgendwelche Informationen, egal wie oft ich fragte.

In dieser Nacht konnte ich nicht schlafen. Die Panik fing an von mir Besitz zu ergreifen. Ich war gefangen, weit weg von zuhause, und ich hatte keinen Plan, wie ich entkommen konnte. Die Männer an Bord hatten alle Waffen und die Frauen waren zu verängstigt, um sich zu wehren. Wenn ich mit ihnen reden könnte, könnte ich vielleicht eine Gruppe zusammenbekommen, um die Männer zu überwältigen. Wir waren in der Überzahl, also war es möglich. Und ich würde lieber bei dem Versuch sterben, als mit dem zu leben, was uns nach unserer Ankunft erwartete.

Ich würde lieber sterben, als ein Sexsklave zu werden.

Mein Blick fiel auf das Bullauge direkt über mir. Dem Wasser zuzusehen, wie es gegen das Schiff spritzte, lenkte mich ein wenig ab. Das leise, rhythmische Plätschern des Wassers gegen den Schiffsrumpf war für mich wie eine Art Musik. Zum Fenster zu starren half mir, mich zu entspannen. Es stoppte meine Gedanken und ich wurde ruhig. Nichts existierte mehr um mich herum.

Die Tür ging leise knarrend hinter mir auf. Das Geräusch war so schwach, dass niemand außer mir es gehört hätte. Aber seit ich entführt worden war, verließ ich mich mehr auf meine Sinne als zuvor. Geräusche waren dabei am wichtigsten. Sie warnten mich, dass etwas passieren würde, bevor es tatsächlich geschah. Ich konnte Stimmen hören, wenn jemand näher kam. Ich konnte eine Gefahr rechtzeitig genug erkennen, um mich darauf vorzubereiten.

Ich wusste genau, wer mich mitten in der Nacht

besuchen kam. Ich hatte auf ihn gewartet. Er dachte, ich würde schlafen und eine leichte Beute für den Jäger sein. Er dachte, ich wäre dumm und naiv.

Er öffnete seine Hose und ließ sie zu Boden rutschen. Dann zog er auch seine Boxershorts aus.

Ich wartete auf den richtigen Moment.

Seine Knie drückten in die Matratze, und er platzierte seine Hände an meinen Seiten, bereit mich zu packen.

Meine Augen öffneten sich einen Spalt, sodass ich ihn sehen konnte.

Und dann bemerkte ich die Spritze in seiner Hand.

Der Mistkerl wollte mir eine Droge verabreichen.

Ich ergriff sein Handgelenk und drehte es schmerzhaft zur Seite. Die Spritze fiel ihm aus der Hand und rollte von der Matratze auf den Boden. Ich verpasste ihm einen Kopfstoß und er wich zurück, überrascht davon, wie schnell ich mich bewegte.

Sein Schwanz war immer noch hart und stand stolz vor, bereits mit Gleitmittel eingecremt.

Ich ballte eine Hand zur Faust und schlug zu, so fest ich konnte.

"Ahh!"Er fiel mit einem Keuchen auf den Boden und hielt seine Hände schützend über seinen Schwanz. "Du verdammte—"

Ich trat ihm ins Gesicht und hörte, wie seine Nase brach.

Seine Hand ging zu seinem Gesicht, seinen Schwanz entblößend.

Ich trat ihn so fest, wie ich konnte, sowohl seine Eier als auch seinen Schwanz treffend.

"Miststück!"Er packte eines meiner Beine und zerrte daran.

Ich hörte nicht auf. Seine Schimpfworte trieben mich noch weiter an. Es machte mir Spaß, diesem Arschloch Schmerzen zuzufügen. Ich nahm Rache. Ich rächte mich für all die Frauen, die ihm nicht entkommen waren.

Ich packte sein Haar und schlug seinen Kopf gegen den Boden—immer und immer wieder. Ich schlug ihn so hart, wie er mich mit der Waffe gegen den Kopf geschlagen hatte. "Gefällt dir das, Arschloch? Und wie wär's damit?"Ich ließ seinen Kopf wieder auf den Boden krachen und trat ihm dann in die Eier.

"Ahh!"

Die Wachen hörten seine Schreie und kamen angerannt. Sie stürmten in den Raum und zerrten mich von ihm weg. Sie schlugen mich nicht, was ich eigentlich erwartet hatte. Sie waren, im Gegenteil, sogar vorsichtig und versuchten mir nicht weh zu tun.

Die Wachen halfen meinem Angreifer nicht auf die Beine. Sie stellten sich nur zwischen uns, sodass er seine Hose anziehen konnte. Er konnte kaum gehen, da sein Schwanz so sehr schmerzte. Er hielt ihn mit einer Hand bedeckt und humpelte langsam aus dem Raum.

Ich lächelte siegesfreudig und spürte keinerlei Bedauern für das, was ich ihm angetan hatte. "Viel Spaß beim Pinkeln. "

"Halt's Maul. "Der Mann der mich gepackt hatte, schüttelte mich, aber bei weitem nicht so aggressiv, wie ich es sonst gewohnt war. "Geh wieder ins Bett. "

"Sag deinen Männern, sie sollen mich in Ruhe lassen, dann tue ich es. "

Der Wächter ließ meinen Arm los und ging davon. Sie verließen meine Zelle und schlossen dann die Tür hinter sich zu. Ihre Stimmen wurden leiser. Sie sprachen Italienisch und so konnte ich nicht verstehen, was sie sagten. Als sie fast außer Hörweite waren, lachten sie.

Aber ich wusste, worüber sie lachten. Ihr Kumpan hatte sich von einer Frau verprügeln lassen.

Ich war verdammt stolz darauf.

Ich wusste, dass etwas anders war, als das Boot aufhörte zu schaukeln. Wir waren nicht mehr auf hoher See. Die Wellen wurden sanfter, es gab fast überhaupt keine mehr. Es war ein großes Schiff, also waren wir vor irgendeiner Küste und nicht mehr mitten im Atlantik.

Wenn ich hier ausbrechen könnte, dann könnte ich versuchen an Land zu schwimmen. Ich war keine gute Schwimmerin, aber wenn es um Leben oder Tod ging, dann würde ich es schaffen. Ich schaute durch das Bullauge hinaus und sah Land in der Ferne. Aber jedes Mal, wenn ich versuchte, etwas Genaueres zu erkennen, spritze Wasser gegen das Bullauge.

Ich musste mir etwas einfallen lassen.

Einer der Entführer war tot und ein zweiter war verletzt. Das bedeutete, dass es zwei Wachen weniger gab, an denen ich vorbeikommen musste. Wenn ich es richtig anstellte, dann könnte ich es vielleicht schaffen. Ich riss einen Streifen Stoff von meinem Bettbezug ab und steckte ihn in meine Hosentasche. Ich könnte ihn benutzen, um jemanden damit zu erwürgen, wenn es nötig wäre.

Als ich die Decke zur Seite zog, sah ich die Spritze auf den Boden rollen. Sie war noch intakt und eine klare Flüssigkeit war noch darin.

Ich hatte sie völlig vergessen gehabt. Der Mann, den ich so übel zugerichtet hatte, wohl auch. Er hatte sie einfach hiergelassen.

Und nun gehörte sie mir.

Ich hielt sie in meinen Händen und spürte, wie mein Herz schneller schlug. Endlich hatte ich eine Waffe. Ich könnte jemanden betäuben, eine Pistole klauen und dann wäre ich frei. Das Glück war auf meiner Seite, und ich hätte nie gedacht, dass ich dem Mann, der mich vergewaltigten wollte, dankbar sein würde.

Er hatte mir ein Geschenk gebracht.

Ich schob sie vorsichtig in meine Gesäßtasche, den Kolben leicht herausragen lassend, sodass ich sie leicht greifen konnte, wenn ich sie benötigte. Sie würden mich bald holen kommen. Es war fast Zeit fürs Frühstück.

Ich starrte die Tür an und wartete geduldig.

Meine Zeit war gekommen.

Ich würde ausbrechen.

Ich war so dicht dran.

Die Tür öffnete sich und einer der Männer kam herein. Sein Gesichtsausdruck war gleichgültig und nicht voller Wollust wie bei den anderen. Er fand mich entweder langweilig oder lästig—vermutlich beides. "Steh auf. "

Ich kam auf die Beine und ließ meine Arme an meinen Seiten herunterhängen. Wenn ich dicht genug war, würde ich zuschlagen.

"Heute ist ein besonderer Tag für dich. "

Was sollte das bedeuten?

"Wieso das?"

"Du gehst zur Auktion. Du hast keine Ahnung, wie viel Glück du hast. "

Auktion?Den Teufel würde ich tun. Ich war kein Stück Vieh. "Was ist das für eine Auktion?“ Ich redete weiter, um ihn abzulenken. Ich musste genau seine

Schlagader erwischen, um die Droge so schnell wie möglich in sein System zu bekommen.

"Dort werden all die Schönheiten versteigert. Die anderen kommen in Bordelle. Sie werden den Rest ihres Lebens dort unter Drogen verbringen. "Er grinste, als wäre dies ein Märchen.

Es widerte mich an. Ich konnte nicht länger warten, also schlug ich zu. Ich rammte die Nadel in seine Ader und drückte den Kolben mit meinem Finger herunter, die Flüssigkeit in seinen Körper injizierend.

Er griff nach seiner Waffe, aber ich war zu schnell. Seine Augen wurden glasig und blickten verwirrt. Er ging langsam in die Knie und griff nach der Spritze, die in seinem Hals steckte. Dann fiel er zur Seite. Seine Augen waren geschlossen. Sein Körper erschlaffte. Er war bewusstlos.

Ich hatte es tatsächlich geschafft.

Ich nahm seine Waffe aus dem Holster und spürte ihr Gewicht in meiner Hand. Es war eine Pistole. Ich wusste überhaupt nichts über Waffen, außer dass es irgendwo eine Sicherung gab. Ich fand sie und entsicherte die Waffe. Dann ging ich in den Flur. Alles, was ich tun musste, war den Abzug zu drücken und ihre Gehirne würden explodieren und gegen die Wand spritzen.

Meine Hand zitterte vor Aufregung.

Ich könnte es hier rausschaffen.

Auf Zehenspitzen schlich ich durch den Flur und

versuchte, kein Geräusch zu machen. Der beste Weg, von dem Schiff runterzukommen, war nach oben zu gehen. Wenn ich das Deck erreichte, könnte ich ins Wasser springen. Ich würde lieber zu den Haien springen, als noch länger bei diesen Verrückten hier zu bleiben.

Ich hatte Glück und begegnete niemandem im Flur. Zu meiner Linken war eine Treppe und ich ging nach oben. Ich kam zu einer Tür mit einem Fenster in der Mitte, und dahinter waren zwei Menschen auf der Brücke am Steuerrad. Sie unterhielten sich miteinander und sahen nicht mein Gesicht hinter der Fensterscheibe. Ich realisierte, dass meine Zelle im vorderen Teil des Schiffes war, wo die Wellen stärker waren.

Jetzt musste ich nur noch warten. Wenn sie sich umdrehten oder ihren Posten verließen, dann würde ich zur Reling rennen. Alles was ich dann tun musste, war ins Meer zu springen und eine Minute oder so unter Wasser zu bleiben.

Dann wäre ich frei.

Ich hielt die Waffe bereit, nur für den Fall, dass ich sie brauchen würde. Dann wartete ich, die Zeit messend, indem ich meine Herzschläge zählte. Je näher wir an die Küste kamen, desto einfach würde es für mich sein, an Land zu schwimmen. Aber je länger ich wartete, desto wahrscheinlich wurde es, dass mich jemand im Treppenhaus entdeckte.

Und dann kam mir ein völlig anderer Gedanke.

Was war mit den anderen?

Konnte ich sie wirklich einfach hier zurücklassen?

Sie würden an ein Bordell verkauft werden, wo sie die ganze Zeit unter Drogen gesetzt und vergewaltigt werden würden, bis ihre Körper aufgaben, und dann würden sie schlicht auf den Müll geworfen werden. Ihre Angehörigen würden niemals herausfinden, was mit ihnen geschehen war.

Ich konnte nicht einfach abhauen.

Ich schlich mich wieder die Treppe hinunter und in den Flur. Dort war niemand, also ging ich zu einer Tür, die ähnlich wie die von meiner Zelle aussah. Als ich in die Kabine schaute, sah ich eine blonde Frau auf ihrem Bett sitzen. Sie sah verloren aus, als hätte sie jegliche Hoffnung verloren.

Ich versuchte, den Türknauf zu drehen, und war froh, als die Tür aufging. Ich schob die Tür einen Spalt auf und winkte ihr zu.

Sie blickte zu mir, ihre Augen verwundert und fragend zusammengekniffen.

Ich winkte sie mit meiner Hand zu mir.

Sie sprang auf und kam gierig nach Freiheit zur Tür gelaufen. Als sie dicht bei mir war, sah sie die Waffe in meiner Hand. Anstatt Angst zu haben, war sie erleichtert.

"Lass uns die anderen befreien", flüsterte ich. "Weißt du, wo sie sind?"

Sie nickte und winkte mir, ihr zu folgen. Sie hielt an einer Tür im Korridor an, die zu einer weiteren Zelle gehörte. Als wir durch das Fenster blickten, sahen wir nicht eine Frau, sondern achtzehn. Sie lagen alle in Etagenbetten in einem großen Raum.

Warum waren sie alle zusammen eingesperrt, aber ich nicht? Und warum die andere Frau auch nicht?

Die Frau ging in den Raum und legte dann ihren Zeigefinger auf ihre Lippen, damit alle ruhig blieben. Dann signalisierte sie ihnen, uns zu folgen. Es gab keine Chance, dass wir alle entkommen würden, ohne dass uns jemand bemerken würde. Aber einige von uns würden entkommen. Und das war besser als keiner.

"Was zum Teufel tut ihr hier?"Ein Mann packte mich an der Schulter und riss mich herum.

Er hatte offensichtlich keine Ahnung, dass ich eine Waffe hatte, und ich schoss ihm in den Bauch. Ich zögerte nicht einmal. Ich hatte immer gedacht, dass ich der Typ Mensch sei, der niemals jemand umbringen könnte, selbst wenn mein Leben auf dem Spiel stand. Aber das hatte sich ganz schnell geändert, als ich mich wirklich in einer Leben-oder-Tod-Situation befand. Ich hatte keine Zeit zum Nachdenken. Ich hatte keine Zeit zu reagieren. Ich tat einfach, was ich tun musste, um zu überleben.

Und ich würde mich nicht dafür entschuldigen.

Er griff sich mit beiden Händen an den Bauch und fiel zu Boden. Blut floss aus seinem Mund.

"Lass die Waffe fallen!"Ein weiter Wächter stand an einer Ecke und hatte seine Waffe auf mich gerichtet. "Sofort. "

Hinter uns tauchte noch ein Mann auf. Er hielt ein Gewehr auf uns gerichtet.

Wir saßen in der Falle.

Ich hätte abhauen sollen, als ich die Gelegenheit dazu hatte. Ich hätte nicht zurückgehen sollen.

Der Mann hinter mir griff sich meine Waffe, während der Mann vor mir auf mich zukam. Er hob seine Waffe und wollte mir damit gegen den Kopf schlagen. Ich wusste nicht, ob er vorhatte, mich zu töten, oder ob er mich nur bewusstlos schlagen wollte, aber vielleicht war ihm das egal.

"Stopp. "Der andere Mann griff seinen Arm und hielt ihn zurück. Dann sprach er schnell in Italienisch.

Der Mann nahm seine Waffe herunter und trat zurück. Was immer der andere Mann gesagt hatte, es hatte ihn dazu gebracht, innezuhalten.

Was hatte er gesagt?

Warum taten sie mir nichts?

Was ging hier vor?

Sie trieben die Mädchen in ihre Kabine zurück und schlossen die Tür ab. Dann packten sie mich und zerrten mich den Korridor hinunter. Ich wurde zurück in meine Zelle gebracht, wo ich auf die Auktion warten würde—wo immer diese auch stattfand.

Warum hatte ich mir nicht einfach in den Kopf geschossen, als ich die Gelegenheit dazu gehabt hatte?

Sie gingen an meiner Tür vorbei und zerrten mich weiter mit sich.

"Wo bringt ihr mich hin?"Ich versuchte, mich aus ihrem Griff zu befreien, aber sie packten mich nur noch fester.

"Antwortet mir. "Ich versuchte, den Mann zu meiner Linken zu treten, aber ich tat mir dabei nur selber weh. Meine Zehen landeten unter seinem schweren Stiefel und ich keuchte, als der Schmerz durch mich schoss.

Sie eskortierten mich in einen weißen Raum, in dem ein Lederstuhl stand. Er hatte Fußauflagen, die meine Beine spreizten. Es war die gleiche Art von Stuhl, in dem ich immer saß, wenn ich zu meinem Gynäkologen ging.

Das war kein gutes Zeichen.

Sie schubsten mich auf den Stuhl und hielten mich fest, bis meine Arme und Beine mit Gurten gefesselt waren. Selbst mein Kopf wurde fixiert. "Was zur Hölle tut ihr?"

"Untersuchung", sagte der Mann. "Dann wirst du hier weggebracht. "

"Was für eine Untersuchung?"Ich kämpfte gegen die Ledergurte an, obwohl das völlig sinnlos war.

"Wirst du sehen. "Die Wachen gingen aus dem Raum und schlossen die Tür hinter sich, mich auf das Ungewisse warten lassend.

Ein Doktor kam einen Moment später in den Raum. Er trug einen weißen Arztkittel, obwohl wir nicht in einer Arztpraxis waren. Er war wesentlich älter als die anderen Männer an Bord. Sein Gesicht war ausdruckslos und seine dicke Brille saß tief auf seiner Nase. Er griff sich ein Klemmbrett mit einer Liste und studierte es.

"Wer sind Sie?"

"Dr. Wayne. "Er hatte einen amerikanischen Akzent.

War er die ganze Zeit hier auf dem Schiff gewesen? Ich hatte ihn nie gesehen. "Wo kommen Sie her?"

"Vom Land. Das Schiff hat vor zehn Minuten im Hafen angelegt. Du bist meine erste Patientin. "

"Wo angelegt?"Der Typ war nicht Teil der Besatzung. Das wusste ich zumindest schon mal. Vielleicht hatte er weitere Informationen, die mir weiterhelfen könnten.

"Im Hafen, wie schon gesagt. "

"In welchem Hafen?", drängte ich. "Wo sind wir?"

"Spielt das denn eine Rolle?"Er zog sich weiße Handschuhe an.

Er dachte, dies sei uninteressant? Unwichtig?"Was

zum Teufel stimmt nicht mit Ihnen? Ich wurde entführt. Ich bin eine Gefangene. Und Ihnen ist das egal?"

Er griff eine Schere und schnitt meine Hose auf. Dann meine Unterwäsche.

Ich versuchte mich zu wehren, so sehr, dass die Gurte fast in meine Haut schnitten.

"Ja", antwortete er schließlich. "Es ist mir egal. Lass uns das jetzt erledigen. "

"Was erledigen?"

"Ich werde deine sexuelle Gesundheit untersuchen. Es ist wichtig für die Auktion. "

"Meine sexuelle Gesundheit?"

"Ja. Bist du noch Jungfrau?"

Ich warf ihm einen trotzigen Blick zu. Als ob ich ihm das jemals sagen würde.

"Lass mich das so ausdrücken. Je mehr du mir erzählst, desto weniger intensiv muss ich dich untersuchen. "Er hob zwei Finger hoch.

Ich wusste, was das bedeutete. "Nein. "

"Wie viele Partner?"

"Zwei. "Ich hasste mich dafür, dass ich ihm antwortete.

"Anal?"

"Anal was?"

"Hattest du jemals Analverkehr?"

Wer zum Teufel tat sowas?"Nein. "

Er machte ein paar Notizen. "Irgendwelche Geschlechtskrankheiten?"

"Nein. "

"Nimmst du die Pille?"

"Ich habe sie genommen, bis ich entführt wurde. "Meine Stimme war giftiger als Schlangengift.

Er legte sein Klemmbrett zur Seite und positionierte sich dann vor meinen gespreizten Beinen. "Es wird nur zwei Minuten dauern. "

"Fassen Sie mich verdammt noch mal nicht—"

Er schob zwei Finger in mich hinein und tastete herum, prüfte meine Vagina bis ganz zum Ende und auch meine Eierstöcke. Er machte einen Abstrich mit einem Wattestäbchen und deponierte es in einer Plastiktüte. Dann zog er seine Handschuhe aus. "Fertig. "

Ich war gegen meinen Willen in meinem Intimbereich untersucht worden, und ich hasste es. Ich hasste, dass ich keine Rechte hatte. Ich war es leid, dass die ganze Zeit irgendwelche Männer versuchten, mich zu vergewaltigen. Ich hasste mich dafür, dass ich so dicht vor der Freiheit den Fehler gemacht hatte, wieder umzukehren. Ich sah rot—tiefes Blutrot. Ich wollte jeden einzelnen Mann auf diesem Schiff umbringen.

Hätte ich eine Waffe gehabt, dann hätte ich es getan.

Mir wurde ein Betäubungsmittel verabreicht, bevor ich an Land gebracht wurde. Ich hatte keine Ahnung, wohin sie mich gebracht hatten oder wie ich dorthin gekommen war. Ich nahm an, dass wir mit einem Auto gefahren waren, aber ich konnte mich nicht an das Brummen eines Motors oder Musik aus einem Autoradio erinnern. Mir war wieder eine Kapuze übergestülpt worden, sodass ich nichts sehen konnte, selbst wenn ich es gewollt hätte.

Als ich aufwachte, befand ich mich in einem Schlafzimmer. Es war tatsächlich ein richtiges Bett und die Bettwäsche fühlte sich teuer an. Es gab ein Fenster, vor dem elfenbeinfarbene Vorhänge hingen. Eine Frisierkommode in der gleichen Farbe stand in der Ecke.

Wo war ich?

Ich sprang aus dem Bett und lief zum Fenster. Ich riss die Vorhänge auf, bereit aus dem Fenster zu springen. Selbst wenn es zehn Meter nach unten ginge, würde ich trotzdem springen. Oder vielleicht konnte ich an der Fassade entlang klettern und dann die Dachrinne herabsteigen.

Aber als ich die Gardinen aufriss, sah ich Metallstäbe vor mir.

Ich war gefangen—schon wieder.

Die Tür ging auf und eine Frau kam ins Zimmer—eine sehr schöne Frau. Sie hatte herrliches, dunkles

Haar, trug ein perfektes Makeup und hatte eine Figur, die alle Frauen neidisch machen würde. "Ich habe mich schon gefragt, wann du endlich aufwachen würdest. "

Ich starrte sie verwundert an. Sarkastische Worte würden mir nicht helfen. Sinnlose Drohungen auch nicht. Ich hatte keine Ahnung, mit wem oder was ich es hier zu tun hatte. Während meiner Reise über das Meer hatte ich keine frei herumlaufende Frau gesehen—bis jetzt. "Wer sind Sie?"

"Deine Stylistin. Und ich werde diese Katastrophe...",sie zeigte auf mein Haar und meine Kleidung,"...in jemand Schönes verwandeln. "

"Wie bitte?"

"Die Auktion ist heute Abend, und wir haben jede Meine Arbeit zu erledigen. Also lass uns anfangen. "

"Die Auktion?"Die, über die die Männer gesprochen hatten?

"Ja. Du wirst verkauft werden...zusammen mit ein paar anderen. "

"Äh, das glaube ich nicht. " Ich würde so schnell wie möglich von hier abhauen.

Sie seufzte, als hätte sie das schon erwartet. "Schau, ich erledige hier nur meinen Job. Wenn du mir keine Schwierigkeiten machst, dann werde ich dir auch keine machen. "

Wie konnte sie das zu mir sagen?Dieser Verrat war noch schlimmer, als überhaupt entführt zu werden. "Ich bin entführt worden, und ich werde verkauft werden, damit ich vergewaltigt werden kann. Und du findest das okay? Als Frau?"

Es war keine Spur Mitleid oder Bedauern in ihren Augen. "Manchmal sind wir der Käfer. Manchmal sind wir die Windschutzscheibe. "

"Warum bist du dann nicht der Scheißkäfer?", rief ich wütend.

Sie hielt eine Fernbedienung hoch und legte den Finger auf eineTaste. "Zwing mich nicht, das zu verwenden. "

"Was ist das?"

Sie drückte auf eine Taste und einen Moment später schoss ein elektrischer Schlag durch mein Bein. Er war so stark, dass meine Haut brannte. Mein Herz hämmerte wild und ich dachte, ich würde einen Herzanfall haben und sterben. Meine Knie gaben nach und ich stürzte zu Boden.

Sie ließ die Taste los. "Zwing mich nicht, das noch einmal zu tun. Ich bin nicht wie diese Monster. Ich möchte dir nicht wehtun. "

Sie war ein Freak, genau wie der Rest von ihnen.

"Tu einfach, was ich dir sage, und lass mich meine Arbeit machen. " Sie stand über mir und schaute aus ihrem Designerkleid und mit ihrem perfekten Gesicht auf mich herab. "Wir werden keinen Ärger bekommen, wenn du tust, was ich sage. Und je schöner du bist, desto wahrscheinlicher ist es, dass du einen guten Master bekommst. "

"Einen guten Master?"

"Ja. Die Art, die dich mit Geschenken überschüttet, dich auf teure Urlaube mitnimmt, dir alles kauft, was du haben möchtest—"

"Im Austausch dafür, dass ich meine Beine spreize. "

Sie zuckte mit den Achseln. "Es gibt schlimmere Dinge, wenn du mich fragst. "

"Dann bist du noch nie eineSklavin gewesen", rief ich.

"Doch, bin ich. "Sie sah mir in die Augen. Es war keine Spur von Scham oder Schmerz zu sehen. "Und ich bin jetzt auch eine Sklavin. Er ist ein wundervoller Mann. Und ich kann dir ganz ehrlich sagen, dass ich ihn liebe. "

Gerade als ich dachte, ich hätte eine normale Person getroffen, entpuppte diese sich als ein Psycho. Niemand, der klar bei Sinnen war, würde seinen Master lieben. Niemand würde ihm jemals vergeben, dass er einen zu einer Sklavin gemacht hatte. Niemand, der richtig im Kopf war, würde sich dankbar fühlen. Sie litt an einer ernsten Version des Stockholmsyndroms.

"Gut, dann las uns jetzt die Arbeit erledigen. "

KAPITEL VIER

Pearl

Zehn Mädchen standen an diesem Abend bei der Auktion zum Verkauf.

Der Raum war voller Tische, die mit Kerzen beleuchtet wurden. Männer saßen dort in Maßanzügen, ihre Gesichter waren hinter Masken versteckt, sodass keiner die anderen Bieter erkennen konnte. Es war so dunkel im Raum, dass diese Maskerade fast unnötig erschien.

Weibliche Bedienungen liefen umher und servierten Getränke. Sie trugen nichts außer schwarzen Stringtangas. Die Männer steckten Geldscheine in ihre

Tangas und gaben ihnen einen leichten Klaps auf ihren Po, als sie davongingen.

Wie zum Teufel war ich hier gelandet?

Die anderen Frauen waren wunderschön. Sie sahen wie Modells aus, die Art von Frauen, die man nur im Fernsehen sah. Viele von ihnen waren verängstigt, ihre Finger zuckten nervös und ihre Knie zitterten leicht. Aber eine Frau wirkte tatsächlich freudig erregt, als wäre dies der Moment, auf den sie ihr ganzes Leben gewartet hatte.

Es gab so viele Arten von Verrücktheit.

Ich trug ein kurzes, champagner-rosa Kleid. Es war schulterfrei, mit tiefem Ausschnitt und einer engen Taille. Ich trug eine Perlenkette um den Hals, und mein Haar war in einem lockigen Stil gestylt worden. Das letzte Mal, als ich so herausgeputzt ausgesehen hatte, war bei meinem Abschlussball gewesen.

Eine nach der anderen wurden die Mädchen versteigert. Jeder wurde für eine Million Dollar oder mehr verkauft.

Eine Million.

Das war irrsinnig.

Sklaven waren so viel wert?

Würde jemand für mich tatsächlich so viel Geld ausgeben?Jemand würde eine Million Dollar für mein Leben bezahlen?

Wie krank war das denn?

Als ich an der Reihe war, ging ich vor auf die Bühne und wartete auf mein Schicksal. Der Auktionator zählte meine Qualitäten auf, genau wie bei den anderen. Es interessierte mich, zu hören, was er sagte, denn ich hatte keine Qualitäten, von denen ich wusste.

Ich würde nicht unterwürfig sein. Ich würde jeden Tag kämpfen, bis ich frei oder tot war. Ich würde niemals bei irgendwelchen kranken Sexspielen mitmachen. Jeder Tag würde anstrengender als der vorherige werden. Ich würde die schlechteste Sklavin sein, die die Welt je gesehen hatte. Mit einem offenen Auge zu schlafen, würde die einzige Möglichkeit sein, mit mir im Haus zu überleben.

"Feindselig, unzerbrechlich, widerspenstig. "Er fuhr fort, eine Liste meiner schlechten Eigenschaften vorzulesen. "Ihre Kampfqualitäten wurden mit einer glatten Zehn bewertet. "

Ein Raunen ging durch den Saal. Es gab sogar ein paar Pfiffe.

Was sollte das bedeuten?War das schlecht?War es gut?

Wenn mich niemand kaufen wollte, würden sie mich dann gehen lassen? Oder würden sie mich einfach umbringen?

"Zwei Partner. "Er las von dem Blatt Papier in seiner Hand ab. "Ingenieurin. Beschränkte sexuelle Erfahrung. "

Ich war keine Jungfrau. Also nein, meine Erfahrung

war nicht beschränkt. Aber ich würde nicht widersprechen, denn das wäre völlig sinnlos.

"Sie können jetzt bieten. "Er ging zurück zu seinem Podium und rief die Gebote auf. Er nannte den Preis und erhöhte ihn immer weiter, je mehr Männer für mich boten. Ich sah angewidert, dass der gleiche Mann, der schon eine andere Frau ersteigert hatte, auch für mich bot. Brauchte er wirklich zwei Sklavinnen?

Der Preis stieg immer höher und erreichte schließlich eine Million.

Heilige Scheiße.

Anstatt weniger zu werden, gab es immer mehr Gebote. Der Preis stieg weiter und weiter und der Raum war voller Testosteron. Wer immer hinter der Entführung und Auktion steckte, würde mit meinem Leiden ein Vermögen verdienen. Er würde mehr Geld haben, als irgendein Mensch nur brauchen könnte—und ich würde diese Schulden bis zu meinem Tod abbezahlen.

"Ich seid alle kranke Mistkerle. "Ich konnte nicht länger still bleiben. Ich musste meine Verachtung für diese Männer herausschreien. Es war mir egal, ob mich jemand schlagen würde. Ich war ein Mensch und ich wurde wie ein Stück Vieh behandelt.

Einer der Männer, der für mich bot, stand auf. Er hielt seine Nummer hoch und sagte: "Drei Millionen. "

Was zur Hölle hatte ich gerade getan?

Alle Männer wandten sich zu ihm um und starrten ihn an.

Keiner überbot ihn. Ihre Schilder blieben unten.

Der Mann, der die Auktion gewonnen hatte, lächelte. "Drei Millionen für diese widerspenstige Schlampe."

Der Auktionator klopfte mit seinem Hammer auf das Pult. "Verkauft für drei Millionen an den Gentleman in der hinteren Reihe. Herzlichen Glückwunsch. Diese Schönheit gehört Ihnen."

Wie einer Verdächtigen in einer Polizeiermittlung wurden mir Handschellen angelegt, ich wurde weggeführt und auf den Rücksitz eines Autos mit getönten Scheiben gesetzt. Ich trug immer noch mein Kleid und meine Perlenkette. Die dazu passenden rosa Pumps waren unbequem und meine Füße taten weh, aber ich vermutete, mir würde schon bald sehr viel Schlimmeres widerfahren.

Der Fahrer setzte sich hinters Lenkrad und wartete darauf, dass der Klient zu uns kam.

Ich hatte sein Gesicht nicht gesehen, aber das war auch nicht nötig. Als er alle anderen so arrogant überboten hatte, wusste ich, dass er ein mieser Dreckskerl war. Wenn ich ihn anflehte, mich gehen zu lassen, würde er sich weigern. Wenn ich darum bettelte, dass er mir nicht wehtat, würde er nicht auf mich hören.

Hoffentlich irrte ich mich.

Er schien nicht der Typ Mann zu sein, der auf der Suche nach einer schönen Frau war, die er verwöhnen konnte. Er schien auch nicht jemand zu sein, der mir teure Kleider und Schmuck kaufen wollte, um mich bei Dinnerpartys vorzuzeigen. Ich spürte etwas Böses in ihm.

Etwas sehr Böses.

Schließlich kam er und setzte sich zu mir auf den Rücksitz, ohne den Anschnallgurt anzulegen. Er nahm seine Maske nicht ab, sodass sein Gesicht fast vollständig verdeckt war.

Ich starrte geradeaus, meine Hände waren hinter meinem Rücken gefesselt. Hätte ich meine Arme bewegen können, dann hätte ich den Fahrer vor mir erwürgen können. Vielleicht würde er einen Unfall bauen, gegen irgendetwas rasen, und dann wären wir alle tot. Oder noch besser—sie würden sterben, aber ich würde überleben.

Es war eine schöne Vorstellung.

Das Auto fuhr los und reihte sich in den Verkehr ein. Wir fuhren auf der anderen Straßenseite und nicht rechts, wie ich es gewohnt war. Die Straßen waren eng und das Auto war klein. Ich war mir nicht sicher, wo wir waren, aber wir waren definitiv in Europa.

Als wir eine Weile gefahren waren, nahm der Mann seine Maske ab. Seine Augen waren hell und blau, die Art von Augen, die im Sternenlicht funkelten. Einen Moment lang ließen sie ihn sehr unschuldig wirken. Aber nach einem einzelnen Blinzeln schien das Böse in seiner Seele durch sie hindurch. Er starrte mich an, als wäre ich die Beute und er der Jäger. Spannung lag in der Luft und Furcht breitete sich in meinem Herzen aus.

Er hatte blondes Haar, das ordentlich zurückgekämmt war, und ein rundes Gesicht. Seine Lippen waren dünn, so dünn, dass sie kaum zu sehen waren. Sein Gesicht war mit einer dichten Haarschicht bedeckt, die mich an einen Holzfäller im Winter erinnerte.

Er starrte mich mit einem kalten Blick an.

Ich hielt seinem Blick stand und schwor mir im Stillen, dass ich ihn umbringen würde, wenn er versuchen sollte, mich anzufassen.

"Dein Name?"Seine Stimme klang genauso grausam und kalt wie bei der Auktion. Sie war kratzend, wie Sandpapier auf Stein. Sie kratzte in meinen Ohren, während sie in meinen Körper eindrang. Selbst diese einfachen Worte waren grotesk. Mein Hass verzehnfachte sich—etwas, was ich nicht für möglich gehalten hatte.

Ich weigerte mich, ihm zu antworten. Ich weigerte mich, ihm zu gehorchen. Wenn er wollte, dass ich irgendetwas tat, würde er sich anstrengen müssen—ohne dass ihm das etwas brächte.

Er lachte kurz auf und lehnte sich im Ledersitz zurück. "Du wirst mir viel Spaß bereiten. Sehr gut. "

Spaß?In dem Moment, in dem er mir seinen Schwanz in den Mund steckte, würde ich ihn abbeißen.

"Dein Name wird Fotze sein. "Er blickte aus den getönten Fenstern und betrachtete die vorbeihuschenden Lichter der Gebäude. Er trug einen schwarzen Anzug und darunter ein schwarzes Hemd, genauso furchteinflößend aussehend, wie er klang. "Es sei denn, dir passt das nicht und du sagst mir deinen Namen. Und ganz unter uns, ich hoffe, du tust es. "

Das war übel. Extrem übel.

Sein Kopf drehte sich wieder zu mir und er beobachtete meine Reaktion. Er wollte Furcht sehen. Er wollte meine Angst sehen.

Aber ich weigerte mich, ihm zu geben, was er wollte.

"Ich konnte mein Glück kaum glauben, als der Auktionator deine Kampfwerte vorgelesen hat. Es schien zu gut, um wahr zu sein. So was wie dich gibt es sehr selten. "

Ich wusste immer noch nicht, was diese Kampfwerte waren. Hatte das was damit zu tun, dass ich jemand umgebracht hatte? Ich war eigentlich völlig harmlos. Nur wenn ich um mein Leben rennen musste, tat ich alles, was nötig war, um zu überleben.

"Und dann hast du in den Raum gerufen, dass wir eine Horde kranker Mistkerle sind. "Er kicherte leise. "Ich habe noch niemals zuvor in meinem Leben so einen Harten bekommen. "

Ich wollte kotzen.

"Mein Schwanz ist noch niemals so schnell zum Leben erwacht. Du hast dort gestanden, eine wunderschöne Frau mit perfektem Gesicht in einem atemberaubenden Kleid. Und dann hast du deinen dreckigen Mund aufgemacht und gesagt, was du denkst. "Seine Hose war eng über die Stelle gespannt, an der sein Schwanz hart wurde und sich aufstellte. Seine Hand griff nach meinem Schenkel und er drückte ihn sanft.

Angewidert riss ich meinen Schenkel zur Seite, sodass seine Hand abrutschte.

Er schien das erwartet zu haben, denn er zog seine Hand zurück und lachte erneut. "Ich werde so eine tolle Zeit mit dir haben, wenn ich dich breche und einreite. Du bist wie ein wilder Hengst, den niemand reiten kann. Du bist wie ein Stier, den niemand unter Kontrolle bekommt. "

Angst breitete sich von meinem Inneren durch meinen ganzen Körper aus. Als sie mein Herz erreichte, stoppte es einen Moment lang. Die Gefangene dieses Mannes zu sein, würde all meine Kräfte fordern. Ich würde solcher Grausamkeit und Brutalität ausgesetzt werden, dass ich es nicht überleben würde—nicht mit einem intakten Verstand. Aber ich konnte mich nicht von der Angst beherrschen lassen. Ich musste weiterkämpfen. Für jedes Problem gab es eine Lösung—und ich würde eine finden.

"Wenn wir in meinem Haus angekommen sind, werde ich dich so hart in den Arsch ficken, dass du eine Woche lang nicht wirst sitzen können. Betrachte das als ein Willkommensgeschenk. "Er blickte aus dem Fenster, so als wäre das, was er gesagt hatte, nicht so schlimm, wie es geklungen hatte.

"Wenn wir bei dem Haus angekommen sind, werde ich dich umbringen. Betrachte es als ein Abschiedsgeschenk. "

Sein Kopf wandte sich wieder zu mir, als er mich sprechen hörte. Anstatt mich zu schlagen, dass ich es gewagt hatte, so mit ihm zu sprechen, oder mich anzubrüllen, lächelte er einfach nur. Es war ein grotesker Anblick. Meine Aufmüpfigkeit schien ihn sich nur noch mehr darauf freuen zu lassen, mich foltern zu können. "Ich mag Herausforderungen. "

KAPITEL FÜNF

Crow

Wir standen in der Gasse, die nur von einer einzelnen Laterne in einiger Entfernung beleuchtet wurde. Es war irgendeine unchristliche Zeit, irgendwann zwischen Sonnenuntergang und Sonnenaufgang. In den Straßen waren keine Autos unterwegs. Auf den Bürgersteigen gingen keine Menschen. Wenn das Licht verschwunden war, kamen die Monster aus ihren Verstecken.

Cane stand neben mir, der Beutel mit Geld stand bei seinen Füßen. Er schaute auf seine schwarze Armbanduhr, um zu sehen, welche Uhrzeit es war. "Er ist zu spät. "

"Ich wusste, er würde zu spät kommen. "Er mochte es, immer seinen großen Auftritt zu haben und die Menschen auf sich warten zu lassen. Nur auf diese Art konnte er sich Respekt verschaffen—durch Gewalt.

Mein Herz schlug gefährlich langsam. Kurz bevor es gefährlich wurde, war ich immer völlig ruhig. Das schien in meinem Blut zu liegen. Es war schon seit meiner Geburt so. Wenn es um Leben oder Tod ging, dann blühte ich auf, dann funktionierte ich am besten. Aber wenn ich alleine in meinem Haus war, dann kam die Angst in mir hoch. Die Paranoia setzte sich fest und ich konnte sie nicht abschütteln. Ich musste irgendetwas zerbrechen, nur um ruhig zu bleiben. Ich musste Schmerzen verursachen, nur um mich gut zu fühlen.

Meine Männer versammelten sich um uns und bildeten einen Schutzwall. Die Regel für das Treffen war, alleine zu kommen. Aber niemand kam jemals alleine. Ich hatte keine Ahnung, warum wir diese Regeln dann überhaupt hatten.

Cane blickte wieder auf seine Armbanduhr, sichtbar irritiert. "Sie ist tot. "

"Sag das nicht. "Es war sinnlos, um jemanden zu trauern, solange es nicht sicher war, dass die Person tot war. Ich weigerte mich, mich Herzschmerzen auszusetzen, wenn es unnötig war. So wie es war, war es schon schwierig genug für mich, für jemanden etwas zu empfinden. Mein Körper war vor langer Zeit schon eiskalt geworden.

Und er war nie wieder aufgetaut.

"Sie ist tot, und wir beide wissen es. "Als er mich anblickte, sah ich die Resignation in seinem Gesicht. "Kranke Arschlöcher wie er lassen Menschen nicht einfach gehen. Er spielt mit uns. Ich weiß es. "

"Wir sind nicht die Art von Menschen, mit denen er spielen möchte. "

"Aber das ist genau das, was er tut. "

Schließlich passierte etwas. Schwarze SUVs erschienen am Ende der Gasse. Niemand stieg aus den Autos aus, bis die Lichter erloschen waren. Soldaten mit Sturmgewehren kletterten aus den Autos.

Einer der Männer öffnete die Hintertür eines der Autos und sie stieg aus.

Vanessa.

Selbst aus der Entfernung und in der Dunkelheit konnte ich die vielen Blutergüsse auf ihrem Körper sehen. Ihre Arme waren blau und schwarz, Narben über Narben auf ihnen. An ihrem Mundwinkel haftete trockenes Blut von den vielen Schlägen, die sie hatte einstecken müssen. Ihre Augen waren schwarz von Fausthieben. Sie konnte kaum stehen, da ihre Muskeln verkümmert waren, und sie war schwächer, als ich sie je gesehen hatte.

Ich sah rot.

Ich wollte nicht an das denken, was er ihr angetan hatte. Ich wollte mir nicht die Monate der Folter vorstellen, die sie erlitten hatte. All die Nächte, in denen ich geschlafen hatte, war sie ausgepeitscht und geschlagen worden.

Er war immer unterwegs und praktisch nicht unauffindbar. Ich hatte lange daran gearbeitet, sie zurückzubekommen. Ich hatte andere Arbeit liegen gelassen, nur um das zu schaffen. Selbst als alles hoffnungslos aussah, hatte ich nicht aufgegeben.

Denn sie hätte mich niemals aufgeben.

Der skrupellose Tycoon stieg aus dem Fahrzeug hinter ihr.

Meine Hand griff sofort nach meiner Waffe. Ich musste all meine Selbstbeherrschung aufbringen, sie nicht zu ziehen und ihm in den Kopf zu schießen. Ich malte mir aus, wie sein Blut die Soldaten hinter ihm bespritzen würde. Ich stellte mir vor, wie sein Körper auf das kalte Pflaster fallen würde. Ich genoss diesen Wunschtraum versonnen.

"Crow. "Cane holte mich mit nur einem Wort zurück in die Realität. "Denk an deine Schwester. "

Meine Hand drückte die Waffe noch einmal, bevor ich sie losließ.

Er hatte Vanessa an ihren Haaren gepackt und zerrte sie mit sich mit. Sie trug einen lose sitzenden BH und zerschlissene Unterwäsche, und sie war über und über mit Schmutz bedeckt. Sie sah nicht wie die Person aus, an die ich mich erinnerte. Er hätte uns eine völlig andere Frau übergeben können, und Cane und ich hätten es nicht gewusst.

"Hier ist sie. "Er stieß sie vorwärts, so hart, dass sie stolperte und auf das Pflaster stürzte.

Sie schrie auf, als ihre Knie auf den Boden krachten.

Sie war es. Ich erkannte ihre Stimme.

Mein Rücken spannte sich an. Ich war so wütend, dass ich Feuer hätte spucken können. Ich wollte eine Atombombe zünden und uns alle töten. Es würde nichts außer Tod bringen, aber trotzdem gefiel mir die Vorstellung.

"Ich habe meinen Teil der Abmachung eingehalten. "Er stand vor mir in einem schwarzen Anzug und darunter trug er ein schwarzes Hemd. "Wie sieht es mit dir aus?"

Ich nickte einem meiner Männer zu.

Er legte die Tasche mit dem Geld auf einen kleinen Rollwagen und gab ihm einen kräftigen Stoß. Er rollte die Gasse entlang, bis er bei den Fahrzeugen am anderen Ende ankam.

Einer der Männer öffnete die Tasche und zählte jeden einzelnen Geldschein, um sicherzustellen, dass nicht ein Dollar fehlte. Er verwendete eine Maschine, um es schnell zu zählen und zu prüfen, dass es kein Falschgeld war.

Es schien eine Ewigkeit zu dauern.

Vanessa kam langsam auf die Beine, ihre Knie waren rot von dem Sturz auf den Boden. Die starke und stolze Frau, die ich gekannt hatte, war völlig verschwunden. Sie war eine gebrochene Frau. Obwohl wir sie zurückbekamen, würde sie nie wieder die gleiche Person sein. Nach dem, was sie durchgemacht hatte, würde sie für immer ein menschliches Wrack sein. Sie sah zu Cane und zu mir und fing an zu weinen.

Meine Schwester weinte niemals.

Sie war aus dem gleichen Holz geschnitzt wie wir. Sie war hart wie Stahl und völlig rücksichtslos. Man könnte ihr alle Finger brechen, und sie würde nicht nachgeben. Aber sie hatte genug durchgemacht, um daran zu zerbrechen—immer und immer wieder.

"Du hast dein Geld. "Ich legte meine Hand auf meine Waffe. "Lass sie gehen. "Wenn sie bei uns und in Sicherheit war, würde ich schießen. Es war mir egal, was dann geschah. Ich wollte ihn töten. Ich musste es tun. Ich musste ihn ausschalten.

"Du hast sie gehört, Schätzchen. "Er stieß sie vorwärts. "Geh. "

Sie taumelte ein paar Schritte vorwärts, bevor sie sich stabilisierte. Dann ging sie langsam davon. Jeder Schritt schien eine Ewigkeit zu dauern. Sie blickte sich um, als ob sie sich nicht sicher wäre, ob dies nicht alles nur ein krankes Spiel war.

"Vanessa. "Meine Stimme klang autoritär. Ich musste sie wieder in die Realität zurückholen. Sie musste schnell zu uns kommen, bevor dieser kranke Mistkerl seine Meinung änderte. Ich zog meine Pistole aus dem Holster, nur für alle Fälle.

Sie wandte sich zu mir, Tränen in den Augen.

"Beweg deinen Arsch hierher. "Wir konnten uns später um ihre Probleme kümmern. Jetzt war keine Zeit, sich um ihren emotionalen Zustand zu kümmern. "Schneller. "

Sie ging schneller und erreichte die Mitte der Gasse. Sie hatte ihre Arme um ihren Oberkörper geschlungen, um die Kälte abzuwehren. Ihre nackten Füße traten in Wasserpfützen, aber das schien sie nicht zu bemerken. Ihr Körper war taub gegen alles.

Sie war fast bei uns, fast auf unserer Seite dieses Kampfes. Wir würden sie ins Krankenhaus bringen und dann in eine psychiatrische Anstalt. Ohne ein Wort von ihr gehört zu haben, wusste ich, dass sie nicht mehr der gleiche Mensch war. Die Frau, die ich als meine Schwester gekannt hatte, war tot. Übrig war nur noch ihr Körper.

"Sie braucht zu lange. "Er zog eine Pistole aus seiner Tasche.

"Feuer!"Cane reagierte schneller als ich und hob seine Waffe.

Ich hatte mich auf sie konzentriert und seine

Bewegung nicht registriert.

Er zielte mit seiner Pistole direkt auf meine Schwester und schoss.

Ich hatte nur einen Sekundenbruchteil, um zu reagieren. Alles, was ich tun konnte, war zu rennen. Ich rannte so schnell ich konnte zu ihr, die Muskeln in meinen Beinen protestierten gegen die plötzliche Anstrengung. Meine Hände griffen ihren ausgemergelten Körper und ich warf sie zu Boden.

Aber ich war zu spät.

Ihr Kopf zuckte nach vorne, als die Kugel ihren Hinterkopf traf, und dann spritzte Blut aus ihrem Gesicht. Es traf mich überall im Gesicht und auf meiner Jacke. Ihre Augen blickten in meine und dann erloschen sie. Dann war sie weg, tot, noch bevor sie auf dem Boden aufschlug.

Ich wusste, dass sie tot war, aber ich konnte es nicht akzeptieren. Ich schüttelte sie in der Hoffnung, dass sie nur ohnmächtig geworden war. Ich drückte mein Ohr auf ihre Brust und versuchte, ihren Herzschlag zu hören. Ich suchte nach irgendeinem Anzeichen, dass sie noch am Leben war.

Es gab keines.

Schüsse hallten um mich herum durch die Nacht. Ich hatte den Krieg einen Moment lang vergessen. Ich hatte alles um mich herum vergessen, als ich meine Schwester tot auf dem Boden liegen sah.

Die SUVs fuhren aus der Gasse auf die Straße und rasten davon, ihren Anführer mit sich nehmend. Die Schüsse hallten immer noch in meinen Ohren, und ein paar der Soldaten waren tot. Wir hatten auch einige Männer verloren. Vielleicht hätten ein paar davon gerettet werden können, wenn ich nicht abgelenkt gewesen wäre und besser aufgepasst hätte.

Cane kam zu mir gelaufen, als die Autos weg waren. Er kniete neben mir nieder und betrachtete unsere tote Schwester. Sie sah aus wie eine Hure, die zusammengeschlagen und weggeworfen worden war, nachdem sie benutzt worden war. Er holte tief Luft, als er sie sah, nicht eine Träne vergießend.

Ich tat es auch nicht. Ein ganzes Leben in diesem Geschäft hatte mich alle menschlichen Emotionen aufgeben lassen. Ich verstand Trauer oder Verzweiflung nicht. Ich verstand Glück oder Freude nicht. Alles, was ich verstand, war Wut und Zorn.

Und genau das empfand ich jetzt.

Mein Bruder sagte ein Wort. Und dieses eine Wort war genug, um eine ganze Geschichte zu erzählen. Er sagte mir, was wir mit dem Mann tun würden, der unsere Familie ermordet hatte. Er sagte mir, was unser nächster Schritt war. "Bones. "

Bones hatte uns den Krieg erklärt. Und er sollte seinen Krieg mit uns bekommen.

KAPITEL SECHS

Pearl

Er hielt sein Versprechen und fickte mich genauso, wie er es gesagt hatte. Ich wehrte mich, so gut ich konnte, aber er fesselte mich so fest, dass es schmerzte, und schob seinen Schwanz in mich.

Es tat weh.

Und ich konnte nur daliegen und es geschehen lassen.

Ich fühlte mich angeekelt.

Schmutzig.

Ich wollte weinen, aber ich weigerte mich, es zu tun. Ich weigerte mich, ihm diese Befriedigung zu geben. Er verdiente meine Schreie oder Tränen nicht. Er wollte mich brechen, weil er wusste, dass es eine Herausforderung werden würde.

Aber ich würde mich nicht unterkriegen lassen.

Als er fertig war, nahm er mich wieder und wieder. Die Nacht verging in Agonie, und ich dachte, ich würde in Hälften gerissen, genau durch meine Mitte. Als er endlich fertig war, war ich kaum noch bei Bewusstsein. Mein Hintern tat so weh, dass ich nur auf meinem Bauch liegen konnte. Und mir graute vor der Vorstellung, aufs Klo gehen zu müssen.

Er beugte sich über mich und drückte seine Lippen an mein Ohr. "Ich werde das jeden Tag mit dir machen, bis du für mich weinst. Und unter uns gesagt, ich hoffe, du tust es nicht. "Er gab mir einen Klaps auf den Po und ging aus dem Zimmer.

Als ich endlich alleine war, ging ich ins Bad und wusch mich. Ich war mit seinem Sperma bedeckt und er war so oft und so hart in mich eingedrungen, dass ich blutete. Ich stellte mich unter die Dusche und blieb lange unter dem warmen Wasser stehen, denn es war mein einziger sicherer Ort. Ich hatte ein Schlafzimmer, aber es hatte keine Tür. Er konnte, wann immer er wollte, einfach hereinkommen. Aber wenn ich im Badezimmer war, ließ er mich in Ruhe.

Vergewaltigung war sehr viel schmerzhafter, als ich es mir vorgestellt hatte. Ich verstand endlich, warum Menschen sagten, dass es nicht ein Verbrechen aus Lust, sondern ein Gewaltverbrechen war. Es erregte ihn nicht, in mir zu sein. Es erregte ihn, zu wissen, dass ich furchtbare Schmerzen hatte.

Ich wusste, dass meine Gefangenschaft degradierend und schmerzvoll sein würde, und dass sie mir viele Narben zufügen würde. Aber ich hatte keine Ahnung, wie schlimm es sein würde. Der Mann war ein Psychopath, und er würde noch viel schlimmere Dinge mit mir tun, je länger ich hierblieb.

Es waren nur ein paar Tage gewesen, und ich stand schon kurz vor dem Zusammenbruch.

Ich wollte nur noch heulen und für ein Wunder beten.

Ich wollte mich zusammenrollen und sterben.

Ich wollte vergessen, wer ich war und irgendwo anders hinreisen, in ein Reich, in dem keine Gedanken existierten. Ich wollte einfach nur dort sein und in einem Halbbewusstsein vor mich hindämmern.

Aber ich musste stark bleiben. Ich musste dem Plan folgen, den ich gemacht hatte. Ich musste eine Waffe finden und ihn töten. Das war alles, was ich tun musste, und dann könnte ich von hier abhauen und nach Hause zurückkehren. Ich könnte zu Jacob zurückkehren. Ich könnte zu meinem Job zurückkehren. Ich könnte wieder in die Welt zurückkehren, in der ich nachts tief und friedlich schlief, weil ich wusste, dass niemand mir wehtun würde.

Du kannst es schaffen, Pearl.

Konzentrier dich einfach.

Er kann deinen Körper nehmen, aber nicht deinen Geist.

Lass dich nicht unterkriegen.

Er mochte es, mich zu schlagen.

Ich denke, er mochte das mehr, als mich zu ficken.

Er liebte es, Verstecken zu spielen. Ich rannte davon und suchte mir in seiner großen Villa einen Platz, an dem er mich nicht finden würde. Und dann kam er mich suchen—mit einem Stock in seiner Hand.

Wenn er mich fand—was er immer tat—schlug er mich, bis ich ohnmächtig wurde.

Er liebte es, mich zu fesseln und mich auszupeitschen, um mich zum Gehorsam zu zwingen. Es machte ihm Spaß, mich zum Bluten zu bringen, und wenn er das Blut aus meiner Haut sickern sah, dann brachte er mich noch mehr zum Bluten. Eine ganze Menge kranker Dinge törnten ihn an.

Ich war sein Spielzeug. Ich war kein Mensch. Er behandelte mich wie eine Puppe, die er herumwerfen konnte.

Jemand hatte drei Millionen Dollar Gewinn damit gemacht.

Er hatte vermutlich eine Yacht im Mittelmeer, eine

Strandvilla in Sardinien und einen Lamborghini in seiner Garage.

Während ich geschlagen und misshandelt wurde.

Wenn ich hier entkommen war, würde ich ihn jagen. Ich würde ihn finden und mir diese drei Millionen Dollar holen. Das Geld war mir egal. Aber ich hatte es verdient. Es gehörte mir. Niemand außer mir sollte an meiner Versklavung verdienen.

Ich musste nur von hier entkommen.

Ich wusste nicht, womit er sein Geld verdiente, aber er musste irgendetwas Wichtiges tun, um so ein großes Haus zu besitzen. Es war mitten in einer Stadt, aber ich konnte nicht erkennen in welcher. Die Gitterstäbe vor den Fenstern verhinderten, dass ich entkommen konnte, aber ich konnte immerhin nach draußen sehen. Es war definitiv Europa. Ohne irgendwelche erkennbaren Wahrzeichen konnte ich nicht genau sagen, wo ich mich befand. Vielleicht Frankreich. Vielleicht Italien. Es war egal. Jedes dieser Länder würde eine amerikanische Botschaft haben. Alles, was ich tun musste, war diese zu erreichen und ihnen zu sagen, dass ich entführt worden war. Dann würde ich im nächsten Flugzeug zurück in die Staaten sein. Und wenn ich dort ankam, würde ich sie nie wieder verlassen.

Mein Peiniger war während des Tages nicht zuhause, oder wenn, in einem Teil des Hauses, in den ich nicht gelangen konnte. Wachen patrouillierten im Haus und kontrollierten alle Ausgänge und Fenster. Es gab Kameras in jedem Zimmer—inklusive meines Schlafzimmers. Ich hatte keinerlei Privatsphäre. Er beobachtete jede meiner Bewegungen—wie ein Hund.

Ich verbrachte den Tag in meinem Zimmer, die Stunden der Ruhe genießend, bis er von dem, was zum Teufel auch immer er tat, zurückkam. Jeden Tag nahm er mich brutal. Die einzige Ausnahme war, wenn er krank war. Bislang war dies nur einmal geschehen.

Es gab keine Uhren oder elektronische Geräte im Haus, bis auf ein Soundsystem, das in die Wände gebaut war. Ich hatte keine Ahnung, wie lange ich hier war. Es fühlte sich wie eine Ewigkeit an, aber es konnten nur ein paar Wochen gewesen sein. Ein Monat vielleicht.

Aber es fühlte sich wie ein ganzes Leben an.

Da es während des Tages nicht viel zu tun gab, schlief ich viel. Ich verbrachte meine freie Zeit am Tag damit, mich von den Verletzungen zu erholen, die er mir in der Nacht zufügte. Meine Rippen schmerzten an all den Stellen, an denen er mich getreten hatte, und mein Rücken war voller Narben. Er zog seinen Gürtel aus und schlug mich damit, meist auf meinen Hintern zielend.

Mir war aufgefallen, dass er mich niemals ins Gesicht schlug—zumindest nicht hart genug, um dort Spuren zu hinterlassen. Und er verletzte mich nie von den Knien abwärts. Meine Schultern und Arme verschonte er ebenfalls. Mein Rücken und mein Hintern bekamen am meisten ab.

Vielleicht wollte er nicht, dass irgendwer sah, was er mit mir tat.

Das ließ ein wenig Hoffnung in mir aufkommen. Wenn ein Besucher ins Haus käme, könnte ich ihm sagen, dass ich hier gefangen gehalten wurde. Ich könnte ihm alle meine Narben und Blutergüsse zeigen. Er würde die Polizei informieren. Niemand konnte sich meine Geschichte anhören und meine Narben sehen und nichts tun.

Ich wusste, dass er wieder zuhause war, als ich seine Stimme durch das Haus rufen hörte. "Wo ist meine kleine Fotze?"

Was für ein süßer Kosename.

Einen Augenblick später kam er in mein Schlafzimmer. Er trug einen maßgeschneiderten Anzug, als käme er gerade von einem wichtigen Businessmeeting. Er musste sein Geld mit kriminellen Aktivitäten verdienen. Das war meine Vermutung. Niemand hatte so viel Geld, es sei denn, er brach die Gesetze.

Er kam zu meinem Bett und packte mich am Knöchel, mich brutal zu sich zerrend, bis ich unter ihm lag.

Ich hasste es, dass er so stark war.

"Hast du mich vermisst?"

"Selbst wenn du tot wärst, würde ich dich nicht vermissen. "Ich schlug seine Hand weg und rutschte zurück.

Jedes Mal wenn ich ihm trotzte, schien er es zu mögen. "Ich werde dich später dafür auspeitschen. Aber jetzt gibt es erstmal etwas, was wir besprechen müssen. "

Das klang interessant.

"Francine. "Er schnippte mit den Fingern, als würde er einen Hund herbeirufen.

Eine junge Frau kam gehorsam ins Zimmer gelaufen. Sie trug Designerkleidung und hatte seidiges, glattes Haar. Sie erinnerte mich an die Stylistin, die mich für die Auktion zurechtgemacht hatte. "Jawohl, Sir. "

"Meine kleine Fotze, diese Frau wird dich für heute Abend zurechtmachen. Ich habe eine Dinnerparty und ich würde dich gerne als meinen Gast dazu einladen. "

Eine Dinnerparty?Das bedeutete, dass andere Menschen hier sein würden?Es klang zu schön, um wahr zu sein.

"Kooperiere", befahl er. "Bereite ihr irgendwelche Probleme, und ich werde dich durchprügeln, bis du bewusstlos bist. "

Das wäre nicht das erste Mal. Es war nicht spaßig.

"Verstanden?"

"Verpiss dich. "Das war meine übliche Antwort. Ich bemühte mich nicht, ihm eine andere zu geben.

Er wandte sich zu der Frau, amüsiert aussehend. "Sie ist nicht ganz einfach im Umgang. "

"Das kann ich sehen", sagte sie mit einem Lächeln.

Ich starrte sie mit finsterem Blick an. "Du weißt, dass ich eine Sklavin bin, und du arbeitest trotzdem für ihn? Ist dir klar, dass es genauso gut dich hätte erwischen können? Und du in meiner Lage sein könntest? Du bist noch kranker als er. "

Francine schluckte meine Worte, ohne die kleinste Reaktion zu zeigen. Sie prallten von ihrem ausdruckslosen Gesicht ab und lösten sich in Luft auf. "Sie braucht ein Armband. "

Wie bitte?

"Sonst werde ich nicht mit ihr arbeiten. "Francine verschränkte ihre Arme vor ihrer Brust und starrte mich an, als wäre ich eine Nervensäge. Sie wurde nicht gut genug bezahlt, um sich mit mir herumzuplagen.

Sie tat mir fast leid—*und auch nicht.*

"Du hast recht", sagte er zustimmend. "Das ist okay für mich. "Er zog ein Metallband aus seiner Tasche. Es sah aus wie ein silbernes Armband, unscheinbar und schlicht. Er legte es um mein Handgelenk, schloss es und holte dann eine Fernbedienung aus seiner Tasche.

Ich wusste, was es war. Ich hatte so ein Ding schon mal getragen.

Arschloch.

Er gab Francine die Fernbedienung. "Sie sollte dir

jetzt keinen Ärger mehr machen. Aber pass auf sie auf. Wenn du ihre Haare schneiden willst, dann fessle sie. Sie wird sich alles schnappen, was sie in die Finger kriegen kann. "

Egal ob sie eine an meiner Entführung unbeteiligte Person war oder nicht, ich würde sie ausschalten, wenn ich es musste. Sie war freiwillig hier und stand mir im Weg. Und jeder, der mir den Weg zur Freiheit blockiert, musste ausgeschaltet werden.

"Verstanden. "Sie hatte eine lyrische Stimme, wie die einer Sängerin.

Warum hatte der Sklavenhalter nicht sie gewollt, sondern mich?Sie sah besser aus. Sie hatte größere Titten. Was fand er an mir so faszinierend?Warum fesselte er sie nicht einfach und benutzte sie als sein neues Spielzeug?

In diesem Moment realisierte ich, dass ich immer noch nicht den Namen meines Peinigers kannte. Ich hatte nie gefragt, und er hatte ihn mir nie gesagt. Ich wollte ihn eigentlich auch überhaupt nicht wissen. Aber er könnte vielleicht später nützlich sein. Mein primäres Ziel war es, zu entkommen, die amerikanische Botschaft zu erreichen und frei zu sein. Aber danach würde ich ihn ausschalten wollten.

Und dafür brauchte ich einen Namen.

Francine verpasste mir ein völlig neues Aussehen. Sie kümmerte sich um mein Haar, sie schnitt die langen und toten Enden ab. Sie verwendete eine endlose Reihe von Pflegeprodukten in den Haarschichten, um meinem Haarwieder seinen vollen Glanz zu geben. Es sah danach so gesund aus wie ihres. Sie wickelte die Enden auf, sodass sie sich nach innen ringelten, um mein Gesicht einzurahmen. Danach machte sie sich an mein Makeup. Sie verlängerte meine Wimpern und betupfte sie mit Mascara. Schicht für Schicht wurde aufgetragen und schon bald sah ich wie eine andere Person aus. Meine Augen waren markant, meine Lippen waren rubinrot und bildeten einen schönen Kontrast zu meinem hellen Gesicht. Mit der Grundierung, die sie mitgebracht hatte, schaffte sie es, jede einzelne Hautunreinheit zu verdecken, die ich hatte. Wenn man mich ansah, würde niemand jemals sehen können, dass ich vergewaltigt und fast jeden Tag geschlagen worden war. Niemand würde auch nur ahnen, was ich jeden Tag erleiden musste. Ich sah aus wie ein normaler Mensch.

"Ich verstehe, warum er so von dir besessen ist. "Francine rann ihre Finger durch mein dunkelbraunes Haar. Du bist wunderschön. Weißt du, eine natürliche Schönheit. Du brauchst kein Makeup oder schöne Kleider, um toll auszusehen. Aber natürlich hilft das auch. "

Ich blickte sie ihm Spiegel finster an. "Wow, jetzt fühle ich mich viel besser. "

Sie ignorierte meinen Sarkasmus. "Jetzt musst du nur noch das Kleid anziehen, und du bist bereit für das Dinner. "

Das war das einzig Gute an meiner Gefangenschaft. Ich musste nicht hungern. Ich konnte essen, wann ich wollte und soviel ich wollte. Sein Ziel war es, meinen Missbrauch durch ihn zu verstecken, indem ich gut und gesund ernährt wurde. Wenn ich clever sein wollte, dann könnte ich einfach hungern, bis ich starb. Aber dazu war ich zu schwach. Ich mochte Essen viel zu sehr, um das zu tun.

Francine kam mit einem bodenlangen, grauen Kleid zurück. Es hatte einen tiefen Ausschnitt vorne. Der Name des Designers war nirgendwo zu sehen, aber ich wusste, dass es ein teures Kleid war. Wer immer zu diesem Dinner kam, musste wichtig sein.

"Ich werde das nicht tragen. "

"Ach, komm schon. . . "Sie versuchte sich an meinen Namen zu erinnern, aber sie realisierte, dass sie ihn nicht kannte. Den einzigen Namen, den sie kannte, war Fotze. "Ich möchte den Taser nicht benutzen, aber ich werde es. Nur weil ich eine Frau bin, bedeutet das nicht, dass ich dir nicht wehtun würde. "

Ich betrachtete das Kleid in ihren Händen und warf ihr dann einen finsteren Blick zu. "Wenn ich hier rauskomme, dann werde ich dich jagen und töten, für das, was du gerade gesagt hast. "

Ihre Lippen blieben zusammengepresst und ihre Augen blickten ausdruckslos. Diese Worte beeindruckten sie überhaupt nicht. "Du möchtest besser behandelt werden? Das ist nicht so schwierig zu erreichen. "

"Indem ich abhaue?"

"Nein. Du möchtest, dass Bones dich besser behandelt? Dann gib ihm einen Grund dafür. "

*Bones?*Das war sein Name?Das war derblödeste Name, was ich je gehört hatte. "Verdammt, einen schlimmeren Namen hätte er sich wohl nicht aussuchen könne?"Ich lachte tatsächlich zum ersten Mal, seit ich entführt und eingesperrt worden war.

"Es gibt einen Grund, warum sie ihn Bones nennen. "Sie hielt das Kleid weiterhin in ihren Händen, aber sie wurde ungeduldig. "Er behält von jedem Opfer einen Knochen. Er hat eine ganze Sammlung hier im Haus—eine Erinnerung daran, was denen passiert, die sich mit ihm anlegen. "

Ich schluckte schwer, als ich mir diesen Raum voller Knochen vorstellte. Ich stellte mir Schenkel und Schienbeinknochen vor, die an Wänden hingen. Ich stellte mir Hände und Füße vor, die aus schwarzen Kisten ragten. Der Gedanke daran war so abscheulich, dass mir ein kalterSchauer über den Rücken lief.

"Werde nicht sein nächstes Opfer. Du denkst, er behandelt dich schlecht? Du hast sein volles Potenzial noch nicht gesehen. "

Wie viel schlimmer konnte es denn noch werden?

"Bald wird er dir dein Bein brechen, nur um dich zum Schreien zu bringen. Er wird dich eine Woche lang im Haus herum humpeln lassen, dich zwingen, ihm ein Glas Scotch oder die Fernbedienung für den Fernseher zu holen, nur um dich leiden zu sehen. Erst wenn es ihm zu langweilig wird, wird er einen Arzt rufen. "

Jetzt hatte ich ganz offiziell furchtbare Angst.

"Ja, es kann viel schlimmer sein. Also sei dankbar. "

Wie konnte ich dankbar sein?Mein Peiniger war noch kranker, als ich es realisiert hatte. Es war nur eine Frage der Zeit, bevor seine üblichen Quälereien langweilig wurden und er mir andere und schlimmere Schmerzen verursachen würde.

Obwohl es meinen Stolz verletzte, stellte ich die Frage, die mir das Leben retten könnte. "Wie bringe ich ihn dazu, mich besser zu behandeln?"

Sie lächelte triumphierend. "Du bist ein cleveres Mädchen. Ich dachte mir, dass du es wärst, trotz deiner frechen Klappe. "

"Beantwortest du meine Frage oder was?"

Sie bedeutete mir, aufzustehen und zog mir das Kleid über meinen Kopf. Sie drehte mich um und schloss den Reißverschluss um Rücken, sodass es eng an meiner Taille saß. Sie glättete es. Es passte perfekt, Als wäre es für mich maßgeschneidert worden. Dann legte sie eine silberne Kette um meinen Hals, mein Aussehen perfektionierend.

Ich erkannte mich im Spiegel nicht wieder. Es war das erste Mal seit langer Zeit, dass ich sauber und gepflegt aussah. Ich duschte zwar jeden Tag, aber ich hatte keine Haarpflegemittel. Ich hatte nichts, was ich auch nur irgendwie als eine Waffe hätte benutzen können. Ich hatte noch nicht einmal einen Föhn, sodass ich mein Haar mit einem Handtuch trocknen musste. Die Kleidung, die ich hatte, war labberig und alt, als hätte eine Sklavin vor mir sie getragen. Meine Verwandlung war unglaublich, wie von einer Raupe zu einem Schmetterling. Ich war jetzt eine andere Person.

Sie legte ihre Hände auf meine Schulter und blickte mir im Spiegel in mein Gesicht. "Es ist einfach. Bring ihn dazu, dass er sich in dich verliebt. "

Bones rief nach mir, um nach unten zum Dinner zu kommen. Ich trug das silbergraue Kleid und den teuren Schmuck, und ich hatte hohe Absatzschuhe bekommen, die mich zehn Zentimeter größer aussehen ließen.

Francine hatte gesagt, ich solle ihn dazu bringen, sich in mich zu verlieben. Aber konnte so ein Mistkerl, ein

Psychopath, auch nur so was Ähnliches wie Liebe empfinden?Würde ich ihm je etwas bedeuten? Würde er mich je auch nur als einen Menschen sehen?Es würde schön sein, nicht jeden Tag geschlagen und vergewaltigt zu werden. Wenn ich ihn dazu brächte, sich in mich zu verlieben, würde er mich dann gehen lassen?

War das eine Möglichkeit?

Ich ging langsam die große Treppe hinunter und hielt mich am Geländer fest, damit ich nicht stolperte. Ich war es nicht gewohnt, Stöckelschuhe zu tragen, und schon gar nicht, damit eine Treppe herunterzugehen.

"Ahh…da ist sie. "Bones erhob sich am Kopf des Tisches. Vier Männer saßen bei ihm und tranken Scotch. Sie trugen alle ähnliche dunkle Anzüge wie er. Sie erhoben sich von ihren Stühlen und beobachteten jeden Schritt, den ich machte.

Die Männer sahen fast genauso furchteinflößend aus wie er.

Ich kam am unteren Ende der Treppe an und ging an seine Seite, mich zum ersten Mal ruhig und gehorsam verhaltend.

Er lächelte, als er mich betrachtete und bewunderte, was Francine aus mir gemacht hatte. Sie hatte bei Nichts angefangen und mich in etwas verwandelt, was tatsächlich schön aussah. Er nahm meine Hand, und zum ersten Mal überhaupt, beugte er sein Haupt und küsste meinen Handrücken.

Mir war immer noch zum Kotzen zumute.

"Lass mich dir meine Freunde vorstellen. "Er zog einen Stuhl neben sich zurück und half mir, mich hinzusetzen.

Ich hatte nicht gewusst, dass er solch gute Manieren hatte.

"Das sind Alfonso, Ricardo, Jermaine und Simon. "

Jeder Mann neigte seinen Kopf leicht, als er seinen Namen hörte.

"Ihr könnt sie als Sklavin ansprechen. "Bones schenkte mir ein Glas Wein ein. "Denn das ist genau das, was sie ist. "

Mein Gesicht wurde bleich, als ich verstand, was er gesagt hatte. Er hatte mich als Sklavin vorgestellt, was bedeutete, dass diese Männer genau wussten, was ich war. Es war ihnen egal, dass ich entführt worden war. Es war ihnen egal, dass mir mein Leben weggenommen worden war. Sie blinzelten noch nicht einmal, als sie hörten, was Bones sagte.

In was für einer Welt lebte ich hier?

"Sklavin ist vor einem Monat zu mir gekommen", sagte Bones. "Sie hat sich gut eingelebt. Sie ist wild und kampfeslustig. Es ist das erste Mal, dass ich eine Sklavin mit Rückgrat gesehen habe. Ich wusste sofort, dass ich sie haben musste. "

Alfonso saß mir gegenüber und nahm einen Schluck von seinem Whisky, während er mich musterte. Seine Augen vernaschten mich genauso lüstern wie die des

Mannes auf dem Schiff—bevor ich ihm seinen Schwanz kaputtgetreten hatte.

"Sie hat tatsächlich einen der Männer, die sie entführt haben, getötet", sagte er stolz. "Sie hat eine Waffe geklaut und ihm in den Bauch geschossen. "

Ricardo nickte beeindruckt. "Eine gute Kämpferin. "

Neben meinem Teller lag ein Messer. Es war kein Steakmesser, aber es sah scharf aus. Ich konnte einem von ihnen in den Hals stechen und ihn verbluten und sterben lassen. Bones wäre natürlich mein erstes Opfer. Aber die anderen Männer hatten vermutlich Pistolen, und sie würden mich sofort erledigen.

"Sie ist ein wunderschönes Geschenk", sagte Simon. "Wir wissen das zu schätzen. "

"Das ist, wie wir Geschäfte machen, Jungs. "Bones hob sein Glas zu einem Salut und trank dann.

Ein wunderschönes Geschenk? Was zur Hölle sollte das bedeuten?

Eine Bedienung brachte uns das Essen und stellte die Teller vor uns hin. Es war zartes Kalbfleisch mit Reis und Gemüse. Ich machte mir nichts aus Kalbfleisch, aber ich hatte keine andere Wahl, als es zu essen. Wenn ich es nicht täte, würde ich geschlagen werden.

Ich konnte nicht aufhören, an das zu denken, was er gesagt hatte. Ich war ein Geschenk. Hatte er vor, mich heute Nacht zu teilen?Diese Vorstellung war noch abscheulicher, als mit Bones alleine zu sein. Diese

Männer kannten keine Grenzen. Sie könnten mich benutzen, bis ich kaum noch funktionieren würde, denn hinterher konnten sie einfach gehen.

Aber würde Bones drei Millionen Dollar für mich ausgegeben haben, um mich dann mit anderen zu teilen?

"Du wirst ihnen dienen, genau wie du mir dienst. "Er schob das Weinglas dichter zu mir und verlangte, dass ich ihn trank.

Jetzt war es bestätigt. "Wenn irgendeiner dieser Männer mich anrührt, dann beiße ich ihnen ihre Körperteile ab. "

Bones nahm meine Drohung nicht ernst. Im Gegenteil, er lachte. "Das ist süß. Sie möchte nicht mit irgendjemand anderem zusammen sein, sondern nur mit mir. "

Die Männer lachten alle.

Das war alles andere als lustig.

"Ich meine es ernst", rief ich. "Fasst mich an und ich töte euch. "

"Da du von der Decke hängen wirst, würde ich gerne sehen, wie du das versuchst", warnte mich Alfonso.

Ich starrte in seine tiefbraunen Augen und spürte, wie mir schlecht wurde. Es war wieder wie auf dem Schiff. Ich würde nicht nur von einem Mann vergewaltigt werden, sondern von noch vier weiteren. Ich drehte mich zurück zu Bones, ihn noch mehr hassend, als ich bereits tat. "Du hast eine Menge Geld ausgegeben, nur um mich dann zu verleihen. Keine gute Investition. "

"Meine Sklavinnen halten nur ein paar Jahre. "Er sagte es so unbekümmert, als würde er über seine Urlaubspläne sprechen. "Sie sterben normalerweise an inneren Verletzungen oder an einer Krankheit. "

Meine Hand griff blitzschnell nach dem Messer. Es war mir egal, ob ich heute Nacht sterben würde. Ich würde lieber durch eine Kugel in meinen Kopf sterben als durch einen Bruch meiner Innereien.

Bones packte mein Handgelenk, als hätte er erwartet, dass ich das tat. "Wie schade. Ich hatte gedacht, dass du etwas gelernt hättest. "Er ließ mein Handgelenk nicht los. Er hielt es fest im Griff, mir still drohend.

Das Warten auf das, was kommen würde, war schlimmer als der Schmerz selber.

Brutal verdrehte er mein Handgelenk und meine Augen tränten vor Schmerz. Ich lehnte mich über den Tisch und versuchte nicht zu schreien, als er mir das Handgelenk weiter ausrenkte. "Du wirst ihre Schwänze lutschen bis deine Lippen rot und geschwollen sind. Du wirst in deinen Arsch und deine Fotze gefickt werden. Und du wirst geschlagen werden, bis du kaum noch lebst. Also genieße dein Abendessen, solange du es noch kannst. "Er ließ mein Handgelenk los und mit einem kräftigen Schubs stieß er mich zurück auf meinen Stuhl.

Die Männer aßen weiter, so als ob nichts geschehen

wäre. Die brutale Art, mit der Bones mich behandelt hatte, ließ sie kalt. Ihnen war nicht der Appetit vergangen. Im Gegenteil, sie sahen noch hungriger aus.

Mein Handgelenk schmerzte so sehr, dass ich es nicht benutzen konnte.

Bones deutete auf meinen Teller. "Iss. Jetzt. "

Ich trotzte ihm nicht mehr. Ich benutzte meine linke Hand zum Essen, obwohl mir jeglicher Appetit vergangen war. Ich versuchte meine Tränen zurückzuhalten, während die schreckliche Wahrheit sich in mir ausbreitete. Ich würde vergewaltigt werden —von vier Fremden gleichzeitig.

KAPITEL SIEBEN

Crow

Ich saß vor meinem Kamin in meinem Arbeitszimmer und starrte in die tanzenden Flammen. Sie knisterten und knackten und ließen Funken in den Kamin aufsteigen. Die Landschaft war in Nebel gehüllt, der Winter stand kurz vor der Tür. Sonnenschein gab es nur noch selten.

Meine Weinbrandkaraffe stand neben mir auf dem Tisch und ich goss mir ein weiteres Glas ein, mich mit jedem Drink tiefer in den Stumpfsinn befördernd. Der Weinbrand war alt und gut, der beste, den ich je gekostet hatte. Jede Flasche kostete ein Vermögen, aber ich weigerte mich, etwas anderes zu trinken.

Weinbrand war mein einziger Freund.

Ich starrte die Gemälde an den Wänden an. Es waren alles Originale, die speziell für mich angefertigt worden waren. Sie zeigten die grüne Landschaft, die Weinberge und die Sonne, die über den Horizont schaute. Steinhäuser waren in der Ferne zu sehen, so alt wie die Zeit selber.

Die Gemälde machten mich normalerweise glücklich.

Jetzt ließen sie mich nur miserabel fühlen.

Ein leises Klopfen ertönte an der Tür.

"Ja?"Meine Dienstboten öffneten niemals ohne meine Erlaubnis die Tür.

"Cane ist hier, um Sie zu sehen. "Patricias leise Stimme erklang an der Tür.

Ich wollte meinen Bruder nicht sehen. Ich wollte niemanden sehen. Bei seinen letzten Besuchen hatte ich ihn wegschicken lassen und mich geweigert, ihn zu sehen. Schmerz ließ sich besser alleine genießen.

Alles, was ich wollte, war alleine zu sein.

"Sag ihm, dass ich beschäftigt bin. "

Sie blieb an der Tür stehen.

"Was stehst du da noch, Patricia?"

"Er sagte, dass Sie das sagen würden...und er sagte auch, dass er nicht gehen würde, bis er Sie gesehen hat. "

Cane stellte meine Geduld auf die Probe, genau wie er es getan hatte, als wir noch Kinder gewesen waren. "Okay. Schick ihn rein. "

"Ja, Sir. "Ich hörte, wie sie davonging.

Ich goss mir ein weiteres Glas ein und starrte wieder in die Flammen.

Ich saß in einem bequemen Sessel, mein Lieblingsplatz, um mich den Depressionen hinzugeben, die mich auffraßen. Niemand saß jemals im Sessel gegenüber. Ich war mir nicht sicher, warum hier überhaupt zwei Sessel standen.

Cane kam ein paar Augenblicke später in den Raum. Er trug einen Bart. Offensichtlich hatte er sich schon lange nicht mehr rasiert. In seinen Augen brannte eine Wut, die niemals erlöschen würde. Er sah den Weinbrand auf dem Tisch, nahm sich ein Glas und goss sich welchen ein—genau wie er sich immer alle meine Dinge nahm.

Er setzte sich in den anderen Sessel und blickte ins Feuer.

Eine Weile lang füllte eine komfortable Stille den Raum. Unsere brüderliche Kameraderie bekämpfte den Schmerz, den wir beide fühlten. Aber dann wurden wir wieder von der Realität ergriffen. Unsere Familie hatte aus fünf Personen bestanden und dann waren es nur noch vier. Dann waren es nur noch drei.

Und jetzt waren nur noch wir zwei übrig.

Er brach die Stille. "Ich hab dich schon eine Weile nicht mehr gesehen. "

"Ja. Ich hab dich auch schon lange nicht mehr gesehen. "

"Ich wäre überrascht gewesen, wenn du das hättest, da du allen aus dem Weg gegangen bist. "

"Ich gehe niemandem aus dem Weg. "Ich schwenkte mein Glas. "Ich wollte einfach niemand sehen. Ich mag niemanden. Das ist ein Unterschied. "

"Aber du bist nicht zu Vanessas Beerdigung gegangen. "

"Wozu?", fragte ich kalt. "Ich habe mich von ihr verabschiedet, als ihr Gehirn vor meinen Augen explodiert ist und auf meinen verdammten Anzug gespritzt ist. Ich habe mich verabschiedet, als ich ihr direkt vor ihrem Tod in die Augen gesehen habe. Cane, ich habe mich verabschiedet. "Ich hob das Glas an meine Lippen und genoss die Linderung, die mir der Weinbrand brachte.

"Mutter wäre nicht glücklich gewesen. "

"Nun, sie ist auch tot. Wir werden nie wissen, wie sie sich gefühlt hätte. "

"Ich denke nur, dass es kalt von dir war. "

"Ich bin eine kalte Person. Sollte nicht so überraschend sein. "

Seine Augen bewegten sich zu den Bildern an der Wand, zu der originalen Kunst, die die meisten Wände meines Hauses schmückte. Sie waren stolze Gemälde, Kunstwerke, die die Schönheit der Welt abbildeten. "Was immer du sagst, Mann. "Er wandte sich zurück zu den Flammen, seine Finger pochten an sein Glas. "Ich denke, dass wir genug Zeit mit Trauer verbracht haben. "

Ich hatte niemals getrauert. "Ich bin seit der Nacht, in der sie gestorben ist, bereit Rache zu nehmen. Ich habe nur auf dich gewartet. "

"Hast du einen Plan?"

Ich hatte die meiste meiner Zeit damit verbracht, mir darüber den Kopf zu zerbrechen. Ich nahm nicht nur Rache an Menschen, die mich provoziert hatten. Ich machte sie nieder, demütigte sie vor den Augen der Welt. Ich bereitete solche Dinge sorgfältig vor, ließ mir Zeit, wartete ab, bis der perfekte Augenblick gekommen war. "Ich möchte ihm genau das Gleiche antun, was er uns angetan hat—aber ihm selber. "

"Und was genau soll das bedeuten?"

"Ich möchte jemanden nehmen, den er liebt, und diese Person gnadenlos quälen. Ich möchte, dass er versucht, jede Nacht zu schlafen, genau wissend, dass wir sie haben. Dass sie gewürgt, vergewaltigt und bis zur Besinnungslosigkeit geschlagen wird. Und dann, wenn er denkt, dass er sie zurückbekommt, drücken wir den Abzug. "

"Klingt fair. Aber da gibt es ein Problem. "

Ich wusste bereits, was das Problem war.

"Er hat niemanden. Keine Familie. Keine Freunde. Keine Frau. Keine Kinder. "

"Jeder hat irgendjemand. "Selbst ich einstmals.

Er schüttelte seinen Kopf. "Er ist skrupellos aus einem guten Grund. Er liebt nichts oder niemanden—außer Macht. "

"Es wird geschehen. Wir müssen einfach darauf warten. "

"Wie lange warten?", fragte er.

Mein ganzes Leben, wenn es sein musste. Rache war ein Marathon, kein Sprint. Sie brauchte Zeit und Planung. Sie brauchte Geduld. Alles musste bereit sein. Es musste perfekt sein. "So lange wie nötig. "

KAPITEL ACHT

Pearl

Ich konnte mich nicht bewegen.

Alles tat weh. Irgendwas in mir war kaputt. Es gab jede Menge Blut.

Schmerz. Leiden. Agonie.

Ich war ein paarmal ohnmächtig geworden und dann mussten sie mir einenStimulatorinjiziert haben, um mich wieder aufzuwecken. Mein Herz klopfte so wild, dass ich dachte, es würde explodieren.

Sie waren viel schlimmer, als Bones es jemals gewesen war. Sie wechselten sich dabei ab, mich zu quälen, meinen Kopf gegen die Wand zu schlagen, bevor sie ihre haarigen Schwänze in meinen Mund steckten.

Es war die schlimmste Nacht meines Lebens gewesen.

Es ließ jeden Tag mit Bones harmlos erscheinen.

Ich konnte es nicht länger ertragen. Ich dachte, ich sei stark. Ich dachte, ich sei unzerbrechlich. Aber ich realisierte schnell, wie schwach ich war. Ich brach unter dem Druck zusammen. Meine Träume waren nur noch Albträume, und ich konnte nicht mal in den Schlaf entkommen. Jede Minute, die ich lebte, war eine Folter.

Selbstmord war meine einzige Option.

Es sei denn, ich könnte Bones dazu bringen, dass er sich etwas aus mir machte. Wenn er mich mögen oder sogar lieben würde, dann würde er so eifersüchtig werden, dass er es niemals wieder einem anderen Mann erlauben würde, mich anzufassen. Er würde sich schlecht fühlen, wenn er mir wehtat. Vielleicht könnte er mich sogar gut behandeln. Vielleicht könnte er mich streicheln, anstatt mich zu schlagen.

Vielleicht könnte alles anders sein.

Bones gewährte mir fünf Tage, um mich zu erholen. Er kam nicht in mein Schlafzimmer und verlangte Sex. Er schob nicht seinen großen Schwanz in meinen Mund und verlangte, dass ich ihn lutschte. Er ließ mich in Ruhe.

Zum ersten Mal.

Ich wusste, ich musste seine gnädige Stimmung

ausnutzen. Ich musste jetzt handeln. Ich musste ihn so manipulieren, dass er dachte, ich sei etwas, was es wert wäre zu beschützen und nicht zu verletzen. Aber was wollte ein Mann wie er?

Er liebte meine Streitsucht. Er liebte meine Widerspenstigkeit. Ich musste diese Eigenschaften behalten, um ihn glücklich zu machen. Aber ich musste etwas verändern. Ich musste ihm gegenüber anders auftreten. Ich musste ihm beweisen, dass er mir am Herzen lag—selbst wenn ich ihn verachtete.

Eines Abends ging ich zum Dinner nach unten in einem Kleid, das ich im Schrank gefunden hatte. Jemand kümmerte sich um meine Wäsche und füllte meinen Schrank immer wieder auf. Jede Nacht kam jemand, um meinen Wäschekorb zu holen und jeden Morgen wurde sie mir sauber zurückgebracht.

Das Kleid war weinrot, es passte perfekt zu meiner Haut und zu meiner Haarfarbe. Ich kümmerte mich selber um mein Makeup und mein Haar, und versuchte mich selbst so schön herzurichten, wie Francine es getan hatte.

Ich hoffte, es würde gut genug sein.

Bones saß am Tisch, sein Smartphone in seiner Hand

haltend. Er las, was auf dem Display stand, nach unten scrollend, als wäre es eine E-Mail.

Ich setzte mich auf den Stuhl neben ihm, ihn dabei absichtlich mit meinem Knie leicht berührend.

Er blickte auf, als er mich bemerkte. Er betrachtete mich von oben bis unten, unfähig, seine Überraschung zu verbergen. "Du scheinst dich besser zu fühlen. "

"Ich brauchte ein paar Tage, um mich zu erholen. "Ein Teller wurde vor mir platziert, und ich aß mit den Manieren einer Königin.

Er fuhr fort, mich anzusehen. "Die Jungs haben mir erzählt, dass sie viel Spaß gehabt hätten. "

"Vermutlich hatten sie Spaß. Ich nicht. "

Er lachte. "Das überrascht mich nicht. "

"Ich hatte keinen Spaß, denn sie waren nicht du. "Ich versuchte, so überzeugend wie möglich zu klingen.

"Oh, wirklich?", fragte er. "Du findest mich doch genauso abstoßend. "

"Ja. "Ich musste meine Geschichte glaubwürdig klingend lassen. Sonst würde sie nicht funktionieren. "Aber sie haben alles falsch gemacht. Sie haben mich nicht auf die Art genommen wie du. Sie waren wie kleine Jungs, die keine Ahnung davon hatten, was sie mit ihren harten Schwänzen tun sollten. "Ich setzte das Schauspiel fort, indem ich aß und so tat, als wäre alles völlig normal.

Als er schwieg, wusste ich, dass ihm meine Worte gefallen hatten.

"Wenn du mir wehtust, dann mag ich es auch nicht. Im Gegenteil, ich hasse es. Aber manchmal…"Ich hob das Weinglas an meine Lippen. "Ach, vergiss es. "Ich nahm einen großen Schluck. Ich brauchte den Alkohol, um meine Nerven zu beruhigen.

"Nein", flüsterte er. "Was?"

"Manchmal…fühlt es sich gut an. "Ich schaffte es nur, das zu sagen, weil mein Überlebenstrieb mir es befahl. Ich musste es tun, um mich selbst zu schützen. Ich musste es tun, wenn ich eine Zukunft haben wollte, in der ich nicht zu Tode geprügelt werden würde.

Seine Augen wurden dunkler und feuriger vor Lust.

Ich schnitt das Fleisch auf dem Teller in Stücke und aß still weiter. "Sie sind keine echten Männer. Sie sind nicht das, woran ich gewöhnt bin. "

Seine Hand bewegte sich unter dem Tisch zu meinem Schenkel.

Ich wandte mich zu ihm und blickte ihn finster an. "Du lässt mich nicht einmal zu Ende essen?Bist du so barbarisch?"

Er lächelte und zog dann seine Hand weg.

Er hatte tatsächlich seine Hand von mir genommen.

"Erzähl mir etwas über dich. "

"Über mich?"Er hatte mir niemals zuvor Fragen gestellt. Das einzige Mal, dass er das getan hatte, war, als er nach meinem Namen gefragt hatte. Davon abgesehen hatte er keinerlei Interesse an meiner Person gezeigt.

"Ja. "

"Es gibt nicht viel zu erzählen. Seitdem ich eine Sklavin geworden bin, habe ich kein Privatleben mehr gehabt, von dem ich erzählen könnte. "

Er kicherte amüsiert. "Wie war dein Leben in Amerika?"

"Ich habe als Ingenieurin in New York gearbeitet. Ich habe bei Bauüberwachungen beim Brückenbau gearbeitet. Ich habe einen Abschluss bei der NYU gemacht und seit letztem Jahr mit meinem Freund zusammengelebt. Ich habe keine Familie, denn als ich zehn war, wurde ich meinen Eltern weggenommen und in ein Pflegeheim gebracht. Ich wuchs in einem Waisenhaus auf, bis ich erwachsen geworden bin. "

"Was für ein interessantes Leben. "

"Vermutlich. Obwohl manche denken würden, dass es ein ziemlich armseliges Leben ist. "

"Armselig?", fragte er.

Ich sah mich im Esszimmer um. Ein Kronleuchter hing an der Decke, aus reinen Kristallen gefertigt. Die Weingläser, aus denen wir tranken, hatten einen Goldrand. Das Tafelsilber und die Teller waren wie an einem königlichen Hof. "Ich habe niemals Luxus wie diesen gekannt. Ich habe niemals reiche Leute gekannt oder schöne Dinge besessen. Mein Leben muss im Vergleich zu deinem öde wirken. "

"Vermutlich", sagte er zustimmend.

Arschloch.

"Aber ich denke, dass du interessant bist. "

"Weil ich Titten und einen Arsch habe", sagte ich harsch.

Er lächelte. "Ja. Aber auch aus anderen Gründen. "

"Und die wären?"Ich aß weiter und versuchte, meine Aufregung zu verstecken. Der Plan funktionierte. Es entwickelte sich eine persönliche Beziehung zwischen uns, ich hörte auf, nur noch ein Ding zu sein. Ich konnte es fühlen.

"Du bist die erste Sklavin, die ich je hatte, die sich wehrt. Alle anderen geben auf, sobald sie hierhergebracht werden. Aber du hast ein Feuer in dir, das mich warm hält. In deinen Augen ist eine Intelligenz zu sehen, die dich zu etwas Besonderem macht. Du wärst bestimmt nicht entführt und verkauft worden, wenn du nicht reingelegt worden wärest. "

Ich war reingelegt worden?Was sollte das bedeuten? Ich hielt meine Frage zurück, denn ich wollte nicht ablenken. Diese Unterhaltung verlief sehr gut, und ich wollte sie nicht unterbrechen. Das war es nicht wert. "Glaubst du an Schicksal?"

"Ich glaube, dass wir unser eigenes Schicksal bestimmen. "Er trank seinen Scotch.

"Manchmal denke ich mir, dass ich zur falschen Zeit am falschen Ort bin. Aber das wäre nicht geschehen, es sei denn, es hätte so geschehen sollen?"

"Wenn du das glaubst, dann würde das bedeuteten, dass du eine Sklavin hast werden sollen. Und ich weiß, wie sehr du es hasst. Es scheint nicht so, dass dein Glaube ans Schicksal dir geholfen hätte. "

"Aber was, wenn dabei etwas für mich herausspringt?"

"Wie was?", fragte er skeptisch.

"Ich weiß, dass du etwas Illegales tust. "Ich blickte ihm direkt in die Augen. "Ich weiß, dass du dein Geld mit unehrlichen Dingen verdienst. Was sind das für illegale Dinge?"

Er lehnte sich neugierig vor. "Warum fragst du?"

"Hier zu sein, hat mir gezeigt, was Macht ist. Ich hasse es, das Opfer zu sein. Ich hasse es, die Sklavin zu sein. Als ich Francine traf, wollte ich ihr wehtun. Nicht, weil sie mir etwas getan hat, sondern weil sie dachte, sie sei besser als ich. Alles hier hat mich realisieren lassen, dass ich nicht so viel anders bin als du. Ich bin lediglich auf der falschen Seite. "

Er musterte mich nachdenklich. Seine Augen blickten in mein Gesicht, auf der Suche nach etwas, was ich nicht sehen konnte.

Ich hoffte, er würde meine grandiose Lügengeschichte nicht als solche erkennen und mich dafür halbtot prügeln. Mein Körper war immer noch damit beschäftigt, von dem Trauma, das die Männer mir zugefügt hatten, zu genesen. Ich könnte keine weiteren Quälereien mehr ertragen. Ich würde durchdrehen.

Aber er beschuldigte mich nicht, irgendwas im Schilde zu führen. "Du magst Macht?"

Die Unterhaltung schien irgendwohin zu führen. Ich musste sie am Laufen halten. Anstatt zu antworten, nickte ich einfach.

"Du möchtest, was ich habe?"

Ich nickte wieder.

"Warum?"

Ich hatte keine Antwort auf diese Frage, zumindest keine, die Sinn ergab. "Es gibt keinen Grund. Macht ist ein Bewusstseinszustand. Macht ist die Fähigkeit, Menschen zu kontrollieren. Es ist ein High, von dem man nie wieder runterkommen kann. Es ist eine Medaille, für die man ständig arbeiten muss. Es ist ein Titel, der einem abgenommen werden kann. Macht ist einfach...faszinierend. Ich weiß, dass ich hier festsitze und es keine Chance gibt, dass ich hier rauskomme. Aber manchmal...Manchmal stelle ich mir vor, wie ich jemanden schlagen würde. Manchmal stelle ich mir vor, wie ich jemand versklaven würde. Manchmal...macht mich dieser Gedanke unglaublich high. "

Seine Augen starrten in meine und er blinzelte kaum. Etwas passierte tief in seinem Inneren. Seine

Meinung über mich änderte sich, aber ich hatte keine Ahnung, zu was sie sich veränderte. Er trank seinen Scotch aus und stellte das Glas vor sich auf dem Tisch ab. "Da ist etwas, was ich dir morgen zeigen möchte. "

"Was?"War es eine Folterkammer?

"Das wirst du sehen. "

Bones kam nach dem Essen nicht zu mir. Er ging in sein Arbeitszimmer und tat, was auch immer er darin tat. Ich wurde alleine gelassen und verbrachte den Rest des Abends in meinem Zimmer.

Das war schön.

Ich hatte das Gefühl, dass der Abend gut verlaufen war. Ich dachte, dass ich die richtigen Dinge gesagt hatte, damit er mich anders sah. Vielleicht hatten meine vorgetäuschte Gier nach Macht und mein geheuchelter Respekt für ihn seine Meinung über mich geändert.

Oder vielleicht hatte er mich durchschaut und war jetzt wirklich wütend.

Vielleicht hatte er vor, mich morgen an irgendeinen schrecklichen Ort zu führen. Vielleicht plante er, mich mit zu seiner Arbeit zu nehmen, damit er mich vor den Augen all seiner Angestellten ficken konnte.

Vielleicht hatte er vor, mich zu töten und meinen Körper irgendwo wegzuwerfen.

Aber nicht, bevor er einen meiner Knochen für seine Sammlung genommen hatte.

Bäh. Wie eklig.

Am nächsten Tag kam einer seiner vielen Dienstboten mit Kleidung zu meinem Zimmer. Es war ein langärmeliges schwarzes Kleid, Stöckelschuhe und ein dicker Wintermantel. "Seine Gnaden wünschen, dass du in einer Stunde zum Aufbrechen bereit bist. "

Seine Gnaden?Sie nanntenihn wirklich so?"Okay. Danke. "

Er ging davon.

Ich betrachtete das Outfit, das Bones für mich gekauft hatte, und überlegte, was es mir darüber verriet, was wir tun würden. Es war ein Mantel dabei, das bedeutete, dass wir nach draußen gehen würden.

Nach draußen.

Ich hatte eine Chance zu entkommen. Wenn sich mir die Gelegenheit bieten würde, dann würde ich sie todsicher ergreifen. Selbst wenn er mir eine Kugel in den Kopf schoss, ich würde es nicht bedauern. Ich würde lieber bei einem Fluchtversuch sterben, als weiter hier in diesem Drecksloch zu sitzen.

Das Kleid war geschmeidig und dick genug, um mich in der Winterkälte warm zu halten. Die Absatzschuhe waren allerdings nicht für Winterwetter geeignet. Vielleicht gingen wir nicht wirklich ins Freie. Vielleicht gingen wir nur von einem Gebäude zum nächsten.

Ich zog mich an, richtete mein Haar und mein Makeup und versuchte, so attraktiv wie möglich auszusehen. Ich wollte nicht zu sexy aussehen—sondern wunderschön. Vielleicht würde er mich respektieren, wenn ich mich auf die richtige Art präsentierte. Er würde mich vielleicht als eine Partnerin sehen und nicht nur als ein Sexspielzeug.

Ich traf ihn unten in der Nähe des Eingangs, bereits den warmen Pelzmantel tragend, obwohl wir noch im Haus waren. Er kam einen Moment später die Treppe herunter, genau den gleichen Anzug tragend, den er immer trug. Es war immer ein schwarzer Anzug und darunter trug er immer ein schwarzes Hemd. Eine graue Krawatte war der einzige farbliche Kontrast zu seiner schwarzen Kleidung.

Ich bemühte mich meinen Gesichtsausdruck in einer Mischung aus Hass und Respekt zu halten. Wenn ich zu freundlich wäre, dann würde er wissen, dass ich etwas im Schilde führte.

Er kam zu mir und griff sich dann seinen Mantel vom Garderobenständer. Er war jung, um so reich zu sein, vermutlich um die vierzig. Er schien keine Frau oder Kinder zu haben. Aber das passte ins Bild. Wer würde schon freiwillig mit so einem Monster zusammen sein wollen?"Bist du bereit?"

Er stellte mir sonst niemals Fragen. Er sagte mir einfach, was ich tun sollte. "Ich bin bereit. "Er griff mich plötzlich am Kinn und richtete meinen Blick in seine kalten Augen. Seine Finger hielten mich fest, mich daran erinnernd, wie brutal er war. Die letzten sechs Tage lang hatte ich eine Pause von seiner Boshaftigkeit gehabt. Aber jetzt erinnerte ich mich daran, dass sie immer noch da war. "Wenn du versuchst abzuhauen, werde ich dich so hart ficken, dass du dir wünschst, du wärst tot. "

Die Drohung schickte mir ein Schaudern über den Rücken und ließ mich frieren. Ich versuchte, keine Angst zu zeigen, aber diese Aussage erschreckte mich zutiefst. Ich verstand, was es bedeutete, so brutal gefickt zu werden, dass ich hinterher blutete. Ich kannte es nur zu gut. Ich nickte, seine Finger mit meinem Gesicht bewegend. "Kein Wegrennen. "

Er zog mein Gesicht an seines und küsste mich auf den Mund. Es war ein harter, brutaler Kuss, es war nichts Zartes oder Liebevolles in ihm. Er drückte mein Gesicht zurück, drehte sich um und ging zur Haustür hinaus.

Er hatte mich noch nie geküsst—nicht einmal auf solch grobe Art. Hoffentlich bedeutete das etwas.

Wir saßen auf den gegenüberliegenden Seiten des Autos.

Bones legte keinen Anschnallgut an, wenn er Auto

fuhr. Das war mir bereits beim ersten Mal mit ihm im Auto aufgefallen. Es schien eine Gewohnheit zu sein. Er schien entweder zu denken, dass er unverwundbar war, oder er wollte in der Lage sein, jederzeit sofort aus dem Auto zu springen, wenn er es musste.

Ich betrachtete die Gebäude, als wir durch die Straßen in die Innenstadt fuhren. Ich versuchte, die Schilder zu lesen, die ich überall sah, um herauszufinden, wo ich mich befand. Es schien mir ungefährlich zu sein, einfach zu fragen. Er hatte mir erlaubt, das Haus zu verlassen, also sollte die Frage erlaubt sein und natürlich wirken. "Wo sind wir überhaupt?"Ich versuchte harmlos und einfach neugierig zu klingen, sodass er nicht misstrauisch wurde.

"Alessandria. "Seine Augen waren auf die Straße vor uns gerichtet.

Das sagte mir nichts. "Frankreich?"

"Italien. Aber dicht an der Grenze zu Frankreich. "

Ich wünschte, ich hätte eine Landkarte gehabt, um herauszufinden, wo ich mich befand. Ich wusste nicht einmal wo sich die Botschaft befand. Ich bezweifelte, dass es viele von ihnen gab. Vermutlich war ein Konsulat nur in den großen Städten und an beliebten Touristenorten. "Als ich auf dem Schiff von Amerika hierher war, habe ich einen Mann mit einer Pistole getötet. Ich habe nicht gezögert und mich nicht schuldig oder schlecht dabei gefühlt. Und als ich merkte, dass ich es sogar genossen hatte, wusste ich, dass etwas mit mir nicht stimmt. "

Er wandte sich zu mir, mich leicht überrascht von meinen Worten ansehend. "Jemand das Leben zu nehmen, ist die höchste Form der Macht. "

"Einer der Männer hat versucht mich zu vergewaltigen. Also habe ich ihm in die Eier und gegen seinen Schwanz getreten. Ich bin mir sicher, dass ich ihn kaputtgetreten habe. Ich bezweifle, dass er jemals wieder pinkeln kann, ohne dabei Schmerzen zu haben. "

Er lachte leise und seine Hand legte sich auf meinen Schenkel. "Deswegen mag ich dich so sehr. Du bist stark. Du bist nicht schwach wie all die anderen nichtsnutzigen Frauen. "

Nur weil sie Angst hatten, bedeutete das nicht, dass sie nichtsnutzig waren. Es machte mich wütend, wenn er so von meinen Geschlechtsgenossinnen sprach. Frauen waren schon seit langer Zeit nicht als Gleichgestellte behandelt worden. Aber ich hielt meine Verärgerung zurück und tat so, als wären mir seine Worte egal. Ich musste mich auf das konzentrieren, was wichtig war. Entkommen war die Priorität. Ich könnte später Rache nehmen. "Wie verdienst du deinen Lebensunterhalt?"

"Wie ich Geld verdiene?", fragte er.

"Ja. "

"Ich bin Waffenhändler. "

Ich war mir nicht sicher, was er damit meinte. Meine er damit illegale Waffen? Kriegsgerät?Es würde mich nicht überraschen.

Obwohl er aus dem Fenster blickte, schien er meine Verwirrung zu sehen. "Ich produziere Waffen und verkaufe sie an den höchsten Bieter. Jede Waffe ist ein exklusives Einzelstück. Jeder, der sie kauft, weiß also, dass er der einzige in der Welt ist, der so eine Waffe hat. "

Das war eine morbide Methode, die Eitelkeit von Menschen auszunutzen.

"Die Menschen zahlen mir mehr für diese Exklusivität. "

Ich befand mich wirklich in den Fängen eines Wahnsinnigen. Er verkaufte Waffen an die reichsten und eitelsten aller Ganoven. Vermutlich an Drogenbosse und Diktatoren. Er war die Art von Kriminellen, die die Vereinigten Staaten weltweit jagten. Und er saß direkt neben mir. Er war der Mann, der mich jeden Tag nahm und fickte.

Ekelhaft.

"Beeindruckend. "Ich blieb nach außen hin ruhig. "Ich habe keinerlei Ahnung, wie man so ein Geschäft aufbauen sollte. "

"Es braucht Zeit", sagte er. "Und Geld. "

Ich blickte wieder aus dem Fenster und fühlte meine Sehnsucht nach Freiheit stärker werden. Ich war seit

Monaten nicht draußen gewesen. Ich wollte den Wind in meinen Haaren spüren, während ich einen Bürgersteig entlangging. Ich wollte die Sonne auf meiner Haut spüren. Ich wollte den Duft von Kaffee riechen, wenn ich ein Café betrat. Ich legte meine Hand gegen die Autoscheibe, nur um die Kälte des Winters zu spüren. Das große Haus, in dem ich wohnte, hatte Zentralheizung und war immer gleich warm. Aber ich sehnte mich nach der Winterkälte. Ich sehnte mich nach Schnee.

Nach etwa zwanzig Minuten Fahrt kamen wir bei einer Reihe von Lagerhallen an. Sie waren umzäunt und an den Eingängen standen Wachen, die jeden kontrollierten. Als Bones ankam, verbeugten sie sich geradezu und öffneten das Tor.

Wie konnte ein kranker Scheißkerl wie er so viel Einfluss und Macht haben?Öffnete einem Geld sprichwörtlich alle Türen?Würden wirklich alle Menschen in die andere Richtung schauen, wenn man ihnen genug bezahlte?War es das, wozu die Welt verkommen war?Geld?

Wir fuhren in den Komplex aus Lagerhallen und hielten schließlich vor einer an. Sie war blau und hatte keine Schilder. Es gab kein Firmenlogo und keine Adresse. Alle Gebäude sahen für mich genau gleich aus. Wie konnte er sie auseinanderhalten?

"Komm mit. "Er hielt mir seinen gebeugten Arm hin.

Ich blickte ihn an, unsicher, was ich tun sollte.

Er hob seinen gebeugten Arm etwas und blickte mich missbilligend an. "Widersetze dich mir und ich werde dich hier an Ort und Stelle verprügeln. "

Ich hakte meinen Arm bei seinem ein und hielt meine Augen unterwürfig gesenkt. Mein Zögern hatte nichts mit meiner Widerspenstigkeit zu tun. Ich hatte schlicht keine Ahnung, was er von mir wollte. Er war noch nie mit mir aus dem Haus gegangen. Er war immer nur in mein Zimmer gekommen, und die einzigen Male, die er wollte, dass ich ihn berührte, war wenn er wollte, dass ich seinen Schwanz lutschte.

Wir gingen ins Gebäude und in seinem Inneren war eine Fabrik voller Menschen, die hart arbeiteten. Ein Fließband brachte Metallstücke, die in einem heißen Feuer geformt und danach lackiert wurden. Sie wurden zur nächsten Arbeitsstation weitertransportiert und dort von Arbeitern zusammengefügt. Wie Ameisen in einem Ameisenhaufen arbeiteten alle emsig und schweigend vor sich hin.

Ich versuchte meine Verwunderung zu verbergen, aber mein Gesicht gehorchte mir nicht. Ich konnte nicht glauben, was ich sah. Das hier konnte nicht legal sein. Wie konnte es sein, dass die italienischen Behörden nicht mitbekamen, was hier geschah?Wieso verhafteten sie ihn nicht?Die einzige Erklärung, die mir einfiel, war

Bestechung. Er musste sie dafür bezahlt haben, dass sie wegsahen.

Bones führte mich tiefer in die Fabrik, seine Arbeiter ignorierend, als er an ihnen vorbeiging. Sie blickten ihn ebenfalls nicht an, obwohl sie zweifellos wussten, wer er war. Wir gingen an verschiedenen Arbeitsstationen vorbei und durchquerten mehrere Sektionen der Werkshalle. Die Hitze in der Fabrik war unangenehm. Mein Mantel fühlte sich zu schwer an und ich schwitzte unter ihm. Die Luft war voller Rauch und Asche und brannte bei jedem Atemzug in meiner Lunge. Die Arbeiter hier schufteten unter den schlechtesten Arbeitsbedingungen, die ich je gesehen hatte.

Wir gingen um eine Ecke und kamen bei einem Raum an, in dem Männer an einem Tisch saßen. Mit kleinen Strichen lackierten sie jedes einzelne Metallteil der Waffen, überdeckten kleine Fehler im Metall und machten sie für den Verkauf bereit. Sie trugen Atemschutzmasken, sodass sie nicht die giftigen Dünste des Lacks einatmen mussten. Aber es war so viel Rauch und Dreck in der Luft, was machte das dann noch aus?

Ein Mann saß mit gesenktem Haupt an einem Tisch. Er wirkte nicht müde, sondern gebrochen. Seine Hand hielt immer noch einen Pinsel, während die andere eine Dose mit schwarzem Lack hielt.

War er okay?

Bones bemerkte ihn und der finstere Blick in seinem

Gesicht reichte aus, dass alle zu ihm sahen. Die Männer blickten zwar zu ihm, aber sie arbeiteten weiter und taten ihr Bestes, ihre Köpfe gesenkt zu halten und unbemerkt zu bleiben.

Bones verließ meine Seite und ging zu dem Mann, der über den Tisch gebeugt war. Er griff ihn an der Schulter und riss ihn hoch. Dann brüllte er ihn auf Italienisch an.

Ich sprach kein Italienisch und konnte kein einziges Wort verstehen. Aber ich musste die Sprache nicht verstehen, um zu verstehen, was gesagt wurde. Bones Gesicht lief tiefrot an, als er den Mann anbrüllte. Es erinnerte mich an die Zeiten, wenn er mich anbrüllte, kurz bevor er mich verprügelte.

Bones packte ihn am Kragen und zerrte ihn zu Boden. Er stellte seinen schmutzigen Stiefel auf den Kopf des Mannes und drückte ihn gegen den Betonboden.

Als ob nichts geschähe, arbeiteten die anderen Männer weiter. Die Geräusche der Maschinen liefen im Hintergrund einfach weiter. Die Kolben komprimierten Luft und die Fließbänder liefen leicht summend weiter. Alles ging völlig normal weiter.

Bones zog eine Pistole und richtete sie auf den Kopf des Mannes, ihn ununterbrochen weiter auf Italienisch anbrüllend.

Meine erste instinktive Reaktion war, einzuschreiten

und den armen, alten, am Boden liegenden Mann zu beschützen. Aber das würde mich nur entlarven und ich würde vermutlich auch erschossen werden. Es gab nichts, was ich tun konnte, außer ruhig stehenzubleiben und zu hoffen, dass dies irgendwie gut ausging.

Aber das tat es nicht.

Bones schoss ihm einfach in den Kopf. Eine Blutlache bildete sich unter dem Körper, und die Augen des Mannes blieben weit geöffnet.

Ich zuckte leicht zusammen, als der Knall des Schusses von den Wänden widerhallte. Mir wurde flau im Magen. Das Übelkeitsgefühlt stieg mir bis zum Hals hoch und ich wollte einfach ohnmächtig werden. Mein Kopf war durcheinander, schockierter von diesem kaltblütigen Mord als von all den schrecklichen Dingen, die er mir angetan hatte. Aber ich durfte mir nichts anmerken lassen. Ich musste mich zusammenreißen. Ansonsten würde ich niemals hier rauskommen. Ich musste mich auf mein Überleben konzentrieren.

Er blies den Rauch weg, der aus dem Pistolenlauf aufstieg, wie in einem kitschigen Western, und steckte sie dann zurück in seinen Gürtel. Er stieg über die Leiche, als ob sie nicht da wäre, und kam dann zurück zu mir, mein Gesicht studierend, um meine Reaktion zu sehen.

Ich hielt seinem Blick stand und blieb stoisch ruhig, unsicher, was für eine Reaktion er von mir erwartete.

"Das ist Macht. "Er sprach laut, damit ich ihn im Fabriklärm hören konnte, und es schien ihm egal zu sein, dass die anderen Arbeiter ihn auch hören konnten. "Ich habe kein Bedauern und keine Schuld gefühlt. Ich habe den Abzug gedrückt und mich dabei gut gefühlt. "Er wiederholte meine eigenen Worte, aber das hier war eine völlig andere Situation.

Ich habe jemand erschossen, um zu überleben—nicht, um ein verdammtes Arschloch zu sein.

Er nickte den Arbeitern zu, die die ganze Zeit so weitergearbeitet hatten, als wäre nichts geschehen. Sie konzentrierten sich auf ihre Arbeit und ignorierten die Leiche und die Blutlache auf dem Boden. "Alle hier arbeiten weiter, weil sie wissen, was mit ihnen passieren wird, wenn sie es nicht tun. "

Das war nicht Macht. Das war Herrschaft durch Angst. Großer Unterschied.

"Der Weg zu absoluter Macht ist kein leichter. Aber wenn du dort angekommen bist, unterwirft sich dir die Welt. "

Ich würde mich ihm nie unterwerfen.

Er griff mich am Arm und führte mich durch den Raum.

Ich ließ ihn das tun, denn ich wollte weg von der Leiche. Ich wollte fort von dem Geruch des Todes. Meine Gefangenschaft ließ mir klar werden, wie schwach ich in Wirklichkeit war. Ich hatte immer gedacht, ich sei stark wie Stahl, aber jetzt verstand ich die Wahrheit.

Ich war bisher noch niemals wirklich geprüft worden.

Als wir in sein Haus zurückkamen, folgte mir Bones in mein Zimmer. Mit jedem Schritt, den er näher kam, wuchs meine Furcht vor dem, was als Nächstes passieren würde. Er hatte mich fast eine ganze Woche lang in Ruhe gelassen. Hatte mir das ein falsches Sicherheitsgefühl gegeben?

Er trat hinter mich und zog seine Kleidung aus, jedes Kleidungsstück einfach auf den Boden werfend.

Angst breitete sich in mir aus.

Vielleicht hatte mein Plan nicht funktioniert. Vielleicht hatte ich ihn nur noch besessener von mir gemacht. Und er würde mir noch mehr wehtun wollen.

Er trat dicht hinter mich und zog meinen Mantel aus und warf ihn auf den Boden. Dann öffnete er den Reißverschluss meines Kleides und riss es mir vom Leib. Es schien ihm egal zu sein, wie teuer es gewesen war. Geld bedeutete nichts mehr, wenn man genug davon hatte.

Er packte mich am Nacken und warf mich auf das Bett.

Alles war wieder normal.

Er kletterte auf mich und schlug mir hart auf den Hintern. Aber es war nicht so schmerzhaft wie bei den anderen. Es tat weh, aber es war nicht unerträglich. Seine große Hand riss meine Unterwäsche ab und dann schob er sich in mich hinein.

Ich lag auf meinem Bauch und versuchte ruhig zu bleiben. Je mehr ich mich wehrte, desto mehr würde es wehtun.

Bones stieß in mich, aber nicht so brutal wie zuvor. Seine Stöße waren für seine Verhältnisse fast sanft. Er schaukelte mich durch, wie Wellen, die an den Strand spülten. Er drückte seine Brust gegen meinen Rücken und legte sein Gesicht in meine Halsbeuge. Er atmete meinen Duft ein und stöhnte, während er seinen Schwanz tief in mich stieß.

Es war der zarteste Sex, den wir je gehabt hatten.

Ich wollte es immer noch nicht. Mein Körper machte das klar, indem er völlig trocken blieb. Ich konnte meine Abscheu nicht verbergen, wider meinen Willen genommen zu werden. Sein langer Schwanz war in mir und ich hasste jede Sekunde dieses Eindringens. Aber es war irgendwie anders.

Es war erträglich.

Ich wurde nicht mit einem Gürtel verprügelt oder ins Gesicht geschlagen. Ich wurde nicht in den Arsch oder den Mund gefickt. Ich wurde sanft genommen, fast vorsichtig. Ich war ein warmer Körper zum Abspritzen, aber ich war kein Boxsack mehr.

Er hatte mich noch nie so gut behandelt.

War ich erfolgreich gewesen?Hatte ich es geschafft, dass er mich anders sah?Würde ich weniger brutal behandelt werden?Würde mein Leben etwas erträglicher werden?Wenn ich lange genug wartete, könnte ich ihn dann dazu bringen, dass er mich gehen ließ?

Die Gedanken schwirrten in meinem Kopf herum und lenkten mich von meiner derzeitigen Lage ab. Ich konzentrierte mich nicht auf sein Grunzen, jedes Mal, wenn er in mich hineinstieß. Der Schweiß von seiner Brust auf meinem Rücken war mir egal. Ich dachte nur an die Freiheit—und wie dicht ich an ihr dran war.

KAPITEL NEUN

Crow

Ich verließ den Pfad zwischen den Olivenbäumen und ging auf die unbefestigte Straße, die zum Haus hochführte. Mein Atem ging schwer von der Anstrengung und die Muskeln in meinen Beinen zuckten.

Mein morgendlicher Lauf war immer der gleiche. Ich wartete, bis die Sonne über den Hügeln aufging und das Tal mit Licht füllte. Die Trauben an den Weinstöcken glänzten im Licht und der Tau auf den Blättern funkelte. In der Luft war eine Spur von morgendlichem Frost, der bei jedem Atemzug in meinen Lungen brannte.

Ich zog meine Kapuze herunter, als ich langsamer geworden war und nur noch ging. Das dreistöckige Haus aus Steinen sah unter der toskanischen Sonne prachtvoll aus. Die alten Fenster zeugten von einer anderen Epoche, und der Efeu, der an der Ostseite vom Boden bis zum Dach ragte, ließ es zu einem baulichen Meisterwerk in der Mitte von Nirgendwo werden.

Ich verließ mein Haus nur, wenn ich zur Arbeit musste. Es gab schlicht keinen anderen Ort, an dem ich lieber sein wollte.

Ich kam beim Vordereingang an und ging die Treppe zur großen Doppeltür hoch. Einer meiner Diener erschien aus dem Nichts und reichte mir eine Flasche mit kaltem Wasser. Ich nahm sie mit einem kurzen Nicken und ging dann ins Haus.

"Wie war Ihr Lauf, Sir?"Lars, mein Butler, begrüßte mich an der Tür.

"Gut. "Ich trank einen großen Schluck Wasser und streckte dann meine Beine.

"Master Cane ist hier, um Sie zu sehen. Er ist im Teesalon. "

Ich blickte ihn irritiert an. "Was will er?"

"Er hat gesagt, es sei privat. "

Das sagte er immer. "Ich werde ihn sehen, nachdem ich geduscht habe. "

"Jawohl, Sir. Was wünschen Sie zum Frühstück?"Er folgte mir zur Treppe und nahm mir die leere Wasserflasche ab.

"Schwarzen Kaffee. Weiße Eier. "Es war das Gleiche, was ich jeden Tag wollte, aber er fragte trotzdem immer wieder.

"Es wird für Sie bereitstehen, wenn Sie herunterkommen. "Er ging davon, die Plastikflasche immer noch in seiner Hand haltend.

"Danke, Lars. "

"Gern geschehen, Sir. "

Ich ließ mir Zeit mit dem Duschen und Anziehen, nur um ihn nicht sehen zu müssen. Meine Wut war diese Woche schlimmer als jemals zuvor. Die Albträume kamen jedes Mal, wenn ich die Augen schloss, und Vanessas totes Gesicht war immer der Hauptdarsteller in ihnen.

Lars hatte mir gesagt, ich solle aktiv sein, bis zur Erschöpfung, um meinen Träumen zu entkommen. Aber es war egal wie viel ich rannte, boxte oder schwamm. Meine Träume waren immer gleich—meine Schwester lag tot in meinen Armen.

Ich lenkte mich damit ab, wie ich mir ausmalte, auf welche Art ich Bones umbringen würde. Es musste perfekt ausgeführt werden. Männer wie wir waren schwer zu brechen, aber ich würde einen Weg finden, ihn zu brechen, genau wie all die anderen. Vielleicht sollte ich ihn lebendig häuten. Vielleicht würde ich Nadeln in seine Augen stechen, bis er völlig blind war. Vielleicht würde ich seinen Schwanz abschneiden und ihn mit ansehen lassen, wie ein Meute von Hunden ihn auffraß—falls überhaupt genug für alle da war.

Keine meiner Handlungen konnte geschehen, ohne vorher sorgfältig geplant zu sein. Ich war nicht impulsiv oder ungeduldig. Ich musste warten, bis ich mir über meine nächsten zehn Züge sicher war, bevor ich den ersten machte.

Ich war ein wenig ein Kontrollfreak.

Ich ging in den Teesalon und sah meinen Bruder im Sessel am Kamin sitzen. Wie gerufen kam Lars aus dem Nichts und brachte Frühstück und Kaffee für uns beide, leise, elegant und schnell den Tisch deckend. Dann ging er aus dem Raum und schloss die Tür hinter sich.

Ich setzte mich in den anderen Sessel, aber ich rührte nichts von dem Frühstück an. Wir warteten beide, bis Lars gegangen war, bevor wir ein Wort sagten. Ich vertraute meinen Angestellten, meine Geheimnisse mit ins Grab zu nehmen, aber das bedeutete nicht, dass ich freiwillig Informationen preisgab. "Was willst du?"

Cane goss sich eine Tasse Kaffee ein und schlug ein

Bein über das andere. Er trug einen Anzug und eine Krawatte, da er gerade von der Arbeit gekommen war. Trotz unserer genetischen Verbindung sahen wir beide völlig unterschiedlich aus. Sein Gesicht war nicht so kantig wie meines und seine kräftigen Muskeln ließen ihn stämmig aussehen. Ich war genau das Gegenteil. Meine Gesichtszüge waren klar und kantig und mein Körper war hager und muskulös. Ich bevorzugte schlankes und durchtrainiertes Aussehen. Ich war schneller, wendiger und konnte eine Menge Kraft in einen einzelnen Schlag legen. Meiner Meinung nach machte die Sperrigkeit meinen Bruder langsamer, verlängerte seine Reaktionszeit —weswegen ich ihn immer in einem Kampf besiegte. "Bist du morgens immer so mürrisch? Lars tut mir leid..."Er trank seinen Kaffee schwarz, die Tasse elegant am Griff haltend, als wäre er von königlicher Herkunft.

"Ich bin immer so mürrisch, wenn ich dich sehen muss. "Ich schenkte mir Kaffee ein und trank ihn schwarz, genau wie er. Es gab keine andere Art, den reichhaltigen Geschmack der Kaffeebohnen zu genießen. Ich hatte ihm gesagt, dass ich alleine sein wollte—mehrere Male. Die einzige Person, die ich ertragen konnte, war Lars. Er stellte keine Fragen. Er hatte nicht das Gefühl, ein Recht auf Erklärungen zu haben. Er erledigte seinen Job, ohne sich irgendeine Bewertung oder ein Urteil zu erlauben. Er existierte einfach neben mir her, war da, wenn ich ihn brauchte, und abwesend, wenn er nicht willkommen war.

"Wie war dein Lauf?"

Ich hasste Smalltalk. "Gibt es etwas, was du mit mir besprechen wolltest?"

"Immer direkt auf den Punkt…"Er zog ein gefaltetes Blatt Papier aus der Innentasche seines Jacketts. "Ich habe ein paar Informationen über Bones erhalten. "

"Irgendetwas Hilfreiches?"Vielleicht hatte er eine besondere Beziehung mit einem seiner Diener. Vielleicht lag ihm einer seiner Angestellten am Herzen. Wenn es jemanden gab, der ihm etwas bedeutete, würden wir es wissen.

"Vielleicht ja. Es scheint, als hätte sich Bones eine neue Sklavin gekauft, direkt nachdem…"Er beendete den Satz nicht, denn keiner von uns beiden musste es hören. Wir ließen unsere Herzen nicht sprechen, denn keiner von uns beiden hatte eines. "Sie ist Amerikanerin. "

"Aber was bringt uns das?"Es war mir egal, wer Bones' nächstes Opfer war. Hoffentlich würde sie einen schnellen und schmerzlosen Tod finden.

"Einer unsere Informanten hat gesagt, dass er sie zu seiner Fabrik in Norditalien gebracht hat. "

Ich wollte einen Schluck von meinem Kaffee nehmen, aber dann hielt ich abrupt inne. "Er hat ihr alles gezeigt?"

Er nickte. "Anscheinend hat er einen alten Mann erschossen, der einen Schwächeanfall hatte. Was für ein Angeber. "Er lachte verächtlich und studierte dann das Blatt Papier. "Aber das ist nicht der interessanteste Teil. Er hat Karten für die Oper an diesem Samstag. Rate mal, wen er mitnimmt. "

Ich musste die Antwort nicht hören. Bones hatte sich schon lange Sklavinnen gehalten. Sie blieben in seinem Haus, sie wurden niemals von irgendwelchen Zeugen gesehen. Er tat mit ihnen, was er wollte, bis er sie umbrachte und entsorgte. Er nahm sie niemals mit in die Öffentlichkeit oder behandelte sie besser als Hunde.

Diese hier schien anders zu sein.

"Was denkst du, was das bedeutet?"

"Ich bin mir nicht sicher", antwortete Cane. "Aber ich kann nur annehmen, dass er irgendeine Form von Zuneigung für sie empfindet. "

Ich war zu dem gleichen Schluss gekommen.

"Du wirst niemals erraten, wie viel er für sie bezahlt hat. "

Ich hatte niemals gehört, dass jemand mehr als eine Million gezahlt hätte. "Eins Komma fünf. "

Er blickte auf das Blatt, ein Lächeln auf den Lippen. "Drei. "

Ich hielt die Tasse in meiner Hand, aber ich nahm keinen Schluck. Kaffeedampf stieg mir ins Gesicht, aber ich nahm ihn nicht wahr. Alles, worauf ich mich konzentrieren konnte, war der Klang der Stimme meines Bruders. "Drei Millionen Dollar?"

Er nickte. "Er hat alle anderen für diese Frau überboten. "

Es fiel mir schwer, das zu verstehen. Es war das höchste Gebot, von dem ich je gehört hatte—für eine Sklavin. Es ergab keinen Sinn soviel Geld für eine Sklavin auszugeben, die ein paar Jahre später tot sein würde.

"Meine Quellen sagen, dass sie ungewöhnlich ist. "

"Ungewöhnlich?"

"Sie ist exquisit. Himmlisch. Umwerfend. Nicht von dieser Welt. Einer der Männer hat gesagt, dass sie die schönste Frau ist, die er je gesehen hat. Lange braune Haare, blaue Augen, und sie hat Beine, die sich endlos ausstrecken. "Er pfiff leise. "Also ich würde sie mir gerne selber mal anschauen. "

Schöne Frauen kamen und gingen. Ich hatte schon einige gesehen. Ich hatte schon einige von ihnen gefickt. Aber es gab keine Frau, die so schön sein konnte, dass sie so viel Geld wert wäre. Vielleicht war ich einfach ein Mann, der schwer zu beeindrucken war, und ich war definitiv kein Mann, der sich um den Finger wickeln ließ. Mein Herz war aus Stein und es schlug nur, um das Blut durch meinen Körper zu pumpen. Selbst in den Qualen der Leidenschaft, schlug mein Herz gefährlich langsam. Mein Körper war nicht an Liebe interessiert. Er hatte kaum Interesse an Sex. Ich war nur an Zerstörung interessiert. "Ich bin sicher, sie ist nichts Besonderes. "

"Nun, es muss etwas Besonderes an ihr sein", sagte er. "Selbst ein reicher Mann wie Bones hamstert sein Geld. Er würde nicht soviel Geld ausgeben, es sei denn, es gibt einen guten Grund dafür. "

"Schönheit liegt im Auge des Betrachters. "Es war egal, was Bones dachte. Wir waren beide bösartig—aber auf völlig unterschiedliche Arten. Nur weil er dachte, dass diese Frau etwas wert war, bedeutete das nicht, dass ich das auch so sehen würde.

"Ich denke, wir sollten uns selber ein Bild von ihr machen. "

Die Faszination meines Bruders von schönen Frauen war irritierend. Sein Schwanz in seiner Hose schien oftmals sein Handeln zu bestimmen. Ich behielt meine Gedanken für mich und beschütze meine Privatsphäre, als wäre sie eine Kiste voller Gold. In meinem Geschäft gab es keinen Platz für Gefühle oder Anhänglichkeit. Wenn mir jemand etwas bedeutete, dann würde diese Person normalerweise irgendwann tot sein. Eher früher als später. "Es ist mir völlig egal, wie diese Frau aussieht. "Schön oder hässlich, es machte keinen Unterschied für mich.

"Ich möchte sie zusammen sehen", sagte Cane.

"Sehen, wie er sie behandelt. Das sollte uns einen Hinweis darauf geben, was er für sie empfindet. "

Das war eine gute Idee, musste ich zugeben. Wenn sie nur eine weitere Sklavin wäre, dann würde sie nicht dort sein. Würde sie wie eine echte Person neben ihm sitzen?Oder würde sie die ganze Zeit vor ihm knien müssen, um ihre Gehorsamkeit zu zeigen?Würde sie ihm den ganzen Abend Getränke holen müssen?Aber warum würde er sie dazu mitnehmen, wenn er einen seiner vielen Dienstboten dafür mitnehmen konnte?Die Fragen nagten in meinem Inneren. "Wo werden sie sitzen?"

"Linke Empore. "Er blickte auf seine Notizen. "Eine private Loge. Umso besser. "

"Hat er sich unter einem Pseudonym angemeldet?"

"Ja. "

"Dann wird er uns dort nicht erwarten. "Wir könnten einfach einen unserer Männer dorthin schicken, aber Cane und ich waren persönlich an dieser Sache interessiert. Wir mussten Bones und sein Verhalten mit unseren eigenen Augen sehen. Wir mussten alles sehen. Wir waren die Einzigen, die die richtige Entscheidung treffen konnten.

"Nein. Der Mistkerl wird keine Ahnung haben, dass wir da sind. "

KAPITEL ZEHN

Pearl

"Wir gehen heute Abend in die Oper. "Bones öffnete den Schrank und in diesem befand sich ein umwerfend schönes Kleid, das ich tragen sollte. "Nach dem Abendessen fahren wir dorthin. Sie führen eine meiner Lieblingsopern auf. "

Ich würde wieder nach draußen gehen.

Ich konnte mein Glück kaum fassen.

Ich würde aus diesem Haus mit seinen leeren Wänden und keinerlei Dekoration herauskommen. Nicht einmal die Teppiche waren dick und weich unter meinen Füßen. Sie waren dünn und billig. Ich würde unter anderen Menschen sein, die Italienisch sprachen —eine der schönsten Sprachen, die ich je gehört hatte. Vielleicht konnte ich jemandem sagen, dass ich entführt worden war. Vielleicht konnte ich um Hilfe rufen?Was, wenn Polizei dort war?Könnte ich dann einfach davonrennen?"Ich bin noch niemals in der Oper gewesen. "

"Es wird dir gefallen. Es ist sehr gediegen. "Trotz seiner brutalen Art und seinen kranken sexuellen Vorlieben, war er ein kultivierter Mensch. Er hatte letzte Woche jemand in den Kopf geschossen, und jetzt wollte, er dass ich in die Oper ging.

"Danke für die Einladung. "Ich bemühte mich, normal zu wirken und so zu tun, als würde ich ihn tolerieren, aber als hätte ich auch meine Widerspenstigkeit nicht verloren. Er liebte das Feuer in mir. Er liebte die Vorstellung, dass er derjenige sein würde, der es zum Erlöschen bringen würde.

"Ich möchte dich der Welt zeigen. Du wirst sogar die italienischen Frauen hier blass aussehen lassen. "

Es war das erste Mal, dass er mir ein Kompliment gemacht hatte—und nicht nur meinen Arsch oder meine Titten gelobt hatte. Es war fast süß, in einer sehr kranken Art und Weise. Er wollte seine Sklavin den anderen Aristokraten der Gesellschaft zeigen. Aber er wollte vermutlich so tun, als wäre ich seine Geliebte—

und nicht eine Gefangene. "Ich weiß nicht, was ich dazu sagen soll...Danke. "

"Zieh dich an und wir werden aufbrechen. "Er ging aus meinem Zimmer, welches immer noch keine Tür hatte.

"Okay. "Es schmerzte mich, ihm zuzustimmen, selbst wenn er mir nicht befahl, etwas zu tun. Und es tat mir noch sehr viel mehr weh, mich als sein Spielzeug auszugeben, so zu tun, als würde ich ihn akzeptieren, selbst wenn es Teil meines Plans zur Flucht war.

Ich musste meine Wut herunterschlucken und einfach weitermachen. Wenn ich in der Oper war, würde ich einen Weg finden, abzuhauen. Ich würde mich irgendwie davonmachen. Alles, was ich tun musste, war meine Zunge im Zaum zu halten. Ihm zu sagen, was er hören wollte, und so zu tun, als würde ich ihn respektieren, würde mein Leben retten.

Ich musste es einfach tun.

Wir kamen am Opernhaus an und wurden zu einer privaten Loge gebracht. Es war außer uns beiden niemand sonst dort, und ein Butler stand bereit, um uns alles zu bringen, was Bones haben wollte.

Ich schaute mir die Menschen im Publikum an, all die

Frauen in ihren Kleidern und die Männer in ihren Fracks. Die Stimmen der Menschen füllten den Saal und ein paar Lacher echoten von den Wänden. Ich konzentrierte mich auf den Klang ihrer Stimme, auf den Akzent ihrer italienischen Worte. Ich hatte noch niemals zuvor eine schönere Sprache gehört. Die einzige Fremdsprache, die ich den Vereinigten Staaten gehört hatte, war Spanisch gewesen. Obwohl es Italienisch ähnlich war, hatte es seine eigenen einzigartigen Eigenschaften.

Bones wandte sich zu mir und studierte meinen Gesichtsausdruck. Ich trug eine Diamanthalskette, die er mir gegeben hatte, zusammen mit einem blaugrünen Kleid, das perfekt zu meiner hellen Haut und meinem dunklen Haar passte. Es war lang und aus Satin gemacht, sich weich an meinen Beinen anfühlend. "Was denkst du?"

Ich blickte weiter nach unten in die Menschenmenge. "Ich höre ihnen zu. "

"Warum?"

"Ich liebe es, wie ihr Akzent klingt. Ich mag es, die Sprache zu hören. "

Er wechselte von Englisch zu Italienisch und sagte etwas, was ich nicht verstand.

Ich blickte ihn fragend an, unsicher, was er gesagt hatte.

Als er die Verwirrtheit in meinen Augen sah, sprach

er wieder Englisch. "Ich kann es dir beibringen, wenn du möchtest. "

Es war schwer zu glauben, dass er so charmant sein konnte, nach all den brutalen Dingen, die er mit mir getan hatte. Die ganze Woche hatte er mich jeden Abend genommen. Er schlug mich immer noch, hieb mir auf den Po, um sich aufzugeilen, aber er brachte mich nicht mehr zum Bluten, wie er es zuvor getan hatte. Er fickte mich immer noch in den Arsch, weil er wusste, dass ich es hasste. Er tat unverzeihliche Dinge, aber sie waren nicht mehr so schlimm wie zuvor. Und als Alfonso wieder ins Haus kam, um geschäftliche Dinge zu besprechen, teilte er mich nicht mehr mit ihm.

Ich war fast dankbar dafür.

Der Plan funktionierte. Selbst wenn ich nicht entkommen konnte, war meine Situation jetzt zumindest besser als vorher.

Er fuhr fort, mich anzustarren, auf eine Antwort wartend.

Schließlich fand ich meine Sprache wieder. "Das wäre toll. Ich würde gerne verstehen, was die Leute sagen. "

"Die Sprache klingt schöner, wenn du nicht verstehst, was die Leute sagen", sagte er mit einem kleinen Lachen. "Englisch, Italienisch, Französisch...es ist egal. Die Menschen reden alle über die gleichen Dinge. Sie sind alle gemein und bösartig. "

Das sagte der Richtige.

Ein Butler kam zu uns, eine Hand hinter dem Rücken haltend. "Wein? Champagner?"

Ich durfte niemals selber etwas bestellen. Bones kümmerte sich um alles. "Zwei Gläser Wein. Aber nicht von den Barsetti-Weingütern. "Seine Stimme wurde kalt und grausam, als er den letzten Satz sagte. "Rot. "

"Jawohl, Sir. "Der Butler verschwand hinter den Vorhängen und holte die Getränke. Er kam einen Augenblick später wieder zurück und brachte uns eine Flasche italienischen Wein und zwei Gläser. "Darf es noch etwas sein, Sir?"

"Nein. "Bones winkte ihn mit seiner Hand davon.

Der Butler ging ohne ein weiteres Wort zu verlieren davon.

Ich griff mir mein Glas und nahm einen großen Schluck. Ich brauchte den Alkohol, um meine Nerven zu beruhigen. Ich musste einen Weg finden, um hier herauszukommen. Wenn ich nur einen Moment lang von seiner Seite weichen könnte, dann könnte ich eventuell entkommen. Aber ich durfte es nicht überstürzen. Ich musste geduldig sein. "Warum magst du das Barsetti-Weingut nicht?"

"Weil deren Wein Pferdepisse ist. "Er jagte mir alleine durch seinen Tonfall Angst ein, das Thema für beendet erklärend. "Halt den Mund und trink deinen Wein. "

Ich versuchte angesichts seiner plötzlichen

Feindseligkeit nicht zusammenzuzucken und senkte meinen Blick. Ich hatte ein Thema angesprochen, über das er nicht reden wollte, und würde mir dies für die Zukunft merken.

Es könnte nützlich sein.

KAPITEL ELF

Crow

"Die Lichter sind aus und der Vorhang wurde gerade geöffnet. "Cane blickte durch die kleine Lücke in der Decke. "Wir können los. "

Ich zog das Paneel zur Seite und schob es in den Rest des Luftschachtes, einen Fuß breit Platz machend. Wir blickten direkt auf die Menschen im Publikum herab, die links von der Bühne saßen. Die Stimme der Opernsängerin hallte laut durch den Saal.

"Sie klingt furchtbar", sagte Cane. "Ich verstehe nicht, was an Opern so toll sein soll. "

Ich mochte Oper. Wenn ich Menschen nicht so sehr

gehasst hätte, wäre ich öfter in die Oper gegangen. "Sei still und lass uns das hier erledigen. "

Er zog die Kamera und das lange Objektiv hervor. Er hielt sie an einem Stativ durch die Lücke in der Decke, direkt über dem Publikum, aber so dicht an der Decke, dass niemand sie bemerken würde.

Ich zog mein Smartphone aus der Tasche, blickte auf das Display und sah das Kamerabild. "Ein wenig mehr nach rechts. "

Cane bewegte die Kamera ein wenig zur Seite.

"Und jetzt reinzoomen. "

"Er drückte auf die Tasten an der Kamera und die Loge, in der Bones mit seiner Begleiterin saß, rückte in den Fokus.

"Noch ein bisschen mehr nach rechts. "

Er murrte leise und bewegte die Kamera erneut. "Gut so jetzt?"

Ich veränderte die Helligkeit des Displays, sodass das Bild besser wurde. Als ich sie beide auf dem Display hatte, erstarrte ich. Ich hatte Bones nicht mehr seit dem Abend gesehen, und als ich ihn sah, kam die aufgestaute Wut in mir wieder hoch. Vor meinem geistigen Auge sah ich, wie er die Pistole aus seiner Jackentasche nahm und Vanessa in den Hinterkopf schoss.

Meine Hände zitterten.

"Ist es jetzt gut so?", fragte Cane erneut.

Mein Blick richtete sich auf die Frau neben ihm. Sie

trug ein blaugrünes Kleid, offenkundig von einem Designer maßgefertigt, das sich perfekt an ihren schlanken Körper anschmiegte. Sie hatte kleine, runde Schultern und Arme, die dünn aber muskulös waren. Sie musste irgendeinen Sport in ihrer Freizeit treiben, Bogenschießen oder Bergsteigen. Die Brüstung der Loge verdeckte das meiste ihrer unteren Körperhälfte.

Meine Augen bewegten sich zu ihrem dünnen Hals. Eine goldene Halskette mit einem großen Diamanten hing um ihn. Sie war zu luxuriös und zu teuer, als dass sie sich sie selber hätte gekauft haben können. Es war ein Geschenk. Und Bones gab seinen Sklavinnen keine Geschenke—er nahm sich von ihnen, was er wollte.

Ich blickte in ihr Gesicht, sah ihre blauen Augen, die jegliches Interesse an dem vermissen ließen, was auf der Bühne geschah. Ihre Gedanken waren irgendwo anders, sie dachte an etwas in einer anderen Welt. Ihre Lippen waren rubinrot vom Lippenstift, den sie trug, und ihre Augen leuchteten unter ihrem Makeup hervor. Ihr Haar war leicht gelockt und rahmte die Konturen ihres ausdruckstarken Gesichtes perfekt ein. Sie war so schön, wie die Leute es behauptet hatten.

Aber ich war immer noch nicht beeindruckt.

"Crow!"

"Was?"Ich wandte mich zu ihm, verärgert über seinen lauten Zwischenruf. "Halt verdammt noch mal die Klappe oder jemand wird uns hören. "

"Ist die Kamera jetzt richtig positioniert oder was? Ich habe dich schon zweimal gefragt. "

"Ist okay. Hier. "Ich reichte ihm mein Handy.

Er hielt die Kamera mit einer Hand weiter in Position und griff sich mein Smartphone mit seiner anderen. Er pfiff leise, genau wie er es letzte Woche getan hatte.

Ich rollte meine Augen.

"Mann, die sieht wirklich toll aus. "

Ich blickte hinunter auf die Bühne und sah, wie die Sängerin ihre Arie in den Saal schmetterte, ihre Brust vor jedem neuen Gesangsabschnitt anschwellend. Die Musik war traurig. Ich konnte jedes Wort verstehen, das sie sang, und der Schmerz und die Liebe und der Verlust in ihrem Gesang hallten in meinen Ohren wieder. Ich kannte das Gefühl nur zu gut.

"Ich werde viel Spaß mit ihr haben. Ich werde sie meinen Schwanz so hart lutschen lassen, dass sie dabei erstickt. "

Ich griff mir mein Smartphone wieder. "Lass uns darüber später nachdenken. Wir haben noch nicht herausgefunden, ob sie ihm wirklich etwas bedeutet. "

"Hast du den verdammten Diamanten um ihren Hals gesehen?", fragte er. "Solcher Schmuck war auf der Titanic, bevor sie gesunken ist. "

"Aber sie berühren sich nicht. "

"Was spielt das für eine Rolle?", fragte er. "Sie gehen

zusammen aus. Wir wissen, dass er das nicht mit seinen Sklavinnen macht. Er führt sie nicht aus. Und er hat offenkundig keine Angst, dass sie davonrennt. "

Ich sah, wie ihre Brust sich langsam hob und senkte, als lastete ein unsichtbares Gewicht auf ihr. Ihre Augen waren auf die Bühne gerichtet, aber sie schien nicht wahrzunehmen, was dort geschah. Ohne sie zu kennen, wusste ich, was sie dachte. Ihre Lippen standen nicht ohne Grund leicht offen. "Sie denkt jetzt gerade darüber nach, wie sie abhauen kann. "

"Wie kannst du das wissen?"

Ich deutete auf das Display. "Ihr Gesicht ist leicht gerötet, ihr Atem ist flach—alle Symptome sind da. Sie ist nervös. Sie hat Angst. "

"Vielleicht hat sie einfach Angst, weil neben ihr ein Psychopath sitzt. "

"Nein. Sie will es tun. Sie wird es tun. "

"Das wäre keine gute Idee. Er hat Wachen vor der Tür stehen. Wenn er sie erwischt, wird er sie umbringen. Mein Ratschlag an sie wäre, sitzen zu bleiben, bis wir sie dort rausholen. "

"Als ob sie es bei uns besser hätte. "

Er zuckte mit den Achseln. "Wenigstens sehen wir gut aus. Es würde ihr vielleicht nichts ausmachen, unsere dicken Schwänze zu lutschen. "

Ich blickte auf meine Armbanduhr. "Ich werde ins Foyer gehen, nur für den Fall, dass sie es versucht. "

"Und was wirst du sagen?", fragte er skeptisch.

"Ich weiß es nicht. Ich werde mir etwas einfallen lassen. Bleib hier und lass mich wissen, wenn sie versucht abzuhauen. "

"Wie kannst du so sicher sein, dass sie etwas versuchen wird?"

Ich rutschte durch den Luftschacht zurück. "Ich bin gut darin, Menschen zu lesen. "

"Ist das der Grund dafür, warum du sie so sehr hasst? Du kannst ihre Gedanken lesen?"Er lachte leise, als wäre es ein Witz.

Aber er hatte den Nagel genau auf den Kopf getroffen. "Sag mir einfach Bescheid, wenn etwas passiert. "

KAPITEL ZWÖLF

Pearl

Ich starrte auf die erleuchtete Bühne und sah die Tänzer sich umher bewegen, die Art von Vorstellung aufführend, die ich nie gedacht hätte, jemals sehen zu können. Der Saal des Opernhauses war alt, wie der Rest von Italien, voll von vergangener Geschichte. Die Fresken an der Decke hätten nur von einem wahren Meister geschaffen werden können, das kunstvolle Muster des Teppichs ließ es mir wie eine Ehre erscheinen, auf ihm gehen zu dürfen.

Aber alles, was ich tun wollte, war davonzurennen.

Die Vorstellung war schon halb vorbei, und ich hatte

die ganze Zeit damit verschwendet, hier herumzusitzen. Wenn ich sagte, ich müsste aufs Klo gehen, dann könnte ich dort aus dem Fenster klettern. Ich konnte nicht durch den Eingang entkommen, denn er hatte dort sicherlich Männer postiert. Aber wenn ich irgendwie anders hier rauskam, dann könnte ich vermutlich davonrennen.

Ich konnte ziemlich schnell rennen.

Aber ich hatte Angst. Ich hatte Angst davor, unsere sich entwickelnde Beziehung zu zerstören, wenn ich scheiterte. Er würde mich dann noch brutaler und rücksichtloser behandeln als zuvor. Er würde mich vielleicht sogar töten, wütend darüber, dass er mir vertraut und ich ihn betrogen hatte. War es das Risiko wirklich wert?Was, wenn er mich auf die Probe stellte? Was, wenn er erwartete, dass ich versuchte zu fliehen?

Ich konnte keine Entscheidung treffen.

Ich wusste nicht, was ich tun sollte.

Mein Herz pochte wild in meiner Brust und meine Hände waren feucht vom Schweiß. Mein Hals war trocken und das Schlucken tat weh. Ich rührte meinen Wein nicht an, denn ich konnte nichts herunterbekommen. Bones war in die Oper vertieft, er bemerkte nicht, wie ich mit mir haderte.

Wenn ich heute Abend mit ihm zurück in sein Haus ging, würde ich mich unter ihn legen müssen. Er würde mir einen Dildo in den Arsch stecken und mich in meine Muschi ficken. Er würde mich vermutlich knebeln, damit meine Schreie gedämpft würden. Er würde kein Gleitmittel verwenden, nur um mir wehzutun. Die einzige Art, das zu verhindern, war meine Klitoris zu reiben und an etwas Erregendes zu denken, die Nächte mit Jacob, wenn der Sex gut war. Dann würde sein Schwanz mir nicht so viele Schmerzen bereiten, er würde denken, es erregte mich und gefiel mir, was er mit mir tat—obwohl ich es einfach nur widerlich fand.

Ich konnte nicht zurückgehen.

Ich wollte es nicht.

Ich musste hier raus—heute Abend.

"Entschuldige mich, ich muss zur Toilette gehen. "Ich stand auf und erwartete, dass er mich stoppte. Ich erwartete, dass er mein Handgelenk packte und mich wieder auf den Sitz zog.

Aber er ließ mich gehen.

Ich ging davon und spürte, wie meine Rückenmuskeln sich anspannten, als ich zur Treppe ging. Ich fragte mich, ob er mich beobachtete, mir auf meinen Hintern starrte, als ich davonging. Ich fragte mich, ob er mir wirklich vertraute.

Ich hatte keine Chance, es herauszufinden. Ich ging einfach weiter.

Ich kam am Ende der Treppe an und blickte mich kurz um. Niemand sah mich an. Niemand schenkte mir

Aufmerksamkeit. Es schienen nicht sehr viele Männer hier zu sein—zumindest nicht die Art Männer, die Bones beschäftigte.

Und dann sah ich den Mann an der Bar.

In einem eleganten, dunklen Anzug lehnte er am Tresen, eine Hand in seiner Tasche. Er trug ein graues Hemd unter dem Jackett, zusammen mit einer blaugrünen Krawatte. Sie war gemustert, aber das Muster war zu fein, um es klar zu erkennen. Sein dunkler Anzug erinnerte mich an die Männer, die Bones besuchen kamen. Aber keiner dieser Männer würde so eine farbenfrohe und elegante Krawatte tragen.

Er war ein großer Mann, weit über einsachtzig. Er hatte lange Beine und muskulöse Schenkel, und seine Schulter waren breit wie die die Flügelspannweite eines Adlers. Er hatte lange, maskuline und starke Finger. Sein Körper war schlank und wirkte muskulös und sehnig. Er schien sportlich zu sein, die Art von Mann, der nicht zunahm oder Fett ansetzte, egal wie viel Scotch er trank.

Meine Augen blickten zu seinem Gesicht, nach einem Anzeichen von Gefahr in seinem Ausdruck suchend. Er hatte ein kantiges, kräftiges Kinn. Sein Bartschatten ließ ihn etwas verlottert aussehen. Würde ich mit meiner Hand über sein Gesicht streichen, dann würde ich ein leichtes Kratzen spüren. Seine Lippen waren interessant. Sie waren dünn und zusammengepresst, als würde er sich über etwas ärgern.

Als ich sein Gesicht studierte, realisierte ich, dass er mich ansah. Er richtete seine moosgrünen Augen auf mich, mich musternd, als wüsste er genau, wer ich war. Sein dunkelbraunes Haar war kurz geschnitten und sorgfältig gestylt, um ihn gepflegt und elegant aussehen zu lassen. Doch obwohl er ruhig und weltmännisch elegant aussah, waren seine Augen kalt und unbarmherzig.

Er sah wunderschön aus.

Und furchteinflößend.

Ich wandte meinen Kopf zur Seite, obwohl es zu spät war, so zu tun, als hätte ich ihn nicht gesehen. Er sah nicht so aus, als würde er für Bones arbeiten. Aber das bedeutete nicht, dass er nicht auch etwas Böses im Schilde führte.

Gab es überhaupt gute Menschen in diesem Land?

Ich ging in die Toilette und schloss die Tür hinter mir. Es waren keine Füße unter den Toilettenkabinen zu sehen, und ich realisierte, dass ich alleine war.

Alleine.

Ich hatte es geschafft. Meine Hände zitterten vor Aufregung. Ich vergaß zu atmen, denn ich konnte die Freiheit direkt vor mir spüren. Mein Plan, Bones auszutricksen, war erfolgreich gewesen, und ich würde entkommen.

Ich würde es schaffen.

Oberhalb der Waschbecken war ein Fenster. Es war nicht breit, aber es war lang. Wenn ich zu ihm hinaufklettern und es öffnen konnte, könnte ich mich hindurchquetschen. Es führte vermutlich zur Straße oder zum Hof des Opernhauses. Alles was ich tun musste, war meine hohen Absatzschuhe wegzuwerfen und zu rennen.

Ohne weiter nachzudenken, zog ich meine Schuhe aus.

"Tu es nicht. "

Ich erschrak mich fast zu Tode, als ich seine Stimme hörte. Er verschloss die Tür hinter sich, bevor er weiter in den Raum kam. Die blaugrüne Krawatte passte farblich perfekt zu meinem Kleid. Wenn wir uns kennen würden, würden wir wie ein Paar aussehen. Er hatte nur drei Worte gesprochen, aber seine Augen sagten viel mehr.

"Arbeiten Sie für Bones?"

Er antwortete mir nicht. "Dieser Plan ist dumm. Sobald du aus dem Fenster kletterst, werden seine Männer dich sehen. Und er wird dich töten. "

Woher wusste er, was ich vorgehabt hatte?Wie konnte er etwas über Bones Männer wissen?Warum warnte er mich?"Wer zum Teufel sind Sie?"

"Erledige dein Geschäft und geh dann zurück. "

"Warum sollte ich Ihnen trauen?"Ich konnte nicht zu

diesem furchtbaren Mann zurückgehen. Ich konnte es nicht.

"Ich hab dir nicht gesagt, dass du mir vertrauen sollst. Du solltest niemandem vertrauen. Wie glaubst du, bist du in diese missliche Lage gekommen?"

"Wie bitte?"Ich blickte ihn finster an. "Helfen Sie mir oder beleidigen Sie mich nur?"

"Ich bin nicht hier, um dir zu helfen. Ich warne dich nur. Also tu, was ich dir sage, oder du wirst es bereuen. "

"Warum kümmert es Sie, was mit mir passiert?"

"Tut es nicht. Du bist mir egal. "Er warf mir einen Blick zu, der kälter als eine Winternacht war, und ging davon. Er schlug die Tür hinter sich mit einem lauten Krachen zu.

Ich stand vor dem Waschbecken und sah, wie mein Gesicht mich aus dem Spiegel verwirrt anstarrte. Ich hatte keine Ahnung, was zur Hölle gerade passiert war. Ich war mir nicht sicher, ob es wirklich geschehen war. Hatte ich mir das Ganze nur eingebildet?Suchte ich nach einer Ausrede, um nicht abzuhauen?

Ich blickte wieder zu dem Fenster hoch und seufzte laut. Ich hatte keine Ahnung, wer der Typ war, aber er arbeitete nicht für Bones. Warum war er hier reingekommen, um mit mir zu sprechen?Woher wusste er, dass ich durchs Fenster klettern wollte?Vielleicht kannte er Bones. Und vielleicht hasste er ihn, genauso sehr, wie ich es tat. Aber wenn er mir wirklich hätte helfen wollen, hätte er dann nicht einfach die Polizei gerufen?Hätte er mich dann nicht einfach sein Telefon benutzen lassen?

Ich war völlig verwirrt.

Ich hielt mich am Waschbeckenrand fest, als ich versuchte zu entscheiden, was ich jetzt tun sollte. Der Mann hatte genau gewusst, was ich vorhatte, und ich hatte ihn noch nie zuvor getroffen. Wenn es für ihn, einen Fremden, so offensichtlich war, dann wusste Bones es vermutlich auch.

Ich musste zurückgehen.

Ich wollte es nicht. Mein Inneres protestierte laut gegen diese Vorstellung. Die Freiheit war so nahe, nur noch ein Fenster trennte mich von ihr.

Aber ich wusste, dass ich es nicht schaffen würde.

Ein Schluchzen steckte tief in meiner Brust, aber ich ließ es nicht entkommen. Ich unterdrückte es und riss mich zusammen. Jetzt war keine Zeit mich in Selbstmitleid zu üben. Vielleicht war dieser Plan gescheitert, aber ich würde einen anderen machen. Und wenn der auch nicht funktionierte, dann noch einen. Ich würde nicht aufgeben. Auf irgendeine Weise würde ich schließlich entkommen.

Ich kehrte zu Bones zurück wie eine gehorsame Sklavin, was ich ja auch war. Ich ging die Treppe hoch, kehrte wieder zu meinem Sitz zurück und tat so, als hätte ich nicht gerade versucht, zu fliehen. Alles, was ich getan hatte, war zur Toilette zu gehen und mein Makeup aufzufrischen. Ich hatte keinen Fremden getroffen, der mir gesagt hatte, ich solle wieder in die Loge zurückgehen. Die letzten zehn Minuten meines Lebens waren völlig ereignislos gewesen.

Bones drehte seinen Kopf leicht in meine Richtung, mich abschätzend musternd. Der Blick war unheimlich, als hätte er sich gefragt, ob etwas Interessanteres passieren würde. Vielleicht war es ein Test gewesen.

Ein Test, den ich bestanden hatte.

Die Woche verlief ohne besondere Ereignisse.

Er kam von der Arbeit nach Hause, fesselte mich und ging dann in sein Büro und verbrachte seine Zeit dort alleine. Ich sah ihn beim Abendessen und dann fickte er mich erneut, bevor er schlafen ging.

Das war mein Leben.

Die meiste Zeit verbrachte ich alleine mit meinen Gedanken. Wer war dieser Mann, der in die Toilette gekommen war, als ob ihm das Opernhaus gehörte?Er hatte mit mir so gesprochen, als hätte ich ihn verärgert, aber er war ja derjenige gewesen, der mir gefolgt war und mich angesprochen hatte.

Es ergab keinen Sinn.

Warum hatte er mich gewarnt?

Er wusste, was passieren würde. Als ich zu meinem Sitz zurückgekehrt war, hatte Bones mich nachdenklich angesehen. Er hatte erwartete, dass ich versuchen würde zu fliehen. Er hatte vermutlich gewollt, dass ich es versuchte, damit er mich danach verprügeln konnte.

Aber Mr. Mysteriös mit seiner blaugrünen Krawatte hatte mich gewarnt.

Es machte mich verrückt. Es war ein weiteres Problem ohne eine Lösung. Was hatte er davon, dass er mir geholfen hatte?Was war für ihn dabei herausgesprungen?Mir fiel nichts ein. Wenn Männer ins Haus kamen, schaute ich immer, wer kam, und ob es der Mann mit der blaugrünen Krawatte war.

Aber er kam nicht.

Es würde mir keine Ruhe lassen, bis ich die Wahrheit herausgefunden hatte. Ich musste wissen, ob er ein Verbündeter oder ein Feind war. Er konnte kein Freund sein, denn dann hätte er einfach die Polizei gerufen. Aber er konnte auch kein Feind sein, denn dann hätte er mich nicht davon abgehalten, durch das Fenster zu klettern.

Aber was war er dann?

Wir aßen schweigend gemeinsam zu Abend. Es gab sein Lieblingsessen, Lasagne und Knoblauchbrot. Ich hasste das Haus, in dem ich gefangen war, und den Mann, der mich jeden Tag vergewaltigte, aber ich musste zugeben, dass das Essen sehr gut war. Zumindest gab es etwas, wofür ich dankbar sein konnte.

"Ich dachte, du würdest abhauen. "

Der Satz kam aus dem Nichts, und ich konnte nicht verhindern, dass meine Hand zuckte, auch wenn es nur ein leichtes Zucken war. Meine Augen waren auf mein Essen fixiert und ich wagte es nicht, ihm in seine Augen zu sehen. Wir hatten seit dem Abend in der Oper nicht viel miteinander geredet. Die wenigen Male, als er etwas zu mir gesagt hatte, war im Schlafzimmer gewesen, als er mich eine dreckige, kleine Fotze genannt hatte—seine dreckige, kleine Fotze. "Wie bitte?"

"In der Oper. Ich dachte, du würdest versuchen, dort abzuhauen. "Er aß weiter, als ob diese Unterhaltung nur Small-Talk wäre. Es schien ihm auch nicht so wichtig zu sein, denn sonst würde er meinen Kopf packen und auf den Tisch krachen lassen.

"Warum hätte ich das tun sollen?"Ich war eine tolle Lügnerin geworden, seit ich hier leben musste. Wenn mein Leben auf dem Spiel stand, tat ich verrückte Dinge, um zu überleben. "Ich weiß, wie mächtig du bist. Du hast es mir gezeigt. Wo sollte ich hingehen? Wie weit würde ich denn kommen, bevor du mich geschnappt hättest?"

Das war die richtige Antwort, denn seine Augen

leuchteten zufrieden auf. Er liebte es, wenn ich sein Ego streichelte, selbst wenn ich ihm nur Zucker in den Arsch blies. Er liebte es, zu wissen, dass er völlige Kontrolle über mich hatte—egal wo ich war. Ich tat nicht so, als ob ich nicht abhauen wollte. Ich gab ihm nur die Erklärung, die er hören wollte—und sie funktionierte. "Gute kleine Fotze. "

Ich hatte mich immer noch nicht an diesen Namen gewöhnt.

"Du bist klüger, als ich es gedacht hatte. Das Feuer brennt immer noch in deinen Augen, etwas gedämpfter, aber immer noch sehr hell. Dein Verstand trifft gute Entscheidungen. Du weißt, wann du keine Chance hast und du gehorsam sein musst. Das ist, was kluge Sklaven tun. Die anderen waren niemals so klug. "

Ich wollte ihm mein Messer in seinen Hals stechen. Ich wollte ihm seine Halsschlagader aufschlitzen und ihn verbluten und sterben sehen. Wenn er mich so respektlos behandelte, wollte ich ihn umbringen. Wenn er über seine vorherigen Sklavinnen sprach, und darüber, wie schwach sie gewesen waren, versetzte mich das in Rage. Dass er sie einfach so leicht umgebracht und sie wie ein benutztes Kondom weggeworfen hatte, machte mich wütend. Ich wollte nicht nur Rache für das, was er mir angetan hatte. Ich wollte auch Rache für das, was er all den anderen angetan hatte.

Ich wusste, ich musste etwas erwidern, denn er

starrte mich erwartungsvoll an. "Vielleicht kannst du mir eines Tages Macht verleihen. "

"Warum würde ich das tun?"Er lachte, als ob er die Vorstellung extrem lustig fand.

"Nun, wirst du für immer ein Single bleiben? Denkst du nie daran, eine Frau zu haben? Kinder?"Je mehr ich ihn hasste, desto schwerer wurde es, ihn zu manipulieren. Die Worte brannten in meinem Hals, als ich sie hervorbrachte.

"Eine Frau?", fragte er. "Warum würde das eine Machtposition sein?"

"Mrs. Bones?", fragte ich. "Die Ehefrau des reichsten, kriminellsten Mannes der Welt?Ich denke, so ein Titel verleiht einem automatisch Macht. Er flößt Respekt ein. Er kommt mit Privilegien. Sie könnte jedem, der sie verärgert, einfach in den Kopf schießen, ohne Konsequenzen fürchten zu müssen. Sie könnte deine Kinder großziehen, sodass sie dich respektieren, sich vor dir fürchten. Es klingt wie eine Position, die jede Frau haben wollen würde, für die sie über Leichen gehen würde. "

Sein Abendessen war nur halb aufgegessen, aber er schenkte ihm keine Beachtung mehr. Er musterte mich mit Interesse und ließ sich meine Worte durch den Kopf gehen. "Ich denke, ich verstehe dich jetzt. "

Was verstand er?Wusste er, was ich tat?

"Als du hier ankamst, hast du mich gehasst. Aber

jetzt bist du eifersüchtig, auf meinen Reichtum. Meine Macht. Du möchtest selber Macht haben—selbst wenn das bedeutet, dass du mich heiraten musst. "

Ich würde alles tun, was ihn davon abhielt, mir einen Dildo in den Arsch zu stecken.

"Ich vermute, ich bin dann doch nicht so abscheulich. Und es scheint, du hast verstanden, wie die Welt in Wirklichkeit funktioniert. "Er trank seinen Wein. "Ich bewundere deinen Ehrgeiz. Nicht sehr viele Frauen haben solche Ambitionen. "

Ich hatte nur eine Ambition—ihn zu töten.

"Ich hatte mir schon mal überlegt, zu heiraten, aber ich habe bislang keine geeignete Frau dafür gefunden. Aber vielleicht habe ich sie jetzt endlich gefunden. "Er stieß mit seinem Glas gegen meines.

Ich trank aus dem Glas in der Hoffnung, dass dies irgendwo hinführte. Wenn ich seine Frau wäre, würde er mich dann immer noch wie eine Sklavin behandeln? Würde es mir erlaubt sein, das Haus alleine zu verlassen?Denn dann könnte ich definitiv abhauen. "Vielleicht. "

KAPITEL DREIZEHN

Crow

"Jetzt wissen wir, wo er wohnt. "Cane machte zwei Kreuze auf der Karte. "Zwei Eingänge. Einer vorne und einer hinten. Ich schlage vor, wir sprengen das vordere Tor mit Granaten und schießen uns den Weg frei. "

"Denkst du nicht, dass Granaten etwas zu laut und auffällig sind?"

"Wie sollen wir sonst reinkommen?"

"Wie wäre es mit Klettern, Dicker?"Mein Bruder dachte niemals alles wirklich durch. Er wählte immer den einfachsten Weg, den rabiatesten Weg.

"Dreißig Männer sollen also über das Tor klettern,

ohne bemerkt zu werden?", fragte er skeptisch. "Nein. Wir jagen das Tor in die Luft, fahren mit den Autos rein und erledigen alle Männer vor dem Haus. Es wird so schnell gehen, dass sie gar nicht wissen werden, was geschehen ist. "

"Und es wird Bones eine Chance zum Entkommen geben. "

"Nicht, wenn wir sofort ins Haus stürmen. "

Ich lehnte mich im Stuhl zurück und legte meine Fingerspitze an die Lippen. "Wie wäre es, wenn wir das Tor sprengen, genau wie du es vorgeschlagen hast? Unsere Männer stürmen rein und erledigen die Wachen vor dem Haus. Aber wir klettern gleichzeitig an der Seite über die Mauer und dringen ins Haus ein. "

"Ein Ablenkungsmanöver?"

"Genau. "

"Nicht schlecht. "

"Wir schnappen uns das Mädchen und hauen ab. "

"Was ist mit Bones?"

Ich blickte ihn schweigend an, darauf wartend, dass er weitersprach.

"Töten wir ihn oder was?"

Die Vorstellung war verlockend. Nach dem, was er meiner Familie angetan hatte, war ich mir nicht sicher, dass ich der Versuchung widerstehen könnte. Aber es wäre zu einfach, wenn er schlicht erschossen würde. Er würde nicht leiden. Er bekäme nur eine Kugel in den

Kopf und wäre augenblicklich tot. Das war zu gut für ihn. "Nein. "

"Wirklich?"

Ich schüttelte meinen Kopf. "Ich möchte, dass er sich jeden Tag um seine Sklavin Gedanken macht. Dass er sich sorgt und wütend ist. Ich möchte, dass er kotzen muss, wenn er daran denkt, was für abscheuliche Dinge wir mit ihr machen, die gleichen furchtbaren Dinge, die er Vanessa angetan hat. Ich möchte seine Investition ruinieren, sie so wertlos machen, dass er sie überhaupt nicht mehr zurückhaben möchte. "

Cane nickte, seine Lippen verzogen sich zu einem Lächeln. "Gefällt mir. Gefällt mir sogar sehr. "

"Lass uns diesen Plan im Detail durchgehen. Ich möchte ihn so schnell wie möglich umsetzen. "

"Ja", sagte er zustimmend. "Ich möchte seine Sklavin so schnell wie möglich ficken. "

KAPITEL VIERZEHN

Pearl

Ich wollte nicht Mrs. Bones werden.

Verdammt, das wäre ein furchtbarer Name.

Wenn die Polizei mich fragen würde, warum ich es getan hatte, würde ich einfach sagen, dass ich keine andere Wahl hatte. Es war notwendig gewesen, damit er mir vertraute. Und wenn ich sein Vertrauen gewonnen hatte, könnte ich fliehen.

Ich würde rennen, so schnell mich meine Beine trugen.

Mein Leben in dem großen Haus wurde noch langweiliger. Ich hatte nichts zu tun, während er bei der Arbeit war. Ich hatte kein Internet, keine Spiele, noch nicht mal Bücher. Alles, was ich tat, war im Bett zu liegen und die Zeit totzuschlagen.

Ich sah der Sonne zu, wie sie sich durch den Himmel bewegte, und versuchte herauszufinden, ob ich sie sich wirklich bewegen sehen konnte oder nicht. Ich versuchte die Bewegung mit meinem Daumen und einem geschlossenen Auge zu messen, aber das funktionierte nicht wirklich.

Ich vermisste mein Leben zuhause in New York.

Ich vermisste die Arbeit. Ich vermisste die Stadt. Ich vermisste Jacob. Ich hoffte, dass er okay war. Die Männer am Hafen wollten mich haben, um mich zu verkaufen, also hoffte ich, dass sie Jacob nichts Schlimmes angetan hatten. Er war wertlos für sie. Er hatte es vermutlich wieder halbwegs sicher und unbeschadet nach Hause geschafft. Ich hoffte nur, dass er nicht all seine Zeit damit verbrachte, sich um mich Sorgen zu machen. Es gab nichts, was er tun könnte, um mir zu helfen, also konnte er auch aufhören, darüber nachzudenken.

An diesem Abend aßen Bones und ich gemeinsam zu Abend, so wie wir es immer taten. Wir sprachen nicht wirklich miteinander, also war ich mir nicht sicher, warum er mit mir zu Abend essen wollte. Er sprach nicht über seine Arbeit. Alles, was ich darüber wusste, war, was ich in der Fabrik gelernt hatte. Ich wusste, er produzierte Waffen und verkaufte diese.

Aber ich musste nicht mehr als das wissen.

Soweit ich es beurteilen konnte, hatte er keine Freunde oder Familie. Es gab nirgendwo Fotos an den Wänden oder Fotoalben in einem Bücherregal. Es gab kaum irgendetwas in diesem Haus, das darauf hindeutete, dass hier jemand wohnte.

Ich fragte mich, wie er so geworden war. Er war ein Monster, aber war er schon immer ein Monster gewesen?War er früher einmal ein normaler Mensch gewesen?Das war eine Antwort, die ich nie erhalten würde. Es würde jetzt auch nichts mehr ändern, also war es sinnlos, zu fragen.

Er schnitt sein Hühnerfleisch in Stücke und aß langsam, seine Augen waren dabei die ganze Zeit auf den Teller gerichtet. Er trank seinen Wein beim Essen, normalerweise drei oder vier Gläser jeden Abend. Es war schwerer für ihn zum Orgasmus zu kommen, wenn er betrunken war—was meine Schmerzen verlängerte.

Ich starrte mein eigenes Messer an und überlegte ernsthaft, mich selbst damit zu erstechen. Ich wusste nicht, wie lange ich noch warten musste, bis ich eine Gelegenheit zur Flucht bekam. Was, wenn ich nie entkommen würde? Was, wenn ich den Rest meines Lebens hier verbringen musste? Ich wäre lieber tot gewesen, als das zu tun.

Ich hielt das Messer in meiner Hand und dachte darüber nach, wie es sich fühlen würde, zu sterben.

Manche Menschen sagten, es wäre furchtbar und schmerzhaft, und man würde für immer in der Finsternis verschwinden. Aber ich dachte, es würde friedlich und schön sein.

Bones blickte zu meiner Hand, meine Bewegungen genau beobachtend. Er vertraute mir immer noch nicht. Vielleicht würde er das nie tun. "Was tust du—"

Eine Explosion ließ alle Fenster zersplittern und den Boden unter unseren Füßen erbeben. Teller und Besteck fielen auf den Boden und die Kerze fiel um und setzte die Tischdecke in Brand.

"Was zur Hölle?" Bones sprang auf und griff nach seiner Waffe in seiner Tasche.

Ich hatte noch nie eine Schießerei erlebt, aber ich wusste, was ich tun musste. Ich warf den Tisch um und benutze ihn als Schutzschild, hinter dem ich mich vor den im Raum herumfliegenden Kugeln in Deckung bringen konnte. Männer schrien und brüllten, während der Kampf um uns herum tobte. Ich wusste nicht, ob die Schreie und Schüsse von draußen oder aus dem Inneren des Hauses kamen. Um mich herum herrschte Lärm und Chaos. Ich hielt mir die Ohren zu, denn die Schüsse waren so laut.

Noch mehr Schüsse fielen und noch mehr Schreie waren zu hören. Bones rief seinen Männern Anweisungen zu, und ein anderer Mann rief seine Truppe zusammen. Ohne über den Tisch zu blicken, wusste ich, dass dort draußen ein blutiges Schlachtfeld sein würde.

Bitte tötet Bones.

Bitte.

"Wo zum Teufel ist sie?", rief ein Mann.

"Woher soll ich das wissen?", antwortete ein weiterer.

Suchten die nach mir?

War jemand gekommen, um mich zu retten?

Hatte Jacob die Polizei informiert und die hatten mich tatsächlich aufgespürt und kamen jetzt, um mich zu befreien?War dies das Ende meiner Gefangenschaft? Es war zu schön, um wahr zu sein.

Ein Mann erschien auf meiner Seite des Tisches. Er hielt eine Pistole in seiner Hand. Er hatte dunkelbraunes Haar und moosgrüne Augen. Sein Gesicht war markant und sein Kinn kantig. Ich erkannte ihn sofort.

Er war es.

"Komm mit",rief er durch den Schlachtlärm. "Sofort. "

Ich dachte nicht zweimal darüber nach. Dieser Mann war hier, um mich zu retten. Er hatte mich in der Oper beobachtet, um Informationen über meinen Entführer zu sammeln. Er arbeite für die italienische Polizei. Oder vielleicht sogar die CIA. Es war mir egal. Er würde mich hier rausbringen, und das war alles, was wichtig war.

Ich kroch zu ihm, und er ergriff meine Hand. Es fühlte sich so gut an, auf normale Art berührt zu werden, nicht auf sexuelle oder brutale Art und Weise.

Es war eine Hand, die helfen wollte. Er war hier, um mich zu retten, mich in die Freiheit zu führen.

Ich wollte weinen.

Er schaute über den Tisch, um zu sehen, ob die Luft rein war. "Okay. Lass uns gehen. "Er zog mich hinter sich her, seine Pistole bereithaltend, falls sich ihm jemand in den Weg stellen wollte. Die meisten von Bones Männern waren ausgeschaltet worden, aber der Mann hatte es trotzdem eilig, hier herauszukommen.

Wir verließen das Haus durch eine Seitentür und er öffnete die Hintertür eines SUV. "Rein. "

Ich klettere ins Auto, mühsam die Tränen unterdrückend. Ich würde nach Hause gehen. Ich würde zu Jacob zurückgehen. Ich würde all meine Freunde wiedersehen. Alles würde wieder in Ordnung sein. Das Leben mit diesem Monster war eine Tortur gewesen, aber irgendwie hatte ich es überstanden.

"Gib Gas", befahl der Mann.

Der Fahrer gab Gas und wir fuhren zur Straße. Er bog ab, die Reifen quietschten auf dem Asphalt und dann gab er Gas.

Bones Haus verschwand hinter uns und war schnell außer Sichtweite. Ich konnte es nicht mehr sehen, es war nur noch eine schmervolle Erinnerung. Ich konnte wieder atmen. Nie wieder würde ich diesen widerlichen Kerl auf mir liegen spüren. Nie wieder würde ich seinen

Schwanz in meinen Mund nehmen müssen. Ich war wieder ein freier Mensch.

Ich war frei.

"Vielen, vielen Dank. "Ich war so glücklich, dass ich mich zu meinem Retter herüber lehnte und ihn umarmte. Es war sehr mutig von ihm gewesen, in das Haus einzudringen, nur um mich zu retten. Diese Art von Heldenmut war sehr selten. Ich war dankbarer dafür, als ich es mit Worten ausdrücken konnte.

"Lass mich verdammt noch mal los. "Er schubste mich angewidert weg.

"Entschuldigung…"Ich wollte den Mann nicht verärgern, der gerade seinen Hals riskiert hatte, nur um meinen zu retten.

"Bedank dich nicht bei mir. "

Er war immerhin bescheiden. "Sie haben mich gerettet? Wie könnte ich mich da nicht bei Ihnen bedanken?"

Er zog Handschellen aus seiner Tasche und hatte sie mir angelegt, bevor ich wusste, was geschah. "Ich habe dich nicht gerettet. "

Panik breitete sich wieder in mir aus. Ich starrte die metallenen Fesseln an meinen Handgelenken an, unfähig zu verstehen, was ich da sah. Was zur Hölle ging hier vor?

"Du bist gerade einem Monster entkommen, weil ein anderes Monster dich entführt hat. "

Ich versuchte, mich aus den Handschellen zu befreien, aber es war zwecklos. Ich fing an zu schreien und zu hyperventilieren. Was zur Hölle ging hier vor? Warum behandelte mich jeder, als wäre ich ein Maulesel?Warum dachten alle Männer, sie hätten das Recht mit mir zu tun, was sie wollten?"Lass mich frei. "Ich trat ihm so fest ich konnte gegen sein Bein. "Ich werde deinen Schwanz kaputttreten, sobald du ihn aus deiner Hose holst. "

Er zog eine Spritze aus seiner Tasche und zog die Schutzkappe auf der Nadel mit seinen Zähnen ab.

Nein. Ich hasste es, betäubt zu werden. Ich hasste es, nicht zu wissen, was mit mir geschah. Ich hasste es, die Kontrolle über all meine Sinne zu verlieren. "Stopp. Stopp. "Ich rutschte von ihm weg, so weit es auf dem Rücksitz des Autos möglich war. "Ich werde still sein. Auch ohne die Spritze. "

Er schob die Schutzkappe wieder auf die Nadel und steckte die Spritze in seine Tasche. "Mach nur einen Laut und ich werde die Spritze benutzen. "Er starrte aus dem Fenster. Seine Schultern entspannten sich etwas. Nach dem Chaos und der Schießerei in dem Haus schien er jetzt gelangweilt zu sein.

Zuerst hatte er mich vor Bones gewarnt, aber dann war er in dessen Haus eingedrungen, um mich selber zu entführen. Wie schafften es diese Kriminellen ungestraft davonzukommen?Ich hatte sehr viele Fragen, aber ich konnte es nicht wagen, auch nur eine zu stellen, ohne zu riskieren, dass er die Spritze wieder aus der Tasche holte und sie mir in den Hals stach.

Ich blickte aus dem Fenster und versuchte ruhig zu blieben. Tränen stiegen mir in die Augen, aber ich weigerte mich, sie aus ihnen fließen zu lassen. Dieser Mann konnte nicht schlimmer sein als der Mann, dem ich gerade entkommen war. Das war unmöglich. Wo immer ich jetzt auch hingebracht wurde, es würde ein besserer Ort sein als der, den ich gerade verlassen hatte.

Ich musste mir das einfach wieder und wieder sagen.

Und versuchen, es zu glauben.

KAPITEL FÜNFZEHN

Crow

Sie dachte, sie wäre gerettet worden.

Sie hatte sich geirrt.

Sie dachte, Bones sei böse und brutal?Das würde sich ändern, wenn sie etwas Zeit mit Cane und mir verbracht hatte. Wir würden ihr zeigen, was ein wahrer Alptraum war. Wir würden ihr zeigen, wie das Böse in seiner reinsten Form aussah.

Sie würde vermutlich ihre Meinung über die Spritze ändern.

Sie blieb auf ihrer Seite des Autos und gab keinen Laut von sich. Sie war mucksmäuschenstill. Ihre gefesselten Hände ruhten in ihrem Schoß und ihre Augen starrten aus dem Fenster. Ihr Körper zitterte leicht. Sie hatte Angst, aber versuchte sie zu verstecken.

Wenn sie jetzt schon Angst hatte, dann würde sie bald eine böse Überraschung erleben.

Wir kamen eine Stunde später bei unserer Basis an und fuhren in den Hof, wo uns keine neugierigen Augen sehen konnten. Wir hatten der Truppe von Bones schwere Verluste zugefügt. Die überlebenden Männer waren zu durcheinander gewesen, um uns zu folgen. Die meisten der Männer in seinem Haus waren getötet worden, er würde erst Verstärkung herbeirufen müssen.

Wir waren sicher—für eine Weile.

Der SUV hielt an und wir stiegen aus dem Auto. Ich ging um es herum zur anderen Seite, um unsere Gefangene zu holen. Ich öffnete die Tür und zerrte sie aus dem Auto.

Sie stolperte und fiel fast hin, weil sie mit mir nicht Schritt halten konnte. Sie keuchte leise, aber sagte weiterhin kein Wort.

Ich packte sie am Nacken und schob sie vor mir her. Die anderen Männer zogen ihre schusssicheren Westen aus und legten die Gewehre zur Seite, jetzt wo die Gefahr vorüber war. Cane und die restlichen Männer waren direkt hinter uns, alle waren nach unserem Sieg gut gelaunt.

"Das Arschloch ist von uns völlig überrascht worden.

"Cane kam ins Haus und goss sich sofort einen Whisky ein. "Verdammter Mistkerl. Ich hab ihm in den Arm geschossen, nur um ihn schreien zu hören. Das hat Spaß gemacht. "

Die Frau stand mit gefesselten Händen in der Mitte des Raumes. Sie musterte uns alle und blickte sich im Raum um, auf der Suche nach einem Fluchtweg. Sie hatte einen kalten Gesichtsausdruck und weigerte sich, irgendwelche Anzeichen von Angst zu zeigen.

Ich schloss ihre Handschellen auf, denn es gab keinen Grund, sie weiter gefesselt zu lassen. Sie konnte nirgendwo hinrennen. Sie konnte sich nirgendwo verstecken. Sollte sie versuchen zu entkommen, dann wäre das ein unterhaltsames Spektakel, aber sie würde es nicht schaffen.

Als ich mich ihr näherte, warf sie mir einen giftigen Blick zu. Wenn sie die Gelegenheit bekäme, mich zu töten, würde sie es tun. Es war keine Furcht in ihren Augen zu sehen. Sie waren voller Hass. Sie hasste mich vermutlich mehr als ihren alten Master.

Als ob mich das kümmerte.

Cane stürzte den Whisky in einem großen Schluck herunter und wischte sich dann mit seinem Handrücken über seine Lippen. Er starrte die Frau mit lüsternem Blick an, seine Gedanken verschwanden in seiner Hose. Die anderen Männer starrten sie ebenfalls an, als wäre sie der Hauptgang bei einem Festessen.

Cane strich ihr mit seinem Zeigefinger langsam über ihre Wange. "Wow. Du bist eine Schöne. "

Sie schlug seine Hand zur Seite. "Fass mich verdammt nochmal nicht an. "

"Wow", sagte Cane überrascht. "Die hat Temperament! Nach einem Überfall muss ich immer erstmal entspannen. Ich denke, ich werde sie für eine Runde Entspannung mitnehmen. "Er ergriff ihr Handgelenk, verdrehte ihren Arm, sodass er hinter ihrem Rücken war und er sie sicher im Griff hatte. "Ich verstehe, warum Bones so besessen von ihr ist. "

"Viel Spaß. "Ich goss mir ein Glas Whisky ein. "Lass die anderen Jungs danach auch mal ran. "

"Ich weiß nicht", sagte Cane, während er sie begrapschte. "Kann eine Weile dauern. "Er drehte sich um und schob sie in Richtung des Schlafzimmers.

Sie atmete heftiger und ihr Körper verfiel in den Panikmodus. Sie trat Cane so fest sie konnte auf seinen Stiefel, er schrie vor Schmerzen auf und ließ sie einen Moment lang los.

Sie griff sich sein Messer von seinem Gürtel und stürzte sich ohne zu zögern auf den Wächter, der ihr am nächsten stand, und schlitze ihm die Brust auf wie eine wilde Kriegerin

Die Männer griffen nach ihren Waffen, um diese Furie zu stoppen, bevor sie noch mehr Schaden anrichten konnte.

Einer der Männer sprang sie von hinten an und versuchte ihr Handgelenk zu packen, aber sie verpasste ihm einen Kopfstoß, schlug seinen Arm zur Seite, griff ihn sich und renkte ihm den Ellbogen aus. Ihr Messer rammte sich in ihn und Blut strömte aus einer tiefen Wunde.

Verdammt.

Sie rannte so schnell sie konnte zur Tür.

Cane fluchte. "Verdammtes Miststück. Schnappt sie euch!"

Die Männer rannten ihr nach und verschwanden im Flur. Ihre Schreie drangen bis zu uns ins große Wohnzimmer. Sie schien immer noch weiterzukämpfen und Schaden anzurichten.

"Was für ein verdammter Zirkus!"Ich knallte mein Glas auf den Tisch und ging den Männern nach, um diese wilde Stute zu zähmen. Ich lief durch den Flur und folgte dem Klag der Stimmen. Einer unserer Männer lag mit einer Stichwunde in der Brust reglos auf dem Boden. Vermutlich war er tot. Ich lief weiter, bis ich die Eingangshalle erreicht hatte.

Die Frau versuchte ein Fenster zu öffnen, aber es war verschlossen. Alle Fenster waren sicher verschlossen. Auch die Haustür war abgeschlossen. Die Männer versuchten sie sich zu schnappen, wenn sie in ihre Nähe kam. Sie benutzten ihre Pistolen nicht, denn wir konnten sie nicht töten—noch nicht.

Ich drängte mich zwischen den Männern durch bis ganz nach vorne. "Genug. "

Ihre Augen blickten sich im Raum um, auf der Suche nach einem Fluchtweg. In ihren Augen war Verzweiflung zu sehen. Sie wollte hier raus, aber sie konnte keinen Weg nach draußen sehen. Ihre Augen richteten sich auf das Messer, und ich wusste, was sie als Nächstes tun würde.

"Stopp", rief ich.

Sie hatte das Messer umgedreht und zielte damit auf ihr Herz.

"Keiner dieser Männer wird dich anfassen. Ich gebe dir mein Wort. Tu es nicht. "

Sie drückte das Messer gegen ihre Brust. Sie würde keinen Moment zögern, es zu tun. Sie betrachtete den Tod als einen guten Freund. Sie wollte gehen. Sie wollte verbluten und sterben. Das erschien ihr besser zu sein als die Alternative. "Als ob dein Wort mir irgendetwas bedeutet. "

"Ich halte immer mein Wort. "

"Duhast mir gesagt, ich solle niemals jemandem trauen. "

"Das stimmt. Ich erwarte es auch nicht von dir. "Ich hielt meine Hand hoch und senkte sie dann langsam. "Lass das Messer fallen. Komm schon. "

"Ich würde lieber sterben, als eine Sklavin zu sein. Ich wäre lieber tot, als noch einen Augenblick lang länger in dieser Hölle zu leben. "Ihre Unterlippe zitterte vor Wut und Enttäuschung über ihr zerstörtes Leben. In ihren Augen loderte immer noch das Feuer, ihr Hass auf Bones, mich und vermutlich die ganze Welt. Sie hatte genug. Sie war zu weit getrieben worden und jetzt wollte sie es beenden. Ihr Handgelenk bewegte sich leicht, holt aus für den Abschied aus dieser Welt.

Ich stürzte mich auf sie und erreichte sie gerade noch rechtzeitig. Ich packte ihr Handgelenk und wand ihr das Messer aus der Hand. Es fiel klirrend zu Boden.

"Nein!"Ihre Knie gaben nach, als die Verzweiflung sie überkam. "Lass mich einfach sterben. Hast du denn gar kein Mitleid? Nicht einen Funken?"

Ich fing sie auf, als sie zusammensackte. Sie fiel mir gegen die Brust und ich hielt sie mit meinen Armen fest in meinem Griff.

Sie fühlte sich an wie eine Leiche. Sie lebte noch, aber es war ihr jetzt egal, was weiter mit ihr geschehen würde. Alles war ihr jetzt völlig egal. Ich könnte ihr ein Messer an die Kehle halten und sie würde noch nicht mal blinzeln.

Ich hob sie hoch und trug sie zurück in den großen Salon.

"Du hast die Schlampe K. O. geschlagen?"Cane goss Wodka über die Schnittwunde, die sie ihm zugefügt hatte, und bandagierte sie dann.

Ich ging ins Schlafzimmer und setzte sie aufs Bett. Es

gab ein Fenster im Zimmer, aber davor war ein Gitter. Es gab keine Dekoration in dem Zimmer, es gab noch nicht mal irgendwelche Möbel. Das Bett war einfach nur eine Matratze, die auf dem Boden lag. Es hatte auch ein kleines Badezimmer, aber das war genauso spartanisch. Es war eine Gefängniszelle—mit ein wenig Privatsphäre.

Sobald sie die Matratze unter sich spürte, erwachte ihr Körper wieder zum Leben und sie kroch von mir weg, so weit sie konnte. Ihre Arme verschränkten sich schützend vor ihrer Brust und sie weigerte sich, mich anzusehen. Sie blickte zum Fenster und seufzte leise, als sie die Gitterstäbe davor sah. Aber keine Träne floss aus ihren Augen, obwohl ich wusste, dass die Tränen in ihr aufstiegen. "Ich bin keine Sklavin. "Die Kraft ihrer Stimme hallte durch den Raum, die Worte prallten von den Wänden ab und echoten in meinen Ohren. "Ich bin vielleicht eine Gefangene, aber ich bin keine Sklavin. Du kannst versuchen, alles mit mir zu tun, was du willst, aber ich werde mich wehren—jedes einzelne Mal. Und wenn du es am wenigsten erwartest, werde ich dich töten. Und das ist keine verdammte Drohung, sondern eine Tatsache. "Sie blickte mich an und ihre Augen waren kälter als der arktische Winter. Ihr Versprechen loderte wie ein kaltes Feuer in ihnen. Die Zeit für jegliche Gefühle oder auch nur Höflichkeiten war vorbei. Sie hatte keine Angst vor mir. Sie hatte keine

Angst vor meinen Männern. Sie würde Rache nehmen, auf welche Art auch immer.

"Ich bin ein Mann, der sein Wort hält."

"Du bist ein Krimineller. Ein Entführer. Ein Vergewaltiger. Du trägst einen teuren Anzug, aber dein Wort ist weniger wert als das eines Penners."

Mein Körper spannte sich an. Mein Herz schlug schneller und ich spürte, wie mein Blut in Wallung geriet. Ihr Kämpfen, ihre Wildheit und ihre Unzähmbarkeit schienen wie ein heller Stern in die Finsternis meiner Seele. Sie brachte meinen Körper dazu, zum Leben zu erwecken, entfachte ein Feuer in mir und ließ meinen Schwanz hart werden und meine Hände wollten sie unbedingt berühren.

Ich zog die Spritze aus der Tasche.

Sie sah sie und die Kälte ihres Blickes senkte sich um weitere Minusgrade. "Wenn du denkst, ich werde dich mir diese Spritze verabreichen lassen, dann hast du dich geirrt."

"Sie wäre aber besser für dich und ich bitte dich, sie dir verabreichen zu dürfen."

"Du bittest mich?", fragte sie ungläubig. "Als ob ich jemals zustimmen würde."

"Wenn ich dich hierlasse, was mein ursprünglicher Plan war, dann wirst du nonstop gefickt werden. Die Männer werden sich abwechseln und du wirst niemals eine Pause haben. Sie werden dich noch nicht einmal schlafen lassen. Wenn du denkst, Bones war übel, dann musst du noch Einiges lernen. Wir sind die Männer, die keine Albträume verursachen, sondern wir sind der reale Schrecken der Nacht. Wir sind die Männer, die das Wort 'böse' definieren. "

Sie wich noch ein paar Zentimeter mehr zurück, mich offenkundig ernst nehmend.

"Ich bin vielleicht ein Krimineller, aber ich habe ein paar Prinzipien und Regeln. Ich halte immer mein Wort. Und wenn ich jemandem eine Anweisung gebe, dann ist diese zu befolgen. Das gilt auch für dich. Verstanden?"

Sie biss ihre Zähne zusammen und starrte mich finster an. Sie weigerte sich, mir zuzustimmen. Sie musste mir trotzen, sie musste mir widersprechen, wann immer es möglich war. Das war ihr Naturell.

"Ich werde dir diese Spritze geben, weil ich dich transportieren muss. Ich kann das nicht tun, wenn du bei Bewusstsein bist. "

"Fick. Dich. "

Die Beleidigung verärgerte mich nicht, sie törnte mich an. "Wenn du nicht kooperierst, dann werde ich dich einfach hierlassen. Und wenn du hierbleibst, dann wirst du dir schnell wünschen, dass du wieder bei Bones wärst. "

Sie fing an zu zittern. Sie konnte es nicht verbergen. "Und wohin bringst du mich?"

"In mein Haus. "

"Warum darf ich das nicht sehen?"

"Ich möchte nicht, dass du weißt, wie man dort hinkommt. Und ich möchte nicht, dass du weißt, wie man von dort wegkommt. "Ich hielt die Spritze hoch. "Sind wir uns einig?"

Sie blickte die Spritze an, ihre Lippen waren fest zusammengepresst. "Ich denke, du willst mich nur betäuben, damit du mich in Ruhe ficken kannst, ohne dass ich mich dabei wehren kann. "

Ich musste lachen, denn sie lag mit ihrer Vermutung völlig daneben. "Ich würde dich nur ficken wollen, wenn du dich wehrst. Ich mag Frauen, die sich wehren. "

Sie wurde blass.

"Und, was soll es sein?"Ich hielt die Spritze in meinen Fingern hoch.

"Wenn ich mit dir gehe, dann wirst du mir wehtun. Du wirst mich vergewaltigen. "

Ich begegnete ihrem Blick und stritt die Anschuldigung nicht ab. "Du kannst auch hierbleiben und in deinen Mund, deinen Arsch und deine Muschi gefickt werden. Nonstop und alles gleichzeitig. Du hast die Wahl. "Ich war das kleinere Übel und wir beide wussten es.

Ihr Gesicht blieb kalt und unbeweglich, aber ich wusste, dass hinter der Fassade ein Sturm von Emotionen tobte. "Verbinde mir die Augen. Betäube mich nicht. "

"Nein. "

Sie verengte ihre Augen, als sie merkte, dass sie gegen mich keine Chance hatte.

"Ich habe gesehen, was du tun kannst. Du wirst versuchen abzuhauen, sobald du eine Chance dazu bekommst. Und selbst wenn nicht, wirst du ins Lenkrad greifen und uns über eine Klippe steuern. Ich gehe keine Risiken ein. Ich mache keine Kompromisse. Wie ich gesagt habe, mein Wort ist das Gesetz hier. "

Sie zog ihre Knie an ihre Brust.

"Ich werde ungeduldig. "Ich stand auf und steckte die Spritze ein. "Wenn du hierbleiben möchtest, dann ist mir das egal. Das ist dann dein Problem. Aber mein Angebot werde ich nicht noch einmal machen. Wenn du hierbleibst, dann wirst du sehr lange Zeit hier sein. "

Ihre Augen bewegten sich hektisch hin und her. Sie war sich unsicher, was sie wählen sollte. Jede der beiden Entscheidungen würde ihr Schmerzen bringen. Die Frage war, welche weniger schmerzhaft sein würde?

Ich ging zur Tür, denn ich hatte keine Zeit auf ihre Antwort zu warten. Wenn sie dumm sein wollte, dann könnte sie das alleine tun.

"Okay. Ich komme mit. "

Ich hielt bei der Tür an und drehte mich langsam um.

"Du gibst mir dein Wort, dass du mich nicht vergewaltigen wirst, wenn ich…betäubt bin?"

Jetzt verstand ich ihre tiefsten Ängste. Sie hasste es, die Kontrolle zu verlieren. Sie hasste es, ihr Schicksal in die Hände anderer zu legen, ohne jeglichen Einfluss darauf zu haben. Die meisten Frauen würden das Betäubungsmittel bevorzugen. Sie wurden missbraucht und vergewaltigt, ohne etwas davon mitzukriegen. Sie mussten nur am nächsten Tag mit den Schmerzen klarkommen. Aber das war nicht, was sie wollte. "Ja. "

Sie blickte mich einen Moment lang an, dann rutschte sie auf der Matratze vor, setzte sich auf und schob ihr Haar zur Seite. "Wenn du mich anlügst, wirst du dafür büßen. "Sie hielt mir ihren entblößten Hals hin.

Mein Schwanz wurde härter, als ich sah, wie sie sich mir unterwarf. Sie war ein ebenbürtiger Gegner, eine Frau, die nicht leicht zu zähmen war. Sie war nicht wie die anderen Frauen, die ich getroffen hatte. Sie warf sich mir nicht zu Füßen und gehorchte wie ein unterwürfiger Hund. Sie hatte Rückgrat und sie kämpfte bis zum letzten Atemzug. Dass sie eine ernstgemeinte Drohung machte, obwohl sie nicht in der Lage sein würde, sie auszuführen, war irgendwie süß.

Ich setzte mich neben sie auf die Matratze und ergriff ihren Hals. Meine Fingerspitzen fanden ihre Schlagader. Ich spürte eine Welle von Erregung durch mich strömen, als sie mich sie anfassen ließ. Sie hatte mir erlaubt, sie zu berühren. Sie erlaubte mir, etwas mit ihr zu tun. Alles woran ich jetzt denken konnte, war sie aufs Bett zu werfen und sie zu ficken.

Aber ich würde mein Wort halten.

Ich setzte die Nadel an und injizierte ihr das Betäubungsmittel.

Ihre Augen wurden glasig, sie blinzelte ein paarmal und dann schlossen sie sich. Sie tastete nach der Matratze und sackte langsam zusammen, unfähig, sich gegen das Betäubungsmittel zu wehren. Sie versuchte es zwar, aber ihre Augen schlossen sich sofort wieder und blieben dann ganz zu.

Ich beobachtete sie eine Minute lang. Ich sah, wie ihre Brust sich ruhig und gleichmäßig hob und senkte. Ihre Lippen öffneten sich leicht, als sie in einen tiefen Schlaf fiel. Sie sah sanft und hilflos aus, als sie bewusstlos war. Die widerspenstige, feurige Kämpferin von zuvor war verschwunden.

Ich griff sie mit meinen Armen, hob sie hoch und trug sie aus dem Raum.

"Was tust du?", fragte Cane.

Sie fühlte sich in meinen Armen leicht und sanft wie eine Feder an. Sie schlief tief und fest und ihre Arme hingen leblos an ihren Seiten herunter. "Ich nehme sie mit mir mit. "

"Was?"Cane blickte mich entrüstet an. "Warum?"

"Weil ich der Einzige bin, der sie zähmen kann. Du

hast gesehen, was passiert ist. Einer unserer Männer ist tot, zwei sind verwundet, und selbst du blutest noch. "

"Ich will sie aber immer noch ficken. "

"Nicht heute, Cane. "

"Nun, ich werde es tun. Später dann. Selbst wenn es in deinem Bett ist. "

Wenn ich nicht jemanden in meinen Armen gehabt hätte, hätte ich ihm eine in die Fresse geschlagen. "Sprich weiter so mit mir, und du wirst niemals eine Gelegenheit dazu bekommen. "

KAPITEL SECHZEHN

Pearl

Als ich aufwachte, befand ich mich in einem anderen Haus. Sonnenlicht schien durch das offene Fenster und der Gesang von Vögeln füllte meine Ohren. Manche von ihnen schienen sich zu unterhalten, in einer zwitschernden Sprache, die ich nie verstehen würde.

Das Sonnenlicht wärmte meine Haut und ließ mich die Kälte des Winters vergessen. Es drang durch meine Augenlider und sagte mir, ich solle aufwachen, obwohl ich mich immer noch müde und erschöpft fühlte.

Als ich meine Augen endlich ganz geöffnet hatte, blickte ich mich um.

Die Fensterläden waren geöffnet und hießen das Sonnenlicht im Zimmer willkommen. Beige Vorhänge hingen neben dem Fenster vor den braunen Wänden. Das Fenster war oben oval gerundet, fast wie in einem mittelalterlichen Schloss.

Ich blickte mich weiter im Raum um. Eine braune halbrunde Couch und ein runder Tisch standen in einer Ecke. Die Möbel waren weiß und mit goldfarbenen Kissen dekoriert. Ein Fernseher hing an der Wand über einem gemauerten Kamin. Eine weiße Frisierkommode stand an einer Wand und auf ihr waren Bürsten und antike Kosmetikbehälter. Das Zimmer war so groß, dass es ein kleines Haus hätte sein können. Die Tür in der Ecke musste wohl zu einem Badezimmer führen.

Es war das erste Mal seit meiner Entführung, dass ich friedlich und in einem schönen Zimmer aufgewacht war. Es war das erste Mal, dass ich von Vogelgezwitscher und nicht von einem Wecker oder einem Mann, der mich vergewaltigen wollte, aufgeweckt worden war. Ich hatte seit Monaten kein offenes Fenster mehr gesehen, und merkte erst jetzt langsam, wie gut sich das anfühlte und wie sehr ich so etwas vermisst hatte.

Ich schlug die Decke zurück und stand auf, immer noch das gleiche Kleid wie letzte Nacht tragend, und ging zum Fenster. Die Läden waren weit geöffnet und ich konnte endlose Reihen von Weinstöcken sehen. Sie erstreckten sich bis zu den Hügeln am Horizont. Kein anderes Haus war weit und breit zu sehen. Ich war isoliert, irgendwo auf dem Land, weit weg von der nächsten Stadt.

Die Sonne stand hoch im Himmel, und ihre Strahlen berührten jeden Flecken Erde, so weit das Auge sehen konnte. Ich befand mich im zweiten Stock des Hauses und sah Gras unter mir. Es war dicht und dunkelgrün, dunkler als die Blätter an den Weinstöcken.

Meine Hände lagen auf dem Fensterbrett und ich spürte ein Gefühl von Freiheit durch mich strömen. Ich könnte aus dem Fenster springen, davonrennen und mich in den Weinbergen verstecken. Die Idee war sehr verlockend und einfach.

Aber warum war es so einfach?

Ich drehte mich um und sah mich weiter in meinem Zimmer um. Es gab Regale voller alter Bücher und einen Stapel Zeitschriften auf einem Tisch. Ich sah eine Vase mit einer einzelnen roten Rose. Sie war frisch, als wäre sie erst heute Morgen gepflückt worden. Davor war eine handschriftliche Notiz.

Renne nicht weg.

Kein Name stand darunter, aber ich wusste, wer sie geschrieben hatte.

Ich ging ins Badezimmer. Es war gefliest, makellos

sauber und die Dekoration wirkte italienisch. Auch wenn ich weiterhin eine Gefangene war, war dies unbestreitbar ein wunderschönes Gefängnis. Ich hätte nur davon träumen können, jemals im Leben in so einem Haus zu wohnen.

Ich verließ das Badezimmer wieder und ging durch mein Zimmer zu der anderen Tür darin. Wenn das Fenster offen war, dann nahm ich an, dass die Tür auch offen war und ich durchs Haus gehen durfte.

Ich öffnete die Tür und trat in den Korridor. Eine große Treppe war zu meiner Linken, und zu meiner Rechten führte der Korridor zu weiteren Räumen.

Eine Stimme ertönte plötzlich aus dem Nichts. "Guten Morgen, Madame. "Ein Butler in einem kompletten Anzug erschien. Seine Haltung war aufrecht, zurückhaltend und elegant, trotz seines fortgeschrittenen Alters, und seine Augen blickten freundlich. Er schien nicht nur harmlos zu sein, sondern sah schon fast süß aus.

"Wer sind Sie?", brachte ich hervor.

"Lars. Es freut mich, Ihre Bekanntschaft machen zu dürfen. "

Das beantwortete nicht meine Frage.

"Seine Gnaden wollten sich gerade eben zum Frühstück hinsetzen. Würden Sie ihm dabei Gesellschaft leisten wollen?"

Hatte ich eine andere Wahl?Ich war hungrig. Und ich wollte Antworten. "Okay. "

"Okay?", fragte er. "Meine Frage erfordert ein Ja oder Nein als Antwort. "

Ich warf ihm einen irritierten Blick zu. "Jaja. Ich komme mit. "

"Gut. Folgen Sie mir. "Er ging voraus und ich folgte ihm die Treppe hinunter bis ins Erdgeschoss. Alle Türen und Fenster hatten ebenfalls Bögen, genau wie das Fenster in meinem Zimmer. Die Fliesen glänzten, als wären sie nagelneu, und alle Räume schienen riesig und luxuriös ausgestattet zu sein. Mein neuer Entführer wohnte nicht nur in einer Villa. Er lebte in Eleganz. Bones Haus war schlicht und hässlich gewesen—genau wie er. Dieses Haus war stilvoll eingerichtet und wirkte wie ein Palast.

Lars führte mich in ein Speisezimmer. Ein riesiges Fenster erstreckte sich über die gesamte Breite des Raumes und bot eine wunderschöne Aussicht auf die Weinberge. Der Mahagoni-Tisch war groß genug, dass sechzehn Personen an ihm Platz finden konnten. Lud er denn regelmäßig so viele Menschen zum Essen ein?

Lars zog einen Stuhl zurück und ich setzte mich hin. "Er wird gleich hier sein. "Er verließ den Raum und ließ die Doppeltür hinter sich weit offen. Ich hörte das leise Klirren von Besteck und Geschirr, als in der Küche das Frühstück zubereitet wurde.

Ich saß still auf meinem Stuhl und genoss die tolle Aussicht vor mir. Trotz meiner Angst, konnte ich nicht bestreiten, wie schön es hier war. Ich hatte noch niemals etwas Vergleichbares in meinem Leben gesehen, und ich vermutete, ich würde es auch niemals wieder tun.

Einen Augenblick später kam er in den Raum. Er trug einen dunkelblauen Anzug und eine violette Krawatte. Er sah genauso elegant aus wie beim ersten Mal, als ich ihn an der Bar in der Oper gesehen hatte. Er wirkte selbstbewusst, seine Schultern waren breit und kräftig. Selbst wenn er nichts sagte, verströmte er Autorität und füllte den Raum mit seiner Anwesenheit. Er war furchteinflößend und anziehend zugleich.

In dem Moment, als er sich hingesetzt hatte, kam Lars in den Raum, als hätte er genau darauf gewartet. Er stellte ein Omelette nur aus Eiweiß mit Pilzen, Tomaten und Spinat vor ihn, sowie eine Tasse mit schwarzem Kaffee und legte die Tageszeitung auf den Tisch.

Der Mann bedankte sich auf Italienisch. Zumindest klang es so.

Lars servierte mir ein identisches Frühstück und dazu eine englischsprachige Zeitung. Dann ging er davon und schloss die Türen hinter sich.

Der Mann trank seinen Kaffee und las seine Zeitung, als ob ich gar nicht anwesend wäre. Er blickte nicht einmal zu mir.

Ich aß mein Frühstück schweigend und genoss, wie

es schmeckte. Alles schmeckte frisch und aromatisch, als ob es frisch aus dem Garten gekommen wäre und nicht fade wie das übliche Gemüse aus dem Supermarkt. Offensichtlich kam alles hier aus biologischem Anbau. Der Kaffee schmeckte auch viel besser als das schwarze Gebräu in meinem alten Gefängnis. Alles war besser hier. Eine Ausgabe der *New York Times* lag vor mir. Endlich sah ich wieder Worte, die ich lesen und verstehen konnte.

Er würdigte mich immer noch keines Blickes. Er blätterte eine Seite nach der anderen um und las seine Zeitung.

"Ähm...was soll ich—"

"Du kannst mit mir reden, wenn ich meine Zeitung zu Ende gelesen habe. "Er blickte nicht auf, als er das sagte, sondern las einfach weiter. Er nahm hin und wieder einen Bissen von seinem Frühstück und trank einen Schluck Kaffee.

Was für ein Arschloch.

Eine halbe Stunde später war er mit der Zeitung fertig. Er faltete sie wieder ordentlich zusammen und legte sie auf den Tisch. "Ja?"

Ich hielt meine Zeitung vor mein Gesicht und ignorierte ihn, genau wie er es mit mir getan hatte.

Er trank seinen Kaffee und beobachte mich. "Du bist ein ziemlicher Trotzkopf, oder?"

"Ich mag es nicht, wenn ich wie ein Hund behandelt

werde. "

"Nun, ich hoffe, du wirst dich daran gewöhnen. "Er lehnte sich vor, riss mir meine Zeitung aus der Hand und legte sie auf den Tisch.

Der Mann machte mich wütend. Ich wollte ihm meine Gabel in sein Auge stechen, aber ich wusste, dass mir das nicht gelingen würde.

"Du hast meine Nachricht heute Morgen gefunden. "

Ich hasste es, dass er eine Frage in Form einer Aussage stellte. Es war arrogant. Er benahm sich so, als würde ihm alles gehören—inklusive mir.

"Es wäre sinnlos, zu versuchen, von hier zu fliehen. "

Ich wollte wissen warum, aber aus Trotz weigerte ich mich zu fragen.

"Ich habe dich mit einem Tracker an deinem Knöchel versehen. Ich werde immer wissen, wo du bist und wohin du gehst. Die nächste Stadt ist fast fünfzig Kilometer von hier entfernt. Du würdest sie niemals erreichen, selbst wenn du ein Auto hättest. "

Meine Hand griff automatisch an meinen Knöchel und ich spürte eine kleine Schwellung an meinem rechten Knöchel. "Du Freak. "

"Ich kann ihn entfernen, wenn du möchtest. "

"Dann tue es auf der Stelle. "

"Aber dann wirst du den ganzen Tag in dein Zimmer eingesperrt werden. Gitterstäbe werden vor deinem Fenster angebracht werden und alle Mahlzeiten werden zu dir aufs Zimmer gebracht. Wenn dir das lieber ist, dann entferne ich den Tracker. "Seine Lippen formten ein kleines, süffisantes Lächeln.

Verdammter Mistkerl.

"Also, was soll's sein?"

Ich blickte weg und weigerte mich, ihm zu antworten.

"Das hatte ich mir gedacht. "Er saß aufrecht auf seinem Stuhl und blickte mich aufmerksam an, als ob er in einem geschäftlichen Meeting wäre. Er schien sich in seinem Anzug bequem und wohl zu fühlen und nicht eingeengt. Vermutlich war er maßgeschneidert. Jede seiner Bewegungen war ruhig und elegant. Er war ein Killer, wenn er einer sein musste—und in der restlichen Zeit ein Diplomat.

"Warum bin ich hier?"Als ich heute Morgen aufgewacht war, hatte ich keinerlei Schmerzen gespürt. Er schien sein Wort gehalten und mich nicht angefasst zu haben. Und er hatte auch niemand sonst mich berühren lassen. Ich wollte ihm nicht trauen oder ihm dankbar für seine Gnade sein. Er war immer noch ein böser Mensch. Ein Krimineller. Und er war immer noch mein Feind. Wenn ich die Gelegenheit dazu bekäme, würde ich ihn töten. Und ich würde es genießen.

"Weil ich dich hier haben will. "

"Warum hast du diese Männer davon abgehalten, mich zu vergewaltigen?"

"Es war der einzige Weg, dich unter Kontrolle zu bringen."

"Aber das hattest du schon. Du hast mir das Messer abgenommen, bevor ich mein elendes Leben beenden konnte."

Er trank einen Schluck von seinem Kaffee.

Ich wartete auf eine Antwort.

Aber es kam keine.

"Ähm, hallo?", sagte ich leicht irritiert. "Ich habe dir gerade eine Frage gestellt."

"Du kannst Fragen stellen, so viele du möchtest. Aber das bedeutet nicht, dass ich sie alle beantworten werde."

Ich wollte ihm in sein gutaussehendes Gesicht schlagen. Ich wollte seinem perfekten Teint ein paar rote und blaue Flecken hinzufügen. "Warum hast du mich aus Bones Haus entführt?"

"Bones ist mein Feind."

"Okay…Aber was habe ich damit zu tun?"

"Er scheint dich zu mögen. Er hat viel Geld für dich ausgegeben. Und es scheint, dass er Gefühle für dich hegt. Es ist sehr viel leichter, jemandem weh zu tun, wenn man einer Person wehtut, die ihm am Herzen liegt. Ich könnte ihm seine Arme und Beine abhacken, aber das würde ihm nicht so sehr wehtun wie das, was ich mit dir tun werde."

Mein Blut gefror. Ich war so dumm gewesen, anzunehmen, dass dieser Mann weniger gefährlich war als die anderen. Vielleicht hatte ich einen falschen Eindruck bekommen. Das Haus war wunderschön, er hatte offenkundig Stil und Geschmack, aber das war nur die Fassade für den Teufel, der sich dahinter verbarg. "Du irrst dich. Er macht sich nichts aus mir. Er wird keine schlaflose Nacht haben, weil ich weg bin. "

"Da irrst du dich. Ich habe ihn mit dir zusammen gesehen. Er hat noch niemals eine Sklavin in seine Fabrik mitgenommen. Er hat noch nie eine Sklavin in die Oper ausgeführt. Und er hat sich noch niemals geweigert, eine Sklavin mit seinen Kumpanen zu teilen. Wenn das nicht Liebe ist, dann weiß ich auch nicht, was es ist. "

Wie konnte er all diese Dinge wissen?

Er schien meine Gedanken lesen zu können. "Ich habe euch beide zusammen in der Oper beobachtet. Ich habe dir gesagt, du sollst nicht fliehen, denn dann hättest du meinen Plan ruiniert, dich zu entführen. Ich wollte nicht dir helfen. Ich wollte mir helfen. "

Dieses Rätsel war jetzt aufgelöst. "Und jetzt? Forderst du ein Lösegeld für mich?"

"Nein. Ich werde dich ihm nie zurückgeben. Es gibt nicht genug Geld in dieser Welt, um mich das tun zu lassen. "

Meine Situation wurde von Sekunde zu Sekunde schlimmer.

"Aber…Was bedeutet das? Bin ich jetzt dann für immer und ewig deine Sklavin?"

"Nein. "Er stellte seine Kaffeetasse ab und blickte mir direkt in die Augen. "Nur solange, bis ich dich töte. "

KAPITEL SIEBZEHN

Crow

Mein Hass wurde jeden Tag größer.

Ich hasste diese Frau.

Ich konnte sie nicht ausstehen.

Ich wollte sie aufschlitzen und all ihre Innereien herausreißen. Ich wollte ihr so viele Schmerzen wie möglich bereiten. Ich wollte ihr Leben unerträglich machen. Sie verdiente einen Albtraum. Sie verdiente soviel Furcht und Schrecken, dass sie nicht aufhören könnte, zu zittern. Sie verdiente die absolute Hölle.

Und ich würde das geschehen machen.

Ich wusste, dass ich ihr mit meinen letzten Worten

Angst eingejagt hatte. Ich hatte ihr gesagt, was mein Plan war. Sie würde wieder und wieder benutzt werden, bis ich ihr das Genick brach. Sie wusste genau, was auf sie zukam, und die Tatsache, dass ich es so beiläufig gesagt hatte, hatte ihr noch mehr Angst eingejagt.

Gut. Denn das hatte sie verdient.

Eine Woche verging und ich sah sie nicht ein einziges Mal. Sie kam nicht, um mit mir zusammen zu essen, und obwohl sie sich frei im Haus bewegen durfte, verließ sie ihr Zimmer nicht ein einziges Mal. Sie versteckte sich und hoffte, dass ich sie vergessen würde.

Aber wie konnte ich diese Frau vergessen?

In ihrem Herzen war nichts außer dem Wunsch nach Zerstörung und Morden. Es törnte mich an, mir vorzustellen, wie ich ihr wehtat. Ich wollte sie zum Schreien, zum Weinen und zum Bluten bringen. Schmerzen waren ein Segen. Folter war, was mich anmachte und mich kommen ließ.

Nachdem eine Woche verstrichen war, wollte mein Schwanz, dass meine Fantasien wahr wurden. Das Warten musste für sie am schlimmsten gewesen sein. Alles, was sie tun konnte, war darauf zu warten, dass ich kam und sie mir nahm.

Und jetzt war der Zeitpunkt gekommen.

Es war spät am Abend und die Hausangestellten waren schon schlafen gegangen. Ich ging in ihr Zimmer, ohne das Licht anzumachen. Das Fenster war immer noch offen. Die toskanische Wärme füllte die Nacht, auch Stunden nachdem die Sonne untergegangen war.

Sie setzte sich sofort im Bett auf, aufgeschreckt von meinem Eindringen in ihr Zimmer.

Ich schloss das Fenster, sodass niemand sie schreien hören würde.

Sie wich zurück, bis sie am Kopfende des Bettes saß, so weit wie möglich weg von mir. Ihre Brust hob und senkte sich, sie hatte Angst, aber in ihren Augen brannte immer noch ein Feuer. Sie würde nicht kampflos untergehen.

Genau darauf hatte ich gehofft. "Sklavin, komm her. "

Sie weigerte sich, mir zu gehorchen. Sie weigerte sich zu sprechen.

"Tu was ich dir sage, oder es wird alles noch schlimmer werden. "

Sie verschränkte ihre Arme vor ihrer Brust. "Fick dich. "

"Ich hatte gehofft, dass du dich so verhalten würdest. "Ich ging zu ihr und zerrte sie an ihrem Knöchel über das Bett.

Sie schrie und versuchte sich an irgendetwas festzuhalten, um mir zu entkommen. Sie trat in meine Richtung und kämpfte mit allem, was sie hatte, ihr Überlebensinstinkt hatte die Kontrolle über sie übernommen.

Ich drehte sie um, sodass sie auf dem Bauch lag, und

nahm ihre Beine zwischen meine. Sie war kein Gegner für mich. Ich war zu schwer. Aber trotzdem wehrte sie sich weiter. Ich griff ihren Slip und riss ihn herunter.

"Nein!"Sie versuchte sich umzudrehen, um nach mir zu schlagen, aber sie konnte sich nicht bewegen.

Ich hielt sie auf das Bett gedrückt und zog meine Hose und meine Boxershorts auf. Mein Schwanz stellte sich auf, er war dick und lang. Ich starrte ihren perfekten Arsch an. Ich war mir nicht sicher, was ich lieber ficken wollte, ihren Arsch oder ihre Fotze.

"Stopp! Bitte. "

Ich drehte sie um, sodass ich ihr ins Gesicht sehen konnte, und hielt sie mit meinem Körpergewicht auf das Bett gedrückt. Meine Schenkel drückten ihre Beine auseinander und meine Hand hielt ihre Hände über ihrem Kopf fixiert. Ihre Nippel waren hart und ihre Augen waren feucht.

"Bitte nicht. "Tränen stiegen ihr in die Augen, die ersten Tränen, die ich je dort gesehen hatte. Sie war frustriert und erschöpft. Sie konnte nicht mehr weiterkämpfen. Ihre Tränen törnten mich noch mehr an.

Aber sie ließen mich auch schlecht fühlen.

"Lass mich los. Bitte. "Sie versuchte mich wegzudrücken, aber sie war zu schwach dafür.

Mein Schwanz war dicht vor ihrem Eingang und

gierig darauf, ihre Fotze zu spüren. Ich wollte sie so hart ficken, dass sie heulte. Ich wollte sie so verletzen, dass sie nie wieder heilen würde. Ich wollte sie ohne jegliche Gnade foltern.

"Bitte…"Tränen strömten ihre Wangen hinunter.

Mein Körper verlor plötzlich das Interesse. Meine Erregung war nicht mehr die gleiche. Das war eine andere Art von Tränen, nicht die, die ich sehen wollte. Etwas hielt mich zurück, etwas stoppte mich. Ich hatte jedes Recht, einfach weiterzumachen. Nachdem, was mir angetan worden war, verdiente ich das. Aber ich konnte es nicht. Ich sah keine Rache, wenn ich in die Augen dieser Frau blickte. Ich sah nur meine eigene Reflektion—ein Monster.

Ich rollte von ihr herunter, stand auf und zog meine Boxershorts und meine Hose wieder an.

Sie lag einfach nur da, nicht wissend, was geschah.

Ich blickte nicht noch einmal zu ihr, sondern ging einfach zur Tür. Ich stürmte aus ihrem Zimmer und den Korridor hinunter. Ich war zu aufgewühlt, um schlafen zu können, und ich war nicht länger erregt genug, um mir einen runterzuholen.

Ich war nur wütend.

Wütend auf mich.

Sie kam danach tagelang nicht aus ihrem Zimmer. Lars brachte ihr Essen und alles, was sie sonst noch brauchte.

Ich hielt mich fern.

Ich konzentrierte mich auf meinen Sport und meine Arbeit. Ich verbrachte viel Zeit außer Haus, kümmerte mich um die Weinberge und den Weinverkauf. Und natürlich musste ich mich um Cane und unser anderes Projekt kümmern.

Die Tatsache, dass sie ihr Zimmer nicht verließ und sich so weit wie möglich von mir fernhielt, sagte mir, dass sie immer noch Angst vor mir hatte. Und das war auch gut so. Die Nacht hätte auch völlig anders verlaufen können. Vielleicht hatte ich vorher zu viel getrunken oder ich war einfach nicht in der richtigen Stimmung gewesen. Ich hatte einfach den Schwanz eingezogen und mich verdrückt, aber das würde mir nicht noch einmal passieren.

Als ich eines Nachmittags von der Arbeit nach Hause kam, begrüßte mich Lars an der Haustür. "Euer Gnaden, Cane ist hier, um Sie zu sehen. "

Ich erstarrte. "Wie lange ist er schon hier?"

"Fünfzehn Minuten. Ich habe ihm gesagt, er solle in ihrem Arbeitszimmer warten. "

Ich wusste, dass er nicht in meinem Arbeitszimmer war. Ich wusste genau, wo er war, und mir wurde schlecht bei dem Gedanken daran. Ich rannte los und sprintete die Treppe hoch, zwei Stufen auf einmal nehmend.

"Ist alles in Ordnung, Euer Gnaden?", rief Lars.

Ich ignorierte ihn und rannte so schnell, wie meine Füße mich trugen. Ich erreichte ihr Zimmer und brach die Tür mit meiner Schulter auf. Ich wusste, dass sie verschlossen sein würde. Sie flog krachend auf und ich sah genau das, was ich zu sehen befürchtet hatte.

Cane hatte sie ausgezogen und nackt an das Bett gefesselt. Er war ebenfalls nackt und sein harter Schwanz war bereit, sie zu ficken. Er hielt einen Gürtel in seiner Hand, er hatte gerade ihre Schenkel damit geschlagen.

Ich sah rot. "Hör sofort auf!"

Cane drehte sich zu mir um. "Möchtest du auch mal?"Er reichte mir den Gürtel.

Ich riss ihm den Gürtel aus seiner Hand und legte ihn ihm um den Hals. Dann zog ich ihn zu und würgte ihn damit, bis er anfing zu zucken. Er versuchte verzweifelt, sich zu befreien, aber es gelang ihm nicht. Er konnte nicht mehr atmen und wurde langsam ohnmächtig.

Als er sich nicht mehr bewegte, ließ ich ihn zu Boden gleiten. Ich ignorierte meinen hart gewordenen Schwanz in meiner Hose, als ich sie nackt und gefesselt auf dem Bett liegen sah, bereit dafür, ausgepeitscht zu werden. Ich holte mein Taschenmesser aus meiner Tasche und schnitt die Fesseln durch.

Sobald sie befreit war, griff sie sich die Decke und zog sie über ihren nackten Körper.

"Bist du okay?"

Ihre Augen waren feucht von Tränen. Sie funkelten wie Diamanten im Sonnenlicht. Sie blickte mich nicht an. Sie hatte sich zu Seite gedreht, mich absichtlich vermeidend.

Ich wickelte meinen Bruder in eine Decke und zerrte ihn dann aus dem Zimmer. Ihr Zimmer hatte keine Tür mehr, aber ihre Privatsphäre war mir jetzt egal. Lars kam mit besorgtem Blick die Treppe hoch.

"Hol mir ein Glas Wasser", befahl ich.

Lars gehorchte sofort.

Als er mit dem Wasser zurückkam, schüttete ich es Cane ins Gesicht, und er schlug sofort die Augen auf.

Er hustete und setzte sich dann auf, Wasser von seinem Gesicht tropfend. Er fuhr sich mit seiner Hand durch sein Haar, langsam wieder klar im Kopf werdend. "Was zum Teufel ist passiert?"

Als ich sah, dass er wieder völlig wach war, packte ich ihn an seiner Kehle. "Fass meine Sklavin nie wieder an. "Ich drückte fest zu und er fing an zu röcheln. "Hast du mich verdammt nochmal verstanden?"Ich stieß ihn zu Boden, sodass er sich den Kopf anschlug, um ganz sicher zu gehen, dass er mich verstanden hatte.

"Deine Sklavin?"Er wich vor mir zurück und rieb sich seine Schläfe. "Was zur Hölle geht hier vor? Wir waren uns einig, dass wir sie ficken und quälen würden, genau wie Bones Vanessa gequält hat. Aber dann komme ich hier her, und dieses Mädchen hat nicht mal einen einzigen Kratzer—zumindest keine neuen Kratzer. "

"Zerbrich dir nicht den Kopf darüber. "

"Doch, das tue ich", sagte er. "Das war unsere Vereinbarung. Sie ist seit zwei Wochen hier und du hast gar nichts mit ihr gemacht. "

"Ich hab sie mir viele Male genommen. "Es fiel mir leicht zu lügen, wenn ich so stinksauer war.

"Du lügst mich an, und wir beide wissen das. Ich kann es sehen, wenn ich sie nur anschaue. "

"Verlass mein Haus, Cane. Und fass meine Sklavin nicht noch einmal ohne meine Erlaubnis an. "

"Wer hat entschieden, dass sie *dir* gehört?"Er stand auf, die Decke um seine Hüften gewickelt.

"Ich. "Ich hatte das in dem Moment entschieden, als ich das Feuer in ihr gesehen hatte. Sie war nicht wie die anderen. Sie brach nicht, sie gab niemals auf, egal wie brutal man sie behandelte. Sie war widerspenstig. Sie war stark. Sie faszinierte mich und ich konnte nicht aufhören, über sie nachzudenken. "Komm damit klar. "

Cane versteckte nicht seine Verachtung für mich. Genau wie als Kind, mochte er es jetzt immer noch nicht, wenn er nicht das bekam, was er wollte. Er war trotzköpfig und rachsüchtig. Das würde nicht das Ende unseres Streits sein. Das war es niemals. "Wer hat dich zum König der Welt ernannt?"

"Ich. "Er hatte Angst vor mir und ich wusste es. Ich mochte weniger reden, aber genau das machte mich noch gefährlicher. Er wusste, wozu ich in der Lage war. Er hatte gesehen, was für Dinge ich getan hatte. Er hatte gesehen, wie ich starke Männer gebrochen hatte. Er versuchte, mich zu provozieren, aber nur bis zu einem bestimmten Punkt. "Ich kauf dir eine Hure, damit du deinen Spaß haben kannst. Aber lass die Finger von meiner. "

"Ich kann meine eigene Hure kaufen. "Er deutete auf die kaputte Tür. "Das nächste Mal, wenn ich hierherkomme, dann ist sie besser kaputtgefickt und grün und blau geschlagen. Sie hat besser nicht nur Narben, sondern Narben auf diesen Narben. Sie kniet sich besser vor mir auf den Boden, wenn ich zur Tür reinkomme. Das war der Plan und du hältst dich besser daran. Wenn du ihn nicht durchführst, dann werde ich es tun. "

"Zerbrich dir nicht den Kopf darüber. Ich werde es tun. "

Er blickte mir in die Augen, auf der Suche nach meiner Zustimmung. Als er gefunden hatte, was er sehen wollte, wandte er sich schließlich ab. "Grün und blau geschlagen, Crow. Ich meine es ernst. "Er griff sich seine Kleidung und ging davon.

Ich blieb am oberen Ende der Treppe stehen, bis ich hörte, wie unten die Haustür zugeschlagen wurde. Als ich endlich alleine war, ging ich durch die kaputte Tür zurück in das Zimmer.

Sie war immer noch exakt dort, wo ich sie verlassen hatte. Sie hatte die Decke um sich gewickelt, um ihren nackten Körper zu verdecken. Aber ihr wilder Gesichtsausdruck war zurückgekehrt. Als ob niemand sie vor gerade mal zehn Minuten gefesselt, geschlagen und fast vergewaltigt hätte, hielt sie ihren Kopf hoch erhoben wie eine Königin. "Du hast mir dein Wort gegeben. "Verachtung lag in ihrer Stimme.

"Hat er dich vergewaltigt?"

Sie blickte aus dem offenen Fenster.

"Ich habe dir eine Frage gestellt. "Ich ging um das Bett herum näher zu ihr.

Sie antwortete mir immer noch nicht.

Ich packte sie an ihren Haaren und zerrte ihr Gesicht zu mir. Ich hielt sie dicht vor mir und wartete darauf, dass sie etwas sagte. "Zwing mich nicht, dich noch einmal zu fragen. "Mein Mund berührte ihre Wange. Meine Zähne wollten sie in ihren Hals beißen. Ich wollte an ihrer Haut saugen, bis ihr Hals voller roter und blauer Flecke war.

"Nein. "

"Dann habe ich mein Wort gehalten. "

Ihre Augen blickten schließlich zu mir, voller Tränen und voller Emotionen.

"Hat er dich verletzt?"

Sie zog unter der Decke ihre Knie an ihre Brust. "Es ist mir schon Schlimmeres passiert. "

Mir war zumute, etwas zu tun, etwas zu sagen, was ich niemals sagen würde, schon gar nicht zu einer Sklavin. "Es tut mir leid. "

Ihre kalten Augen musterten mich misstrauisch, als würde sie denken, dies sei ein grausamer Scherz.

"Ich wusste nicht, dass er hier war. Das ist mein Haus und er hat hier eigentlich nichts zu suchen. Ich verspreche, dass ich ihn nicht wieder in deine Nähe kommen lassen werde. Ich verspreche, dass dich niemand anfassen wird—außer mir. "Ich streckte meine Hand aus und berührte sie sanft am Hals. Ich spürte ihren Puls unter meinen Fingerspitzen.

Sie senkte ihren Blick. Sie vergab mir schweigend, aber sie wollte alleine sein, um ihre Wunden zu lecken.

Ich konnte ihre Striemen nicht sehen, aber ich wusste, dass sie welche hatte. Ich kannte Cane. Er war brutal. Und ich wusste, dass die Schläge mit dem Gürtel, die er ihr verpasst hatte, schmerzen mussten. "Ich werde die Tür reparieren lassen und Lars schicken, dass er dir Salbe bringt. "

"Ich habe gehört, was du gesagt hast. "Ihre Stimme war nur ein Flüstern. Aber obwohl sie leise sprach, klang sie bestimmt und stark.

Ich blickte zu ihren Lippen und sah, wie sie sich leicht öffneten, als sie atmete.

"Grün und blau. "Langsam hob sie ihren Kopf und ihre Augen blickten zu meinen. "Du wirst mich vergewaltigen und dann verprügeln. "Sie flehte mich mit ihren Augen an, es nicht zu tun. Ihr Blick sagte mir, dass sie genug durchgemacht hatte. Alles, wonach sie sich sehnte, war Ruhe und Frieden.

Ich ließ meine Finger langsam durch ihr Haar gleiten und drückte dann mein Gesicht an ihres. Unsere Stirnen berührten sich und ich spürte, wie die Hitze ihres Körpers in meinen drang und ihn wärmte. Es war das erste Mal, dass sie nicht sofort zurückwich. Sie erlaubte die Berührung.

Meine Lippen fanden ihre, und ich gab ihr einen sanften Kuss. Diese einfache Berührung versetzte mein Inneres in Aufruhr vor Verlangen. Als ich diese Frau zum ersten Mal gesehen hatte, hatte ich gedacht, sie sei nichts weiter als eine gewöhnliche Frau. Aber in den zwei Wochen, die sie hier gewesen war, hatte ich mehr und mehr und schließlich ununterbrochen an sie denken müssen. Ich wollte sie unter mir fühlen. Ich wollte, dass sie für mich weinte.

Sie erwiderte meinen Kuss zuerst, wie eine instinktive Reaktion, als sie meine Lippen auf ihren spürte. Aber dann zog sie ihren Kopf rasch zurück und unsere Lippen trennten sich. Ihre Stirn lehnte immer noch an meiner, aber der Kuss war vorbei.

"Ja. Ich werde alle diese Dinge mit dir tun. "

KAPITEL ACHTZEHN

Pearl

Als ich an diesem Tag aufwachte, waren die Schwellungen zurückgegangen. Lars hatte mir eine Wundheilsalbe und ein paar Schmerztabletten gebracht. Bei Bones hatte ich niemals Schmerztabletten bekommen. Das war einer der Vorzüge, bei Crow zu sein.

Crow. Jetzt kannte ich seinen Namen.

Es war ein merkwürdiger Name. Aber er passte zu ihm. Sein dunkelbraunes Haar und seine hellbraunen Augen ließen ihn unheilvoll aussehen. Er wirkte wie eine Kreatur der Finsternis, eine alptraumhafte Gestalt, die man sich gut auf einem unheimlichen Friedhof vorstellen könnte. Das Einzige, was ihn menschlich aussehen ließ, waren diese Augen.

Sie waren wunderschön.

Manchmal vergaß ich, wer er war, wenn ich in sie blickte. Manchmal vergaß ich, dass er ein Unmensch war, der einen Tracker unter der Haut an meinem Knöchel implantiert hatte. Manchmal vergaß ich, dass er der Mann war, der mich hier gegen meinen Willen festhielt.

Ich stieg aus dem Bett und ging zum Fenster. Das Schönste an diesem Zimmer war das Fenster. Jeden Morgen, wenn ich es öffnete, blickte ich in die herrliche Landschaft mit den Weinreben und den Bergen am Horizont. Der Himmel war leuchtend blau und die Hügel erstreckten sich in die Ferne, sodass ich mich nicht mehr wie in einem Gefängnis fühlte. Manchmal konnte ich mir vormachen, dass ich freiwillig hier war. Manchmal konnte ich so tun, als wäre ich hier im Urlaub und könnte eines Tages wieder nach Hause gehen.

Eine leichte Brise im Gesicht spürend und die Landschaft genießend, überkam mich ein Gefühl der Dankbarkeit. Bei Bones hatte ich niemals dieses Gefühl gehabt. Im Gegenteil. Ich war dort wie ein Hund in einem Zwinger gewesen. Eingeschränkt in meinen

Bewegungen, eingesperrt in einem hässlichen Haus. Aber hier hatte ich zumindest etwas Freiheit.

Als ich nach draußen blickte und die Aussicht genoss, bemerkte ich, wie sich jemand zwischen den Weinreben bewegte. Als es näher kam, erkannte ich seine Statur, sein dunkles Haar und seinen dunklen Bartschatten. Mit bloßem Oberkörper joggte er durch die Landschaft. Der Schweiß auf seiner Brust glänzte im Sonnenlicht und betonte jede seiner Muskeln. Er hatte eine kräftige Brust und gut trainierte Bauchmuskulatur. Jeder der Muskelstränge war klar zu sehen. Ich zählte acht.

Seine schlanken Hüften gaben ihm die V-Form, die ich bei Modells für Unterwäsche auf den Werbeschildern in Manhattan gesehen hatte. Egal ob er ein Hemd trug oder nicht, er sah wirklich gut aus. Als ich ihn das erste Mal gesehen hatte, an der Bar in der Oper, hatte ich gedacht, er wäre mein Retter. Er hatte mir Hoffnung gegeben, dass es gute und normale Menschen in dieser Welt gab. Dass nicht alle Männer wahnsinnige Kriminelle waren, die Menschen entführten, für Profit verkauften oder zum Quälen kauften.

Ich hätte mich nicht mehr irren können.

Als er näher zum Haus kam, verlangsamte er sein Lauftempo, bis er schließlich nur noch ging. Er trug schwarze Shorts und schwarze Laufschuhe. Er hatte einen dünnen aber muskulösen Körper, kräftig und dennoch schlank. Er war das genaue Gegenteil von seinem Bruder, der stämmig und korpulent war. Ihre Gesichtszüge waren sich zum Teil sehr ähnlich. Ich wusste, dass sie Brüder waren, als ich sie zum ersten Mal zusammen gesehen hatte.

Er erreichte den Rasen vor dem Haus und ging unter meinem Fenster vorbei auf die Haustür zu. Er hob seinen Kopf und blickte zu meinem Fenster, weil er entweder erwartete, mich dort zu sehen, oder er hatte einen anderen Grund. Seine Augen fanden meine und er hielt an. Er stand unter meinem Fenster und starrte mich an.

Ich war erwischt worden, aber ich blickte nicht weg. Ich starrte zu ihm hinunter und versuchte diesen rätselhaften Mann zu verstehen, der mich hier als Gefangene hielt. Er hatte damit gedroht, mich zu vergewaltigen und mir weh zu tun, aber als er versucht hatte, seine Drohung wahr werden zu lassen, hatte er innegehalten und war davongegangen. Er hatte mich vor seinen Männern und seinem Bruder beschützt und mich in sein wunderschönes Haus inmitten der Weinberge gebracht. Und als sein Bruder mich ans Bett gefesselt und versucht hatte, mich zu vergewaltigen, hatte er die Tür aufgebrochen und ihn gestoppt. Er hätte auch einfach wegsehen und es geschehen lassen können.

Aber er hatte es nicht getan.

Er hatte mich gestern Nacht geküsst. Es war keiner der aggressiven Küsse wie die von Bones. Der hatte mir nur seine Zunge in den Mund geschoben, ohne eine Ahnung zu haben, was er damit tun sollte. Sein Kuss war sanft gewesen—fast schüchtern.

Meine Lippen hatten automatisch reagiert und den Kuss erwidert. Es war einfach so passiert. Erst als ich realisierte, was ich tat, hatte ich meine Lippen zurückgezogen. Der Mann war ein Psychopath—warum zur Hölle hatte ich ihn geküsst?

Er hatte mir damit gedroht, das Versprechen an seinen Bruder wahr zu machen—dass er mich grün und blau schlagen würde. Er hatte gesagt, dass er mich vergewaltigen würde, mich ficken würde, wie es ihm gefiel. Aber diese Drohungen waren nicht mehr so einschüchternd wie am Anfang, als ich hierhergekommen war. Dreimal hatte er stattdessen etwas getan, um mir zu helfen.

Vielleicht war er nicht so bösartig, wie ich dachte.

Er wich meinem Blick nicht aus, blinzelte nicht, und das, obwohl ihm die Sonne direkt ins Gesicht schien. Es ließ seine Augen aufleuchten und sie sahen wunderschön aus.

Ich wollte vom Fenster weggehen, aber ich konnte mich nicht bewegen, betört von dem Mann, den ich sah. Sein starker, schweißnasser Körper glänzte im Sonnenlicht. Irgendwo ganz hinten in meinem Kopf, in einer kleinen dunklen Ecke, fragte ich mich, wie er schmecken würde.

Ohne jegliche Vorwarnung ging er plötzlich weiter zur Haustür, so als ob er mich gar nicht gesehen hätte. Sein muskulöser Körper hatte wunderschöne Haut. Sie war hell, bleich wie meine Haut, aber sie war makellos. Er war nicht unterschiedlich gebräunt wie die meisten Menschen, mit dunkleren Armen und einem helleren Oberkörper. Vermutlich lag das daran, dass er immer einen Anzug trug, wenn er aus dem Haus ging, und dass er mit nacktem Oberkörper joggen ging.

Als er außer Sicht war, ging ich in mein Badezimmer und machte mich fürs Frühstück frisch. Lars brachte mir normalerweise ein Tablett und ich frühstückte alleine auf meinem Zimmer. Aber ich war es leid, immer nur in diesem Raum zu sitzen. Ich befand mich in einem wunderschönen, großen Haus, aber ich hatte bislang kaum etwas davon gesehen.

Crow war schon halb mit seinem Frühstück fertig, als ich in das Esszimmer ging. Er war nicht mehr verschwitzt und auch nicht mehr halbnackt. Er war frisch geduscht und trug einen schwarzen Anzug und eine gelbe Krawatte. Unter dem Jackett trug er ein blaugrünes Hemd. Trotz der farbenfrohen Kleidungskombination wirkte er sehr maskulin.

Ich setzte mich auf einen Stuhl und blickte ihn über den Tisch hinweg an.

Er hielt seine Zeitung weiterhin in der Hand, aber er blickte auf und seine Augen nahmen mich zur Kenntnis und schickten mir einen stillen Gruß. Sein Blick verweilte eine Sekunde lang auf mir, dann wandte er sich wieder der Zeitung zu. Er wollte immer noch nicht bei seinem Frühstück und seiner Morgenlektüre gestört werden.

Das war mir recht, denn ich wusste nicht, was ich eigentlich sagen sollte oder wollte.

Lars brachte mir mein Frühstück, eine italienische Spezialität aus Strauchtomaten, Mozzarella und Basilikum. Dazu brachte er mir eine Schale mit Obst, Beeren und Bananen.

"Danke. "

"Gern geschehen, Madame. "Er schenkte mir ein kurzes Lächeln und ging dann davon. Lars war der erste Mann, den ich seit meiner Entführung getroffen hatte, der nicht grausam, sondern wirklich freundlich zu sein schien. Wenn er mich ansah, sah er eine Person und nicht nur ein Objekt.

Crow senkte seine Zeitung. "Wie ist dein Name?"

Diese persönliche Frage kam völlig unerwartet.

"Ich bin sicher, Lars würde gerne wissen, wie er dich ansprechen soll. "

"Madame ist okay", sagte ich. "Altmodisch, aber es hat einen gewissen Charme. "

"Ich kann ihm auch sagen, er soll dich Sklavin nennen, wenn dir das lieber ist. "

Ich verengte meine Augen und spürte, wie mein Blut in Wallung geriet. "Ich hab die Nase voll von deinen Spielchen. Ich spiele sie nicht mehr mit. "

Jetzt verengte er seine Augen.

"Ich bin nicht deine Sklavin. Du behandelst mich nicht wie eine. Du lässt mich herumlaufen wie einen Menschen. Du hast mich nicht vergewaltigt, obwohl du gesagt hast, dass du es tun würdest. Wenn jemand anderer versucht hat, mir weh zu tun, dann hast du ihn gestoppt. Ich denke nicht, dass du der bist, der du vorgibst zu sein. "

"Unsinn. "

"Nein. Ich denke, du bist derjenige, der sich unsinnig benimmt, wenn du glaubst, dass ich weiter auf deine Lügen hereinfalle. Also sag mir jetzt, warum du mich immer noch hier behältst, wenn du überhaupt nichts mit mir tun willst. "

In einer schnellen und geschmeidigen Bewegung stand er auf und schlug mit seiner Faust auf den Tisch. Ich zuckte erschrocken zusammen. Das Geschirr und die Gläser auf dem Tisch schepperten und klirrten von der Wucht des Schlages. Lars kam nicht in den Raum gestürmt. Er war wirklich ein guter Butler. Er wusste, wann er kommen musste, noch bevor man ihn rief, und er wusste, wann er sich fernhalten musste, auch wenn sein Dienstherr das Haus in Stücke schlug.

"Ich würde nichts lieber tun, als dich zu fesseln und dich solange zu verprügeln, bis du bewusstlos bist. Als ich die Striemen an deinen Schenkeln gesehen habe, ist mein Schwanz so was von hart geworden. Wenn ich daran denke, wie ich dich zum Heulen bringen könnte, dann komme ich fast in meiner Hose wie ein Teenager. Nein, du bist bei mir nicht sicher. Ja, ich habe nur üble und böse Gedanken für dich im Sinn. Wenn ich mit dir fertig bin, dann werde ich dich in einem meiner Weinberge begraben, sodass meine nächste Ernte noch besser gedüngt ist als die vorherige. "

Er schlug nochmals mit seiner Faust auf den Tisch.

"Ich bin ein Monster. Und du weißt, was Monster tun, wenn die Dunkelheit kommt, wenn es Nacht wird. "

Ich verbrachte den Nachmittag draußen auf der Terrasse. Ich hatte ein Buch und eine Karaffe Eistee auf einem Tisch neben mir. Lars kümmerte sich um all meine Wünsche, brachte mir Essen, noch bevor ich danach fragen konnte, und stellte einen Sonnenschirm auf, als es zu warm wurde.

Ich fühlte mich wie eine Prinzessin.

"Lars?"

Er kam an meine Seite, seine Hände hinter dem Rücken verschränkt. "Jawohl, Madame?"

Ich klappte das Buch zu, das ich gerade las. "Kann ich Sie etwas fragen?"

"Selbstverständlich. Was immer Sie wünschen, ich werde mich darum kümmern. "

"Nun…Ich bin neugierig, mehr über Crow—"

"Signore Barsetti. "

Ich hatte bislang seinen richtigen Namen nie gehört. Er hatte ihn mir nie gesagt. "Ja. Ich frage mich, was für ein Mann er ist. Ich meine…wissen Sie, was er von mir will? Warum ich hier bin?"Dienstboten kannten alle Geheimnisse oder zumindest alle Gerüchte in einem Haus. Zumindest war das so im Fernsehen, in Serien wie *Downton Abbey*.

Lars reagierte überhaupt nicht. "Ich verstehe nicht, was Sie meinen. "

"Ich meine…hat er normalerweise Sklavinnen hier im Haus?" War ich die Erste?Was für eine Art von Geschäften machte er zusammen mit Cane?Warum war er mit Bones verfeindet?

"Ich kann das nicht beantworten. Tut mir leid. "Er

ging davon, bevor ich noch weitere Fragen stellen konnte.

Ich hätte wissen müssen, dass Lars seinem Arbeitgeber gegenüber völlig loyal sein würde. Ich würde nichts von ihm erfahren. Die einzige Person, die ich fragen könnte, wäre Crow, aber ich bezweifelte, dass ich von ihm irgendetwas erfahren würde. Manchmal war er ruhig und sanft, wie eine Rosenblüte auf meiner Haut. Andere Male, wie heute Morgen, war er ein Psychopath.

Ich verbrachte den Nachmittag mit Lesen und genoss den herrlichen Sonnenschein und den tiefblauen Himmel. Das Haus war vom Rest der Welt isoliert und die Aussicht über die Landschaft um mich herum war so schön, dass ein Teil von mir hier niemals mehr weg wollte. Wenn Crow nicht verrückt wäre und Cane hier nicht jederzeit auftauchen könnte, dann würde es mir hier vielleicht sogar gefallen.

Als die Sonne kurz davor war, hinter den Hügeln am Horizont zu verschwinden, wusste ich, dass der Abend nahe war. Es würde Abendessen geben und dann würde ich auf mein Zimmer gehen und im Bett im Schein der Nachttischlampe mein Buch weiterlesen. Die Fenster würden offen bleiben und ich würde den Geräuschen aus der Natur zuhören.

"Ich habe gehört, du hattest einen entspannten Tag. "

Ich klappte das Buch abrupt zu. Ich hatte ihn nicht

kommen hören. Seine Schritte waren lautlos, denn er bewegte sich elegant und geschmeidig wie eine Raubkatze. Er störte die ruhige Atmosphäre um ihn herum nicht—denn er verbreitete sie. "Warum schleichst du dich so lautlos an andere Menschen an?"

"Warum achtest du nicht besser darauf, was um dich herum passiert?"Er zog die Hosenbeine leicht hoch, bevor er sich in den Stuhl neben mir setzte. Sein Anzug war noch genauso faltenfrei und ordentlich wie am Morgen. Er saß perfekt und wirkte fast wie eine zweite Haut.

Ich legte das Buch in meinen Schoß und blickte zu den Hügeln. Das war besser, als ihn anzusehen. Was er heute Morgen zu mir gesagt hatte, hatte mich zutiefst erschrocken. Ich wusste nicht, was ich glauben sollte. Und was ich nicht glauben sollte.

"Hattest du einen schönen Tag?"

"Ja. "Ich weigerte mich, ihn anzusehen, ich wollte, dass er verschwand.

"Lars hat mir berichtet, dass du sehr neugierige Frage gestellt hast. "

Was für eine Petze.

"Ich müsste ihm keine Fragen stellen, wenn du meine Fragen beantworten würdest. "

Er rieb sich sein Handgelenk unterhalb seiner Armbanduhr. Er hatte große Hände mit langen Fingern. Er wirkte elegant und maskulin, und sah aus wie ein

Modell, dass auf der Titelseite des *GQ* Magazins sein könnte. "Was möchtest du wissen?"

"Hast du vor mir schon eine Sklavin gehabt?"

"Ich?", fragte er.

"War meine Frage nicht klar?"

Ein leichtes Lächeln formte sich auf seinen Lippen, als würde ihn meine Verärgerung eher amüsieren, als ihn zu beunruhigen. "Nein. Ich hatte bisher noch keine Sklavin. "

"Was willst du dann mit mir?"

"Du weißt, was man sagt. "Er legte seine Arme auf seine Knie und blickte mich ruhig an. "Man muss immer wieder was Neues ausprobieren"

Ich hasste seine vagen Antworten. Sie waren schlimmer als keine Antworten. "Warum hast du mich entführt, um mir weh zu tun und mich zu töten? Wie könnte das Bones etwas ausmachen?"

"Es wird ihn wütend machen—und das ist eine Untertreibung. "

"Du überschätzt meine Bedeutung für ihn. Ich bin sicher, er hat mich bereits durch ein anderes armes Mädchen ersetzt. Mich zu verletzen, wird ihn nicht verletzen. Das kann ich garantieren. "

Er musterte mich mit ausdruckslosem Gesicht, meine Reaktionen beobachtend, aber selber keine zeigend. "Drei Millionen Dollar. "

Mein Puls wurde schwächer.

"Drei Millionen Dollar ist eine Menge Geld—selbst für seine Verhältnisse."

"Er war betrunken, als er mich ersteigert hat."

Er lachte. "Netter Versuch. Wir beide wissen, dass er es nicht war. Er hat noch niemals mehr als eine Million für eine Sklavin ausgegeben. Aber diesmal dreimal so viel."

"Vielleicht hat er eine Gehaltserhöhung bekommen."

Er fuhr sich mit seinen langen Fingern über sein Kinn und über seine Bartstoppeln. "Er hat dir gezeigt, womit er sein Geld verdient. Das tut man nur mit einem Gleichgestellten, nicht mit einem Sklaven. Und als er dich in die Oper mitgenommen hatte, wusste er, dass Menschen ihn erkennen und dich mit ihm zusammen sehen würden. Du bedeutest ihm viel —sehr viel."

Er hatte eine merkwürdige Art, das zu zeigen.

"Und weißt du, was ich denke?"

Jetzt blickte ich weg, seine Arroganz verärgerte mich.

"Ich denke, du hast ihn manipuliert. "Seine Worte trafen meine Ohren, wie das Geräusch einer Nadel, die in einem völlig leeren und völlig stillen Raum zu Boden fiel. Es hallte durch meinen Kopf, wurde in ihm um ein Vielfaches verstärkt, denn es war die Wahrheit. "Ich denke, du hast ihn manipuliert, wie ein Schachspieler viele Züge vorausplant, um deine Lage zu verbessern.

Und um eine Möglichkeit zu finden, ihm zu entkommen. "

Ich würde ihm nicht die Befriedigung geben, ihm zu sagen, dass er recht hatte. Ich würde dieses Geheimnis mit ins Grab nehmen.

"Und das ist unglaublich beeindruckend. "

Ich reagierte nicht auf das Kompliment. Meine Augen wollten instinktiv wieder zu ihm blicken, aber ich stoppte sie.

"Du bist eine Kämpferin. Du wirst nicht aufhören zu kämpfen, bis du das bekommst, was du möchtest. Deswegen habe ich dich vor meinen Männern geschützt. Tief in deinem Inneren gibt es etwas, das ich nicht wirklich verstehen kann, aber das ich respektierend anerkennen musste. Ich habe dich respektiert. Und tue es immer noch. "

Er hatte mir nicht wehgetan—nicht ein einziges Mal. Er hatte mir damit gedroht, es zu tun, aber das waren nur Drohungen gewesen, um mich einzuschüchtern. Ich hatte den Eindruck, dass dieser Mann nicht so grausam war, wie er vorgab, es zu sein. Ich hatte das Gefühl, dass es eine Chance gab, dass er mich gehen lassen würde—wenn ich es richtig anstellte. "Wenn es das ist, was du denkst—warum lässt du mich dann nicht einfach gehen?"Ich wandte mich ihm wieder zu, das Flehen in meinen Augen unterdrückend. Egal, wie schön dieses Haus war, ich wollte wieder nach Hause.

"Mein Verlangen nach Rache ist stärker. "

"Stärker, als eine unschuldige Frau nach Hause gehen zu lassen?", fragte ich ungläubig. "Hast du irgendeine Vorstellung davon, was ich durchgemacht habe? Als Mann wirst du vermutlich nie verstehen, wie es sich anfühlt, aufs Bett gedrückt und wie ein Objekt, wie ein Sexspielzeug, benutzt zu werden. Und wenn es kaputtgeht, ist das egal, dann kauft man einfach ein neues. Du wirst niemals verstehen, wie es sich anfühlt, jemand anderem zu gehören. Du kannst es nicht und du wirst es niemals verstehen. "

"Ich verstehe es. "

Ich blickte ihm in die Augen und wartete darauf, dort etwas Erlösendes, etwas Gutes zu sehen.

Aber sein Blick hatte sich während unserer Unterhaltung überhaupt nicht verändert. Seine Augen waren sanft wie Samt, aber ebenso undurchdringlich, und sein Kiefer und Kinn waren hart und grausam. "Aber es ist mir egal. "

Ich wollte ihm nicht beim Abendessen Gesellschaft leisten, denn ich wollte ihn im Moment nicht ansehen müssen. Was er zuletzt gesagt hatte, hatte meine Wut auf ein neues Level gehoben. Es hatte mal eine Zeit gegeben, da hatte ich gedacht, die Welt sei ein wunderschöner Ort. Es gab ein paar böse Menschen darin, aber auch jede Menge gute Menschen.

Aber jetzt war mir klar geworden, wie sehr ich mich geirrt hatte.

Jeder Mensch in dieser Welt verfolgte nur seine eigenen Interessen. Jede Person war egoistisch. Niemanden kümmerte es, wem er wehtat, um das zu bekommen, was er wollte.

Es war widerwärtig.

Ich rührte mein Abendessen kaum an, obwohl es köstlich aussah, und ich stellte das Tablett mit dem restlichen Essen vor die Tür, damit Lars es wegräumen konnte. Zumindest war mein Zimmer ein sicherer Ort. Niemand belästigte mich hier. Es war groß, geschmackvoll eingerichtet und dekoriert, und es hatte etwas, was mir Hoffnung gab.

Ein Fenster.

Manchmal konnte ich so tun, als wäre ich frei. Ich sollte mich Crow gegenüber nicht dankbar dafür fühlen, dass er mich besser behandelte als Bones, aber ich tat es.

Obwohl ich es nicht tun sollte.

Ich zog mich aus, schlüpfte ins Bett und legte mein Buch griffbereit auf den Nachttisch. Das Bett war bequem, das beste Bett, in dem ich je geschlafen hatte. Die Bettwäsche war von hervorragender italienischer Qualität, ebenso wie die Decke, die mich gleichzeitig warm und kühl hielt. Das Bett heilte meinen schmerzenden Rücken und regenerierte meine müden Glieder. Nach der Zeit mit Bones, hatte mein Körper jetzt die Ruhe und Möglichkeit, sich von all den Dingen zu erholen, die er mir angetan hatte. Aber ich fragte mich, ob es jemals genug Zeit geben würde, damit alles verheilte und ich alles vergaß.

Ich schlief ein und wurde sofort wieder von meinen Alpträumen empfangen. Ich träumte gewöhnlicherweise von Bones und von all den furchtbaren Dingen, die er mit mir tat. Egal wie sehr ich versuchte diese Bilder aus meinem Kopf zu bekommen, es gelang mir nicht. Sie waren ein Teil von mir, ein Narbe, die er mir zugefügt hatte, und die niemals verschwinden würde. Obwohl ich ihm entkommen war, hatte er dennoch gewonnen. Auch wenn ich nicht mehr bei ihm war, und niemals mehr zu ihm zurückkehren musste, dachte ich immer noch an ihn. Wenn das kein Sieg war, dann wusste ich auch nicht, was einer war.

Ich spürte, wie sich der Boden unter meinen Füßen bewegte, und wie die Temperatur um mich herum anstieg. Mein Körper bewegte sich und mein Slip wurde mir ausgezogen. Bones zog mich aus, bereitete mich dafür vor, brutal in mich hineinstoßen zu können. Ich wünschte, er würde verschwinden. Ich wünschte, diese Alpträume würden aufhören.

Ich spürte, wie mein Top ausgezogen wurde und meine Brüste der kühlen Nachtluft ausgesetzt waren.

Meine Nippel wurden fest und stellten sich auf, als würden sie den Eindringling abwehren wollen. Dann presste sich ein Mund auf meinen. Er war nicht brutal und gierig. Die Zunge fuhr nicht nur planlos in meinem Mund herum wie ein Gartenschlauch, der wild umher schleuderte.

Es fühlte sich schön an.

Er saugte zart an meiner Unterlippe, sie zart mit seinen weichen Lippen massierend. Dann küsste er mich wieder, die Haare an seinem Kinn mich leicht kratzend, was sich aber angenehm prickelnd anfühlte. Sein Atem füllte meine Lungen, als er beim Küssen in mich atmete.

Mein Traum veränderte sich und Crow war derjenige, der mich küsste. Sein Oberkörper war nackt und schweißnass, genau wie ich ihn am Morgen gesehen hatte. Er küsste mich sanft und seine Hand griff in mein Haar. Er zeigte mir seine sanfte Seite, nicht den temperamentvollen Mann, der jederzeit verärgert explodieren konnte.

Finger rieben an meiner Klitoris, und ich spürte, wie meine Knie weich wurden, weil es sich so gut anfühlte. Ich war seit langer, langer Zeit nicht mehr so berührt worden. Bones hatte einfach seinen Schwanz grob in mich geschoben, sich seine Befriedigung nehmend, aber niemals welche gebend. Ich musste mich selber berührt haben, ohne es zu bemerken. Aber gleichzeitig war ich mir bewusst, dass meine Hände auf der Matratze lagen. Ich konnte das kühle Leintuch unter meinen Fingern spüren.

Ich schreckte alarmiert auf, als ich realisierte, dass dies kein Traum war. Dies war real. Meine Augen öffneten sich und ich sah Crows Gesicht an meinem, spürte seine Lippen auf meinen und fühlte seinen Körper auf mir. Er lag nackt auf mir, ich spürte seinen harten Schwanz gegen meinen Bauch drücken.

"Geh runter von mir!"Ich stieß ihn von mir weg.

Sein Oberkörper löste sich von mir, er wich etwas zurück, aber seine Finger blieben zwischen meinen Beinen. "Vor einer Sekunde hat es dir noch gefallen. "

"Weil ich geschlafen habe, du Idiot. "Ich schlug seine Hand weg.

"Wirklich?"Er setze sich auf, lehnte sich weiter zurück, sein muskulöser, schlanker Körper immer noch genauso gutaussehend, wie ich ihn in Erinnerung hatte. Sein dicker Schwanz stand hart und stolz von seinem Körper ab. "Und von wem hast du geträumt?"

Wusste er das? Wie konnte er es?Das war unmöglich. Er konnte vielleicht meine Gesichtsausdrücke lesen, aber mit Sicherheit nicht meine Gedanken, und er konnte definitiv nicht meine Träume sehen. "Ich habe von niemandem geträumt. Und selbst wenn, das geht dich gar nichts an. Fass mich nicht an. "

Seine Lippen verzogen sich zu einem kleinen

Lächeln, als ob ich ihn gerade herausgefordert hätte. Er legte sich wieder auf mich und hielt meine beiden Handgelenke mit einer seiner Hände fest. Er hielt mich fest auf das Bett gedrückt und sein Körper presste sich dichter an meinen.

Ich versuchte ihn abzuschütteln, aber er war zu schwer. Er bestand nur aus Muskeln, Sehnen und war doppelt so groß wie ich und tausendmal stärker.

"Wehr dich und ich werde dir wehtun. "Er drückte meine Handgelenke fester zusammen, wie eine Warnung und eine Demonstration seiner Kraft.

"Ich werde mich wehren, bis du mich tötest. "

Jetzt erschien ein breites Lächeln in seinem Gesicht. Er mochte diese Antwort. "Baby, du bist sexy. "

"Du bist krank. "Ich versuchte mit meiner Hüfte nach ihm zu stoßen.

"Nein, im Gegenteil. Ich fühle mich gerade sehr wohl. "Er beugte sich vor und küsste mich am Hals. Seine Zunge glitt über die Stelle meines Halses, wo meine Schlagader war. Er biss ganz sanft zu, exakt genug Druck anwendend, um ein Schaudern durch meinen Körper zu schicken, aber nicht genug, um mich zum Bluten zu bringen. Seine Lippen bewegten sich weiter zu meinem Ohr und er küsste meine Ohrmuschel ganz sanft und sein Atem war nur ein leiser, zarter Hauch in meinem Ohr. Aber die Schnelligkeit seines Atems verriet mir, wie erregt er war, und als er sich zurückzog, konnte ich ein leises Knurren hören.

Seine freie Hand bewegte sich zu meiner Brust und griff eine meiner Brüste und drückte und massierte sie. Ein leises Stöhnen drang in mein Ohr. "Was für wundervolle Titten. "

Ich lag hilflos da, unfähig, irgendetwas zu tun, und ich ließ alles einfach nur geschehen. Meine Nippel wurden unter seiner Berührung hart und mein Atem wurde flacher und schneller. Ich verspürte keine Angst wie beim letzten Mal. Mein Herz hämmerte nicht wild, als ob es um Leben oder Tod ginge. Mein Körper war auf merkwürdige Art entspannt, aber gleichzeitig auch sehr erregt.

Crow küsste sanft die Haut über meinem Schlüsselbein und biss dann hinein. Dann bewegte sich sein Mund langsam abwärts bis zu meiner anderen Brust und er lutschte an meinem Nippel, bis ich mich vor wohligem Schmerz krümmte. Er hielt ihn in seinen Zähnen und lutschte dann wieder an ihm. Ich konnte spüren, wie sein Rücken sich vor Erregung anspannte.

Ich wusste, ich würde ihn dieses Mal nicht aufhalten können. Wenn ich *Nein* sagen würde, würde ihn das nur noch mehr anmachen. Wenn ich versuchen würde, mich zu wehren, würde ich nur ins Gesicht geschlagen werden—oder er würde meinen ganzen Körper verprügeln. Bis ich grün und blau wäre.

Seine Zunge glitt zwischen meinen Brüsten entlang abwärts. Dann küsste er meinen Bauch, einen Mundbreit von ihm, und gleichzeitig spürte ich seinen harten Schwanz immer weiter an meinem Körper herabgleiten. Ich spürte seine Lusttropfen auf mir, eine Spur zu meinen Schamhaaren und durch sie hindurch ziehend. Er würde jeden Moment in mich hineinstoßen.

Aber er kam wieder hoch, sein Gesicht war wieder vor mir und dann legte er seine Finger wieder auf meiner Klitoris. Er massierte sie in einer kreisförmigen Bewegung, wandte genau den richtigen Druck an und in genau der richtigen Geschwindigkeit, als hätte er dies schon viele tausend Male getan.

Es fühlte sich gut an.

Und ich hasste es. Ich hasste es, dass meine Beine sich wie von ganz alleine spreizten, um ihn in mir aufzunehmen. Ich hasste es, dass ich wollte, dass er weiter an meinen Nippeln lutschte. Ich hasste es, dass seine Küsse sich so unglaublich gut anfühlten.

Er blickte mir in die Augen und ich sah sein sexuelles Verlangen und seine Gier in seinen. Seine Finger massierten mich weiter, meinen Körper immer mehr erregend.

"Stopp. "

Zwei Finger schoben sich zu meinem Eingang, während der Daumen auf meiner Klitoris liegen blieb.

"Nein. "Ich drückte meine Beine zusammen, sodass

er nicht in mich eindringen konnte. Ich wollte nicht, dass er es tat. Ich wollte nicht, dass er erkundete, was sich zwischen meinen Beinen befand.

Er schob sein Knie zwischen meine Beine, drückte sie mit seinem Bein auseinander und schob seine beiden Finger in mich hinein.

Nein.

Als seine Finger in mir waren, erstarrte er. Er spürte die Feuchtigkeit. Er konnte fühlen, wie feucht ich geworden war—wie nass ich war.

Scham überkam mich und ich blickte weg. Mein Körper hatte mich verraten und es war mir peinlich, wie leicht und wie sehr er mich verraten hatte. Ich war so feucht wie schon seit langer, langer Zeit nicht mehr. Mein Körper war aus seinem Tiefschlaf erwacht, er war erregt und angespannt, und er sehnte sich nach Erleichterung.

In Crows Gesicht erschien ein triumphierendes Lächeln. Seine Arroganz verstärkte sich um ein Zehnfaches. Seine Finger bewegten sich in mir und sein Daumen massierte gleichzeitig meine Klitoris. Er bog seine Finger, damit er meine empfindlichen Stellen besser erreichen konnte, und schickte Wellen der Erregung durch mich hindurch, die meine Nippel noch härter werden ließen. "Du bist ganz nass. "

"Von meinem Traum..."Ich versuchte eine Erklärung zu finden, weil ich nicht wollte, dass er dachte, dass er für das, was geschah, verantwortlich war.

"Du hast von mir geträumt. "Er sagte es mit solcher Überzeugung, als ob es keine andere mögliche Antwort geben konnte. "Du hast meinen Namen gesagt. "

Oh verdammt.

Er ließ seine zwei Finger weiter aus mir heraus und in mich hinein gleiten und massierte gleichzeitig dabei meine Klitoris. Er drückte fester und bewegte sich schneller, meinen Körper mich mehr verraten lassend, und um mich zu einem Orgasmus zu bringen.

Ich dachte nicht, dass ich einen haben könnte.

Er zog seine Finger langsam aus mir heraus und steckte sie sich in seinen Mund. Er leckte sie ab, dann griff er sich seinen Schwanz und deutete mit ihm auf meinen Eingang. "Du musst mir nicht erst meinen Schwanz lecken, wenn du schon so feucht bist. "Er drückte mit der Spitze seines Schwanzes gegen meinen Eingang.

Meine Erregung erstarb, als ich realisierte, was geschehen würde. Vielleicht fand ich ihn attraktiv und vielleicht törnte er mich an, aber ich wollte nicht vergewaltigt werden. Ich wollte keine Gefangene sein. Ich wollte mein Leben zurück. "Nein, nicht! Bitte. "

Er drückte seinen Schwanz leicht in mich hinein.

"Stopp! Bitte. Ich werde alles tun, was du willst. "Tränen strömten aus meinen Augen. Ich hasste es, zu weinen, denn es ließ mich schwach aussehen, aber ich wusste nicht, was ich sonst tun könnte. Ich war es leid, immer nur benutzt zu werden. Ich war es leid, dass ich nichts zu sagen hatte. Ich war alles leid. "Crow, bitte. "

Seinen Namen zu hören, schreckte ihn auf und ließ ihn innehalten. Er hörte mein Flehen und blickte mir ins Gesicht, seine Schwanzspitze steckte immer noch in mir. Hinter seinen Augen tobte ein Kampf. Er wollte weitermachen, weil sein Schwanz nass werden wollte, aber meine Tränen bedeuteten ihm etwas.

"Bitte…"Ich befreite meine Hände aus seinem Griff, erleichtert darüber, dass ich mich wieder bewegen konnte. Ich legte meine Hände gegen seine Brust und ließ sie an seinem Körper entlang gleiten, seine kräftigen Muskeln spürend. Ich musste ihn dazu bringen mit mir zu kooperieren, an seine gute Seite appellieren. Er war nicht bösartig wie sein Bruder. Er hatte auch eine gute Seite. "Tu mir das nicht an. "

Seine Augen wurden klarer und er zog seinen Schwanz aus mir heraus und von mir weg.

Erleichterung und Dankbarkeitströmte in Wellen durch mich hindurch. Ich war noch niemals im Leben für etwas so dankbar gewesen. Ich hatte ein wenig Kontrolle über mein Schicksal. Ich hatte etwas Kontrolle über das, was mit mir geschah. Meine Muschi war für ihn feucht geworden, so peinlich mir das auch war, aber er hatte trotzdem gestoppt, als ich ihn darum bat. Er hätte einfach sagen können, dass ich es ja offensichtlich gewollt hätte, aber das hatte er nicht getan.

Er glitt von mir herunter und setzte sich auf die Bettkante. Seine Hose und seine Boxershorts lagen auf dem Boden und er griff sie sich. Sein Rücken war ebenfalls muskulös, selbst im schwachen Licht war das klar zu erkennen.

Ich sollte keine guten Gefühle für diesen Mann hegen, aber ich tat es. Er war anders als die anderen Männer. Er mochte eine raue Schale haben, aber darunter war ein Mann, der auch eine ehrenhafte und kultivierte Seite hatte.

Ich kam zu seiner Seite des Bettes und nahm sein Gesicht sanft in meine Hände. Sein Bartschatten kratzte leicht an meinen Fingerspitzen, als ich sein Gesicht berührte. Ich mochte, wie sich seine kantigen Gesichtszüge anfühlten. Es war fest und stark, und bildete einen Kontrast zu der sanften Schönheit seiner Augen.

Er drehte sein Gesicht zu meinem und beobachtete jede Bewegung, die ich machte. Seine breite Brust hob und senkte sich mit jedem seiner leisen Atemzüge. Er blickte zu meinen Lippen und dann wieder in meine Augen.

Ohne nachzudenken, lehnte ich mich vor und gab ihm einen sanften Kuss. Ich küsste zuerst seinen Mundwinkel und dann seine Oberlippe. Sein Mund fühlte sich gut an meinen Lippen an. Ich hatte nie gedacht, dass ich es noch einmal genießen würde, jemanden zu küssen, nach all dem, was ich durchgemacht hatte.

Aber ich liebte es, ihn zu küssen.

Ich konnte spüren, dass ich immer noch feucht war, und ich konnte sehen, dass sein Schwanz immer noch hart war. Ich wollte ihn nicht wieder zurück ins Bett holen, also ließ ich ihn los, bevor er seine Meinung änderte. Als er mich mit diesen intensiven Augen ansah, senkte ich meinen Blick. "Danke…"Er hätte mit mir tun können, was er wollte, und ich hätte nichts dagegen tun oder widersprechen können. Aber er hatte gestoppt. Er hatte auf meine Wünsche gehört. Er hatte mich wie eine Person behandelt. Die Nacht hätte auch völlig anders verlaufen können. Aber er hatte mir eine Wahl gegeben. Er hatte mir Freiheit gegeben.

Er hatte mir eine Stimme gegeben.

KAPITEL NEUNZEHN

Crow

Das Feuer knisterte im Kamin in meinem Büro, obwohl es ein warmer Tag war. Ich mochte das Geräusch der Flammen. Es war wie eine Art von Musik für mich, der natürliche Klang der tanzenden Flammen.

Ich versuchte mich auf meine Arbeit zu konzentrieren, aber diese brünette Frau schlich sich immer wieder in meine Gedanken. Letzt Nacht hatte sie unter mir gelegen. Sie war nackt. Ich war nackt. Mein Schwanz war so hart gewesen wie noch nie zuvor, und ich hatte ihn in ihre feuchte, schlüpfrige Fotze rammen wollen.

Sie mochte meine Küsse. Sie mochte meine Berührungen. Ihre feuchte Fotze hatte mir gesagt, dass es ihr gefiel, wie ich ihre Klitoris massierte. Sie mochte die Art, wie ich an ihren Nippeln saugte, bis sie hart waren. Sie mochte es, wie ich sie sanft gebissen hatte, ihr ein klein wenig Schmerz inmitten ihrer Wonne zufügend.

Ihre Körpersprache war unmissverständlich gewesen —alles hatte sie sehr erregt und ihr gefallen.

Aber trotzdem hatte sie Nein gesagt.

Ich hätte einfach weitermachen sollen. Ich hätte nicht erlauben sollen, dass diese kleine Frau sagte, was ich tun durfte und was nicht. Aber dann hatte sie mich angefleht, unter Tränen gebettelt, und ich hatte einfach gehorcht.

Ich konnte es nicht glauben. Ich hatte tatsächlich jemandem gehorcht.

Ich wollte ihr wehtun, denn sie hatte mich so hart werden lassen. Aber ich wollte, dass sie Schmerzen hatte. Ich wollte, dass sie sie mochte. Aber die Verzweiflung und Tränen, die sie mir letzte Nacht gezeigt hatte, waren nicht das, was ich gewollt hatte. Sie waren anders. Ich konnte nicht erklären wie.

Ein Klopfen ertönte an der Tür. Ich erkannte es, denn ich hatte es schon so oft gehört. Mein ganzes Leben lang hatte ich diese knorrigen Knöchel an meine Tür klopfen hören.

"Komm rein. "

Lars kam mit einer schwarzen Mappe unter dem Arm in den Raum. "Ein Mann hat dies hier für Sie abgegeben. Er sagte, Sie würden wissen, worum es geht. "Er legte die Mappe auf meinen Schreibtisch. "Gibt es irgendetwas, das ich für Sie tun könnte, da ich gerade hier bin?"

"Ja. Wie geht es ihr?"

Es gab nur eine andere Person im Haus, die ich meinen konnte. "Ich habe sie nicht gesehen, Sir. Sie hat ihr Frühstück gegessen und das Tablett vor die Tür gestellt. "

Sie hatte etwas gegessen. Das war alles, was ich wissen musste. "Danke, Lars. "

Er nickte und verließ das Zimmer wieder.

Ich öffnete die Mappe in dem Moment, als die Tür sich geschlossen hatte. Ich hatte jemanden angeheuert, Informationen über meinen Hausgast zu besorgen. Ich wollte alles über sie wissen, ohne ihr Fragen stellen zu müssen. Ich wollte, dass sie dachte, ich sei Gott—und dass ich alles wusste.

Ich blätterte durch die Seiten und sah ihren Namen.

Pearl

Ich mochte ihn. Ich mochte, wie rein er war. Ich mochte, wie schön er klang.

Ich blätterte weiter durch die Seiten und fand heraus, wie sie entführt worden war. Sie war in St. Thomas gewesen, als es passiert war, zusammen mit ihrem Freund. Die Vorstellung, dass sie mit jemand anderem vor mir zusammen gewesen war, und das freiwillig, verursachte einen Anfall von Eifersucht in mir. Ich las weiter, damit dieses Gefühl abklingen konnte. Aber was ich als Nächstes las, machte alles nur noch schlimmer. Ich las die Seite noch einmal, weil ich nicht glauben konnte, was ich gelesen hatte. Meine Hände zitterten vor Wut. Mein Hass war fast so groß wie der Hass, den ich für Bones empfand, für das, was er meiner Schwester angetan hatte—aber nur fast.

Ein Klopfen ertönte an der Tür, mich aus meinen Gedanken reißend. Es war nicht Lars, das wusste ich. Und das beutete, es konnte nur eine andere Person sein —Pearl.

Sie öffnete die Tür ohne, hereingebeten worden zu sein, und stand verlegen in der offenen Tür, auf die Erlaubnis wartend, die sie nicht bekommen würde.

Ich klappte die Mappe zu und ließ sie auf meinem Schreibtisch. Sie hatte mich zu einem schlechten Zeitpunkt gestört. Wenn sie jemand anderer gewesen wäre, dann wäre diese Person bereits so schnell wie möglich wieder gegangen. Selbst Lars wäre schnell wieder gegangen, denn er kannte meine Launen und meine Wut besser als alle anderen Menschen.

Sie kam in mein Büro und blickte zu dem Kamin an der gegenüberliegenden Wand. Sie trug eines der toskanischen Kleider, die Lars für sie besorgt hatte. Es sah perfekt an ihr aus, als wäre sie hier in der Toskana geboren und aufgewachsen. "Bist du beschäftigt?"

Ihre Schönheit war nicht genug, um mich abzulenken. "Ich bin immer beschäftigt. "

Ich sah Enttäuschung in ihren Augen. Sie hatte den gleichen verständnisvollen Mann erwartet, den sie in der vergangenen Nacht gesehen hatte. Aber der war nicht immer hier. Er kam und ging—er war öfter weg als anwesend. "Ich hatte gehofft, wir könnten uns unterhalten. Es kann aber auch warten, wenn das besser für dich ist. "

"Oder wir könnten uns gar nicht unterhalten. Das wäre die beste Option für dich. "Ich hasste es, so milde mit ihr umgegangen zu sein. Ich hasste mich selber dafür, nicht brutal und rücksichtslos gewesen zu sein. Ich hatte einen Racheplan und ich setzte ihn nicht um.

Sie blickte mich verwirrt an. Sie hatte keine Ahnung, was meine schlechte Laune verursacht hatte. "Habe ich irgendwas getan?"

"Du hast mich gestört. Du redest. Das ist, was du getan hast. "

Betrübnis breitete sich in ihren Augen aus, das Feuer in ihnen erlosch. "Ich wollte mich einfach nur bei dir bedanken, dafür—"

"Hast du bereits getan. Also geh wieder. "Ich wollte

sie einfach aus meinem Arbeitszimmer haben, damit ich mich meiner Wut hingeben konnte—alleine.

"Du bist ein besserer Mann, als du selber von dir denkst. Ich wollte, dass du das weißt. "

"Ist mir egal. "*Hau einfach ab.*

Das Feuer fing wieder an in ihren Augen zu lodern, als sie genug von meiner Feindseligkeit hatte. "Was ist dein Problem? Ich komme hierher, um dir ein Kompliment zu machen und dir zu sagen, dass ich dich respektiere, und du benimmst dich einfach nur wie ein feiges Arschloch. "

Beide meine Augenbrauen hoben sich, als ich hörte, was sie sagte. *"Feiges Arschloch?"*

"Ja. Genauso benimmst du dich nämlich. "

Als ich das Feuer in ihren Augen sah und ihre wütenden Worte hörte, wurde mein Schwanz hart. Ich wollte, dass sie mir ins Gesicht schlug und mich dann küsste. Ich stand auf und ging um den Schreibtisch herum. Wut kochte in mir hoch, aber es war eine andere Art von Wut als zuvor.

Sie wich nicht zurück, als ich auf sie zukam. Nach der letzten Nacht schien sie zu glauben, dass sie bei mir sicher war.

Ich packte sie am Haar und riss ihren Kopf zurück. Sie öffnete ihren Mund leicht, genau weit genug, um sie zu küssen. Ich küsste sie hart und lange, ihre Lippen malträtierend. Mein Arm legte sich um ihre Taille und ich zog sie an mich. Ich wollte, dass sie spürte, wie groß mein Schwanz geworden war, und dass er sie in ihre kleine Fotze ficken wollte.

Ihre Lippen reagierten zuerst nicht, aber einen Moment später erwiderte sie meinen Kuss. Sie bewegte ihre Lippen mit der gleichen Aggression und Feindseligkeit wie ich meine. Unsere Zähne stießen aus Versehen aneinander, aber ich mochte es. Sie auch. Sie legte ihren Arm um meinen Nacken und bohrte ihre Fingernägel in meine Haut.

Meine Hand drückte ihren Hintern fest, dann ließ ich sie wieder los. "Sprich noch einmal so zu mir und du wirst sehen, was mit dir passiert. "

"Ich verstehe dich nicht. "

"Das ist mir egal.

"Ich bin hierhergekommen, um dir zu sagen—"

"Du bist hierhergekommen, um mich zu manipulieren. Du denkst, du kannst mich um deinen Finger wickeln, weil ich dich nicht schlage oder dich vergewaltige. Aber du hast dich geirrt. Ich bin die Art von Mann, der dich in seinen Feldern vergraben wird. Ich bin ein Mann, der unschuldige Menschen töten wird, wenn sie mir ihm Weg stehen. Du kannst hier nicht schick gekleidet hereinkommen und erwarten, dass ich vor dir auf die Knie falle. Die einzige Person hier, die auf ihre Knie fallen wird, bist du. "Meine Hände griffen ihre Taille und ich packte sie so fest, dass sie versuchte, sich aus meinem Griff zu befreien. "Ich werde dich nicht gehen lassen. Nicht jetzt. Niemals. Die einzige Möglichkeit, nicht mehr in diesem Haus leben zu müssen, ist, wenn ich dich töte. Hast du das verstanden?"

In ihren Augen war keine Angst zu sehen. Sie blickte mich skeptisch an, nicht eines meiner Worte glaubend. Sie schob meine Hände von ihrem Körper weg, darum bemüht, die Oberhand in diesem Streit zu bekommen. "Du wirst mir nichts tun. Du wirst mich nicht töten. "

"Du bist dumm, weißt du das?"Ich hasste es, wenn sie mir widersprach. Aber ich liebte sie gleichzeitig dafür.

"Wenn Cane kommt und verlangt, dass du mir eine Kugel in den Kopf schießt, dann wirst du es nicht tun. Wenn er mich selber erschießen wird, dann wirst du ihm seine Waffe wegnehmen. Du machst niemandem etwas vor, Crow. Du bist ein guter Mensch—"

Ich schlug ihr ins Gesicht. Nicht sehr stark, denn die Tatsache, dass ich sie schlug, würde genug sein, dass sie ihren Mund hielt. "Sprich nicht mit mir, so als ob du mich kennen würdest. Du weißt nichts über mich. Ich werde dich mit meinen bloßen Händen erwürgen und zusehen, wie das Licht in deinen Augen langsam erlischt. Hör auf damit, dir etwas vorzumachen. Hör auf, mir zu sagen, wer ich bin. "

Sie drehte sich nach dem Schlag zur Seite und hielt sich ihre Wange, den Schmerz des Hiebes noch lange nachwirken spürend. Sie wandte mir ihren Rücken zu, während sie sich von dem Schock über das erholte, was ich gerade getan hatte.

"Ich werde es wieder tun. "*Und ich meinte es.*

Sie drehte sich um, sich immer noch mit ihrer Hand ihre Wange haltend. Anstatt Tränen in den Augen zu haben, blickte sie mich einfach nur überrascht an. Sie hatte wirklich nicht erwartet, dass ich sie schlagen würde. Sie war wirklich so naiv gewesen. Aber dann schlug sie mir mit der Geschwindigkeit einer Viper ins Gesicht—so hart, wie sie konnte.

Mein Gesicht drehte sich unter der Wucht ihrer Ohrfeige zur Seite, und ich spürte, wie meine Wange rot wurde. Es tat nicht weh. Nicht im Sinne von physischen Schmerzen. Aber es setzte meine Sinne in Brand und weckte das Tier in mir auf. Mein Schwanz wurde noch härter in meiner Hose, und meine Lippen sehnten sich nach ihren. Ich wollte ihre Nippel drücken und verdrehen, bis sie schrie.

Ich wandte mich wieder zu ihr, meine Nasenflügel waren geweitet und zitterten. Ich wollte sie über den Schreibtisch beugen und sie hier und jetzt ficken. Keine Frau zuvor hatte mich jemals geschlagen—es sei denn, ich hatte es ihr befohlen. Diese Frau hatte solch rasiermesserscharfe Kanten, dass ich mich an ihnen schneiden wollte. Sie hatte mehr Rückgrat als die meisten Männer. Sie besaß eine Wildheit, die es mit meiner aufnehmen konnte. Ich hatte noch niemals zuvor in meinem Leben so einen harten Schwanz gehabt.

Sie deutete mit ihrem Finger in mein Gesicht. "Schlag mich noch einmal und du wirst sehen, was mit dir passiert. "

Jetzt köderte sie mich. "Wenn du nicht verprügelt und auf meinen Schreibtisch gefickt werden willst, dann verlässt du besser sofort den Raum. "Meine Schultern waren angespannt und meine Hände begannen zu zittern. Das Tier in mir brach seine Fesseln. Mein Blut schrie nach ihrem.

Sie drehte sich um und ging zur Tür—eine weise Entscheidung. Aber dann stoppte sie, als sie die Gemälde an den Wänden sah. Es hingen mindestens zwanzig von ihnen im Raum und sie waren alle vom gleichen Künstler gemalt worden. Manche waren ungewöhnlicher als andere und bestanden fast nur aus Knöpfen.

Also ob sie unseren Streit völlig vergessen hätte, starrte sie sie an. Eines schien sie besonders zu faszinieren. Die Hügel hinter den Weinstöcken waren im Hintergrund zu sehen, mit Wasserfarben gemalt. Die Reihen von Weinstöcken verschwanden im Hintergrund, und jede Reihe war aus einer Anordnung von Knöpfen gemacht. Es war ein ungewöhnliches Kunstwerk, aber wunderschön durch seine Originalität.

Sie drehte sich wieder zu mir um, ihr Mund leicht geöffnet, um mich über die Gemälde an den Wänden zu befragen. Aber als sie meinen wilden Gesichtsausdruck sah, die Gier nach ihrem Blut in meinen Augen, überlegte sie es sich anders. Sie ging zur Tür hinaus, ohne sich noch einmal umzudrehen, und rettete sich somit davor, so brutal durchgefickt zu werden, dass sie eine Woche lang nicht hätte gehen können.

Ich ging zurück zu meinem Schreibtisch, mein Schwanz immer noch hart und pulsierend. Wenn ich sie nicht bald ficken würde, dann würde ich mir selber einen runterholen müssen, was nicht annähernd so viel Spaß machte. Mein Blick fiel auf einen Behälter, der auf meinem Schreibtisch stand. Es war eine alte Antiquität, die ich vor Jahren auf einem Flohmarkt gefunden hatte. Ein altes, antikes Glas voller Knöpfe. Manche waren braun und verziert, andere aus Elfenbein mit Fäden in den Knopflöchern. Jeder Knopf war einzigartig, handgefertigt und importiert.

Und das brachte mich auf eine Idee.

Ich setzte mich an diesem Abend zum Abendessen hin. Wie ich erwartet hatte, kam sie nicht, um mit mir zu essen. Sie mied mich, nachdem ich sie geschlagen hatte. Und sie hatte vermutlich etwas Angst, nachdem sich mich ebenfalls geschlagen hatte. Sie hatte mich getestet, sie hatte versucht herauszufinden, wo meine Grenzen lagen. Jetzt wusste sie, dass hinter meinen hellbraunen Augen wirklich ein finsteres Monster war. "Lars, sag unserem Gast, dass sie zum Essen herunterkommen soll. "

"Jawohl, Euer Gnaden. "Er verließ den Raum und ging nach oben.

Ich blieb am Tisch sitzen, wo das Essen bereits stand. Zucchini-Lasagne stand in der Mitte des Tisches und daneben ein grüner Salat sowie hausgemachte Bruschetta, die Lieblingsvorspeise jedes Italieners.

Lars kam kurz darauf zurück. "Sie hat die Einladung abgelehnt. "

Ich wurde nicht sofort wütend. Ich hatte diese Antwort erwartet. "Informiere sie, dass es Konsequenzen haben wird, wenn sie nicht gehorcht. "Es war ein Machtspiel. Ich übte meine Macht aus und sie wehrte sich dagegen. Ich mochte die Herausforderung. Ich mochte es, dass sie nicht gehorchte. Sie brachte mich dazu, noch dominanter als jemals zuvor zu werden.

Lars nickte und verließ das Esszimmer wieder. Er ging wieder nach oben zu ihrem Zimmer und überbrachte meine Botschaft. Dann kam er wieder nach unten, wiederum ohne sie. Er blickte mich nur an.

Ich versuchte nicht zu lächeln. Das war genau die

Antwort, die ich erhofft hatte. "Danke, Lars. Ich werde mich darum kümmern. "

Er verließ den Raum und zog sich in die Küche zurück. Er wusste genau, dass, was immer als Nächstes geschah, etwas sein würde, bei dem er nicht dabei sein wollte.

Ich ging die große Treppe hoch und dann in ihr Zimmer. Sie saß auf dem Sofa und las ein Buch, immer noch das gleiche Kleid wie zuvor tragend. Sie blickte nicht auf, als ich ins Zimmer kam, als hätte sie erwartet, dass ich kommen würde. "Ich habe keinen Hunger. "

Ich trat näher an sie heran, meine Hände in meinen Hosentaschen lassend. Ohne ein Wort zu sagen oder eine Hand zu erheben, wirkte ich bedrohlich. Ich erweckte den Eindruck, dass ich furchtbare Dinge mit ihr tun würde, wenn sie mir nicht gehorchte. Jedes Mal, wenn sie nicht gehorchte, trieb ich sie nur noch weiter. Ich mochte einen Gegner, der mir ebenbürtig war. Ich mochte es, dass sie sich von mir nicht einschüchtern ließ. Ihr Mut war sehr unterhaltsam.

Als sie mich näherkommen spürte, konnte sie ihre Nervosität nicht verbergen. Ihre Finger griffen ihr Buch fester und sie bereitete sich darauf vor, dass meine Handfläche ihr wieder ins Gesicht schlagen würde.

Ich packte sie am Hals und drückte sie gegen die Rückenlehne der Couch. Sie fing an zu zittern, obwohl sie etwas anders erwartet hatte. Ich beugte mich zu ihr hinunter, bis mein Gesicht dicht vor ihrem war. "Beweg deinen Arsch nach unten. Bring mich nicht dazu, es noch einmal sagen zu müssen. "Meine Hand schloss sich fester um ihren Hals, ihr fast den Atem nehmend. Je mehr sie sich wehrte, desto süßer würde mein Triumph sein. Meine Gefühle übermannten mich und ich drückte ihr einen Kuss auf ihren Mund. Obwohl ich sie so aggressiv und fest im Griff hatte, entfuhr ihr ein leichtes Atmen. Sie presste ihre Schenkel zusammen. Ich erregte sie. Sie konnte versuchen, es zu verstecken, aber sie konnte mir nichts vormachen. "Muss ich dich noch einmal fragen?"Meine Lippen strichen an ihren entlang, während ich sprach, und ich sah die Angst in ihren Augen.

Sie versuchte, zu sprechen, aber die die Worte wollten nicht aus ihrem Mund kommen. Nur ein Wort schaffte es. "Nein. "

Mein Schwanz zuckte in meiner Hose, als ich die Schlacht gewonnen hatte. Jede Schlacht, die wir austrugen, war herausfordernd, aber das machte meine Siege nur umso schöner. Ich drückte meinen Mund auf ihren und gab ihr einen sanften Kuss—mein Geschenk für ihren Gehorsam. "Braves Mädchen. "

Sie saß mir gegenüber und aß schweigend ihr

Abendessen. Sie strich sich ihr braunes Haar über eine Schulter nach hinten, ihren schlanken Hals entblößend, und ich verspürte das Verlangen, in ihn zu beißen. Die Haut war makellos. Bones hatte ihr dort keine Narben zugefügt. Ich wollte diese unberührte Haut markieren, sodass jeder andere Mann sehen konnte, dass sie mir gehörte.

Sie hielt ihren Blick gesenkt und sagte nichts. Sie war eine schlechte Verliererin. Wir waren ebenbürtige Gegner, aber sie hatte den Kampf verloren. Ich war in ihr Zimmer gekommen, hatte sie gepackt und sie mit mir nach unten gezerrt.

Das Glas mit den Knöpfen stand als eine Dekoration auf dem Tisch. Ich wartete darauf, dass sie es ansah und etwas über diese seltsame Tischdekoration fragte, die so gar nicht zu allem anderen Dekor im Haus passte. Heute Morgen schien sie noch neugierig darüber gewesen zu sein.

"Ich bin willens, dich gehen zu lassen. "Ich war mit meinem Essen fertig und konzentrierte mich auf meinen Wein, aus meinem Anbau und aus der Produktion meiner Firma. Kein anderer Wein reichte an seine Qualität heran. Ich besaß nicht ohne Grund den größten Weinbaubetrieb in Italien.

Sie hörte auf zu essen, als sie meine Worte hörte. Die Gabel fiel ihr aus der Hand und landete mit einem lauten Klirren auf dem Teller. Die Worte mussten zu gut, um wahr zu sein, geklungen haben, denn sie fragte: "Was hast du gesagt?"

"Ich bin willens, dich gehen zu lassen. "Ich wiederholte meinen Satz Wort für Wort.

Sie hob ihre Hand und hielt sich ihre Brust, genau in der Mitte zwischen ihren runden Brüsten. "Du wirst mich gehen lassen? Du wirst mich nach Hause lassen?"Ihre Stimme war brüchig. Ihre Verzweiflung war groß und ihre wahren Gefühle brachen hervor. Sie wollte Freiheit mehr als alles andere auf der Welt. Sie wollte sie mehr als Essen oder Wasser. Sie war ihr wichtiger als ihre Gesundheit.

"Ich werde dich gehen lassen. Was immer du dann mit deiner Freiheit tust, ist deine Sache. "

Ihre Augen füllten sich mit Tränen und sie atmete schneller. "Danke. Vielen, vielen Dank. Ich wusste, dass du ein guter Mensch bist. Ich wusste, du—"

"Ich bin noch nicht fertig. "Es gab keine schlimmere Beleidigung, als mich einen guten Menschen zu nennen. Ich wusste genau, was ich war—und ein guter Mensch war ich definitiv nicht.

Ihr Mund schloss sich wieder und die Tränen gefroren in ihren Augen.

"Ich werde dir deine Freiheit nicht schenken. Du wirst für sie arbeiten. "

Nicht verstehend, was ich meinte, starrte sie mich einfach nur an.

"Wenn ich dich gehen lasse, dann verliere ich etwas sehr Wertvolles—meine Rache. Das ist unbezahlbar. Du kannst das nicht irgendwie gutmachen. Ich habe Männer verloren, als wir dich aus Bones' Haus befreit haben. Ich werde den Respekt meines Bruders verlieren, wenn ich dich gehen lasse. Dafür musst du mich bezahlen. "

"Ich. . . Ich habe etwas Geld. Aber ich muss—"

"Ich will kein Geld. "Geld bedeutete mir nichts. Ich hatte mehr davon, als ich brauchte.

"Was willst du dann?"

Ich nahm das Glas mit den Knöpfen und drehte es um, alle Knöpfe auf dem Tisch zwischen uns ausleerend. Ich stellte das leere Glas dann wieder auf den Tisch. "Ich möchte dich. "

Sie starrte die Knöpfe auf dem Tisch an, dann streckte sie ihre Hand aus und nahm sich einen. Sie hielt ihn zwischen ihren Fingern und strich mit ihrem Daumen über die glatte Oberfläche. Er war aus Elfenbein und er hatte vier Löcher.

"Jedes Mal, wenn du etwas für mich tust, wird einer in das Glas zurückgetan. "Ich nahm einen der Knöpfe und warf ihn zurück in den Glasbehälter. "Wenn es wieder voll ist, sind deine Schulden bezahlt. Und dann bist du frei und kannst gehen. "Mindestens dreihundert Knöpfe passten in das Glas. Es würde lange dauern, bis sie die Schulden abgearbeitet hatte, so lange, dass ich bis dahin das Interesse an ihr verloren hätte.

Sie warf den Knopf auf den Tisch. "Und was, wenn ich Nein sage?"

Sie würde nicht Nein sagen. Sie liebte es, wenn ich sie berührte. Sie liebte es, mich zu küssen. Sie wollte mich, aber sie weigerte sich, sich mir hinzugeben, schlicht aus Prinzip. Ich gab ihr eine Möglichkeit aus diesem Dilemma, ich gab ihr eine Ausrede. Und es erlaubte mir gleichzeitig, sie unter Kontrolle zu behalten. "Nichts wird sich ändern. "

"Was bedeutet das?"

"Du wirst weiter hier wohnen. Du wirst mit den anderen Dienstmädchen im Haus arbeiten. Ich werde dich nicht gegen deinen Willen nehmen oder zulassen, dass jemand anderer es tut. Du wirst komfortabel untergebracht sein, es wird dir an nichts mangeln, und du wirst sicher sein. Aber das wird dein ganzes Leben sein. Du wirst nie nach Hause zurückkehren. Du wirst den Rest deines Lebens in diesem Haus verbringen. Du wirst hier sterben. "

Sie blickte die Knöpfe auf dem Tisch an. "Das müssen Hunderte sein..."

"Dreihundertfünfundsechzig. "Die genaue Anzahl der Tage in einem Jahr. "Ein Jahr der Unterwerfung. "Das war ein wirklich faires Angebot, wenn man mich fragen würde.

"Ich werde dich nicht für meine Freiheit ficken. " Sie griff eine Handvoll Knöpfe und warf sie mir an die Brust. "Ich verdiene es, frei zu sein, weil ich ein Mensch bin. Ich verdiene Respekt für all die Scheiße, die ich ertragen musste. Ich verdiene—"

"Du verdienst nichts, es sei denn, ich gebe es dir. "Ich stand auf. Die Knöpfe fielen auf den Boden. "Ich habe dir eine Wahl gegeben. Nimm das Angebot an, dann hast du einen Weg in die Freiheit, oder bleib für den Rest deines Lebens meine Gefangene. Lebe hier auf meinem Weingut bis ans Ende deiner Tage, bis dein Herz aufhört zu schlagen. Oder zahle deine Schulden ab und sei frei. "

"Ich habe keine Schulden. "

"Du verstehst es nicht. "Ich hielt mich an der Tischkannte fest, während ich mich vorlehnte. "Ich muss mehr aufgeben, als du jemals verstehen könntest. Ich muss etwas aufgeben, das mich für immer verfolgen wird. Du schuldest mir sehr viel. Glaub mir, du schuldest mir mehr als das. "Ich deutete auf die Knöpfe.

"Woher weiß ich, dass du mich wirklich gehen lassen wirst?"

"Weil ich ein Mann bin, der sein Wort hält. "Ich mochte ein Krimineller sein, aber auch ich hatte einen Ehrencodex. Jede Organisation hatte ihre Regeln. Selbst Piraten hatten Regeln. Das sorgte für Ordnung und vermied Chaos. "Wenn ich dir sage, dass ich dich gehen lassen werde, dann werde ich das auch tun. "

Sie blickte in meine Augen, auf der Suche nach einer Lüge. "Versprichst du mir das?"

Sie würde zustimmen. Wir waren kurz davor einen Deal zu machen. "Ja. "

Sie stand auf, ihre Augen richteten sich auf die Knöpfe vor ihr auf dem Tisch. "Ich muss darüber nachdenken. "

Nein. Ich wollte sie jetzt.

Sie ging vom Tisch weg und auf die Tür zu.

"Nimm dir die Zeit, die du brauchst. "*Beeil dich, verdammt nochmal.*

Sie ging aus dem Raum ohne ein weiteres Wort zu sagen, mich alleine zurücklassend.

Mit dreihundertfünfundsechzig Knöpfen.

KAPITEL ZWANZIG

Pearl

Dreihundertfünfundsechzig Knöpfe.

Das waren eine Menge Knöpfe.

Das war eine Menge Sex.

Das war mehr Sex, als ich mit Bones gehabt hatte, obwohl er mich mehrfach am Tag genommen hatte. Das war eine riesige Schuld, die ich zurückzahlen musste. Jedes Mal, wenn er sich auf mich legte, würde ich zu einem Objekt werden—seinem Objekt. Ich müsste meine Beine spreizen, wann immer er es wünschte, und müsste ihm geben, was immer er von mir verlangte.

Konnte ich das wirklich tun?

Ich fand Crow attraktiv. Wenn er mich küsste, spürte ich ein tiefes Verlangen in meinem Inneren. Wenn ich meine Fingerspitzen über seine Brust gleiten ließ, dann war ich von seinen Muskeln beeindruckt. Als er meine Klitoris massiert hatte, hatte er mich an den Rand eines Orgasmus gebracht, etwas, was ich nicht für möglich gehalten hätte, nach all dem, was ich durchgemacht hatte.

Und er hatte ein Feuer in mir entfacht.

Aber es war immer noch falsch. Was er von mir verlangte, war illegal. Er wollte, dass ich freiwillig zu seiner Sklavin wurde, dass ich seine Bedingungen akzeptierte und mich ihm unterwarf. Es war in jeder Hinsicht falsch. Es war inakzeptabel.

Aber es würde mich in die Freiheit führen.

Mit jedem Fick würde ich ihr einen Schritt näher kommen. Ich würde auf etwas hinarbeiten, meine Fesseln langsam lösen. Ich würde meine Rechte, meine Freiheit, mich selber wiederbekommen und nach Amerika und nach Hause zurückkehren können. Ich würde Jacob wiedersehen können. Er würde meine Entscheidung verstehen. Wenn dies die einzige Möglichkeit war, hier herauszukommen, dann musste ich sie nutzen.

Crow war zwar ein Krimineller, aber er war ehrlich. Wenn er mir ein Versprechen gab, dann würde er es halten. Ich wusste, ich konnte mich darauf verlassen. Er hatte gesagt, dass er nicht zulassen würde, dass irgendjemand mich anrühren würde, und er hatte selbst seinen eigenen Bruder gestoppt, als der es versucht hatte. Obwohl er mich geschlagen hatte, war dies wesentlich besser gewesen, als das, was Bones mit mir getan hatte. Es gab immer noch etwas Menschliches und Kultiviertes in ihm. Es war immer noch etwas Gutes in seinem Inneren. Es gab immer noch Hoffnung.

Ich musste ihm vertrauen.

Falls nicht, würde ich mich damit abfinden müssen, für immer eine Gefangene zu sein. Obwohl das Haus, in dem ich lebte, wunderschön war, war dies nicht genug. Ich brauchte Freiheit. Ich brauchte Macht. Ich brauchte mehr. Ich würde niemals heiraten und Kinder haben, wenn ich hier blieb. Ich würde niemals zurück zur Arbeit gehen oder ein Haus kaufen.

Ich säße für immer hier fest.

Ich hasste die Wahl, die er mir gegeben hatte, aber ich wusste, was meine Entscheidung sein musste. Ich würde noch mehr Selbstrespekt verlieren, aber ich wusste, dass ich es tun musste. Ich musste alles tun, was nötig war, um zu überleben.

Und ich würde mich niemals dafür entschuldigen.

Ich verbrachte eine Woche damit, mir alles durch den

Kopf gehen zu lassen. Ich wollte es nicht mit ihm diskutieren, bis ich eine Entscheidung getroffen hatte. Er respektierte meine Abgeschiedenheit und kam nicht zu mir. Er fragte mich nicht, ob ich schon eine Entscheidung getroffen hätte. Er schickte auch nicht Lars, um mich zu fragen. Er wartete geduldig ab.

Ich wusste, dass er nach dem Abendessen in sein Arbeitszimmer ging. Entweder arbeitete er oder tat etwas anderes. In sein Schlafzimmer ging er nur, wenn er tatsächlich schlafen wollte. Ich ging langsam auf die Tür zu und klopfte dann.

"Herein. "

Ich öffnete die Tür und sah ihn in einem roten Sessel am Kamin sitzen. Er trug eine graue Jogginghose und ein schwarzes T-Shirt. Es war das einzige Mal, dass ich ihn in legerer Kleidung gesehen hatte, seit der Nacht, in der er mich aus Bones Haus befreit hatte. Das T-Shirt lag eng an seinem muskulösen Oberkörper an. Seine Schultern wurden von ihm ebenso betont und seine kräftigen Oberarmmuskeln lagen frei. Ein Buch lag in seinem Schoß und er legte es zur Seite, als ich in den Raum trat. "Können wir reden?"

Er nickte leicht zu dem Sessel neben sich.

Ich betrachtete das als eine Einladung und setzte mich hin.

Auf dem kleinen Tisch neben ihm stand ein Glas Scotch. Eiswürfel schmolzen langsam in der goldenen

Flüssigkeit. Er trank am Morgen Kaffee, Wein zum Abendessen und danach Scotch. Das schien seine Routine zu sein, soweit ich es beurteilen konnte.

Er sagte nichts, seine Augen blickten in das flackernde Kaminfeuer. Wenn wir uns eine Weile lang nicht sahen, dann verschloss er sich, errichtete Mauern und ließ mich nicht hinein. Jedes Mal, wenn wir uns wieder trafen, mussten wir von vorne anfangen.

"Ich habe über dein Angebot nachgedacht. "

Er drehte sein Gesicht zu mir, meinen Worten aufmerksam zuhörend.

"Ich habe ein paar Fragen. "

Er stützte seinen Ellbogen auf die Armlehne des Sessels und rieb sich am Kinn. Er nickte wieder leicht.

"Kannst du für einen Knopf alles tun, was du willst? Oder kann ich auch mitbestimmen?"

Er nahm seine Hand herunter und legte sie auf die Sessellehne. "Natürlich kannst du mitbestimmen. Seitdem du hier bist, konntest du bei allem mitbestimmen. Ich hatte gehofft, dass du das mittlerweile bemerkt hättest. "

Seine Verärgerung konnte von allem ausgelöst werden, selbst von ein paar harmlosen Worten. "Dann kann ich also auch Nein sagen?"

"Du hast in der Vergangenheit mehrmals Nein gesagt. Warum sollte sich das ändern?"

"Bei dieser Vereinbarung könnte ich also auch Nein sagen. "

"Ja. "

"Wir werden also niemals etwas tun, das ich nicht möchte. "

"Korrekt", sagte er mit gelangweilter Stimme.

"Wirst du mir wehtun?"Das musste ein Teil der Vereinbarung sein. Obwohl er mir bislang nicht wehgetan hatte, wusste ich, dass er es wollte.

"Ja. "

"Und ich kann dazu auch Nein sagen?"

Er nickte.

Jetzt, da meine Neugier befriedigt worden war, verstand ich, worauf ich mich einließ. Die Tatsache, dass ich ein paar Rechte, etwas Kontrolle hatte, machte alles viel leichter. Ich könnte es tun. Ich könnte dies dreihundertfünfundsechzigmal tun, damit ich nach Hause gehen konnte. "Okay. "

Er blickte wieder zu mir, seine Augen reflektierten die tanzenden Flammen des Kaminfeuers. Es schien dunkler im Raum zu werden, obwohl die Flammen höher aufloderten. Sein Körper spannte sich an, seine Hände waren erpicht darauf, mich anzufassen, jetzt, da sie die Erlaubnis dazu hatten. "Wir haben einen Deal?"

Ich weigerte mich, zu sehr darüber nachzudenken. Ich musste tun, was ich zu tun hatte, um hier herauszukommen. Ich könnte es mit einem

Therapeuten aufarbeiten, wenn ich wieder zuhause war. "Ja. "

Wir gingen in mein Zimmer, den Ort, an dem ich jede Nacht schlief. In dem Moment, in dem ich dem Deal zugestimmt hatte, wollte Crow ihn sofort umsetzten. Er war ungeduldig auf meine Antwort gewesen, auch wenn er es nie gezeigt hatte. Jetzt konnte er seine Ungeduld nicht mehr im Zaum halten. Er war bereit, sofort anzufangen.

"Kann ich einen Wunsch äußern?"Ich mochte mein Zimmer. Mein Refugium. Ich mochte mein kleines Fenster mit der Aussicht über die Weinberge. Und die Couch neben dem Kamin, wo ich immer saß und meine Bücher in Ruhe las.

Er hatte mich noch nicht berührt, aber seine Arme hingen ungeduldig an seinen Seiten. Er warf mir einen düsteren Blick zu, verärgert darüber, dass ich etwas sagte.

"Ich mag dieses Zimmer. Können wir es irgendwo anders tun?"Es war mein sicherer Ort, das Nächste, was ich zu einem Zuhause hatte. Bones hatte mich immer in dem Bett genommen, in dem ich schlief, sodass ich mich niemals sicher gefühlt hatte. Aber dieses kleine Zimmer bedeutete mir alles auf der Welt. Ich wollte mein kleines

Reich nicht mit dem beschmutzen, was wir gleich tun würden. Jedes Mal, wenn die Tür zu war, wollte ich sicher sein, dass dies mein Reich war, und dass mich niemals jemand dort belästigen würde.

Crow musste das verstanden haben, denn er verlangte keine Erklärung. Er akzeptierte meine Worte ohne weitere Fragen und ging aus dem Zimmer. Ich folgte ihm, bis wir bei einem anderen Zimmer ankamen. Es war ähnlich wie meines, mit einem großen Bett und einem schönen Fenster. Es war etwas größer und in einer Ecke stand ein kleiner Schreibtisch. Obwohl es sauber war, schien es seit langer Zeit leergestanden zu haben. "Ist das okay?"

"Ja. "

Er schloss die Tür und ging in das Zimmer. Er schob seine Hand in seine Tasche und holte einen Knopf hervor. Er hielt ihn hoch, damit ich ihn sehen konnte, und dann warf er ihn auf das Bett. Es war seine erste Zahlung, die erste kleine Rate meiner riesigen Rechnung.

Ich fühlte mich wie eine Hure.

Aber wenigstens fühlte ich mich nicht mehr wie eine Sklavin.

Ich ging näher zu ihm, mich unsicher fühlend, was er tun wollte, und ob er wollte, dass ich etwas tat. Es war dunkel im Zimmer, denn alle Lampen waren ausgeschaltet. Er stand vor mir, mich um einen Kopf überragend. Sein Atem ging ruhig und gleichmäßig. Er war entspannt, als hätte er dies bereits hunderte Male getan.

Ich wusste, ich sollte die Führung übernehmen und es hinter mich bringen, aber ich konnte es nicht. Ich war wie erstarrt und konnte mich nicht bewegen. Er hatte mich bereits einmal geküsst und ich hatte es genossen. Er hatte mich schon einmal berührt und es hatte mir gefallen. Aber ich konnte mich immer noch nicht bewegen.

Crow spürte meine Unsicherheit und fuhr mir sanft mit seiner Hand durch mein Haar. Er zog meinen Kopf näher zu sich, bis sich unsere Gesichter berührten. Die Berührungen waren so sanft, dass sie sich vertraut anfühlten, so als ob er mich schon viele Male berührt hätte. Es fühlte sich gut an, einfach gehalten zu werden. "Ich wollte dich ficken, seitdem ich dich das erste Mal gesehen hatte. "Die Worte waren harsch, unromantisch, aber er ließ sie irgendwie sanft klingen. "Ich habe jeden Tag daran gedacht. "

Ich starrte seine Lippen an, sah, wie sie sich bewegten. "Wirst du mir wehtun?"

Seine Lippen strichen an meinen entlang. "Nein. Wir werden es ganz sachte angehen lassen. "

Ich spürte eine Welle von Erleichterung durch mich strömen.

"Es ist nur ein Knopf. Ich werde die anderen mehr nach meinen Wünschen benutzen. "

Nur noch dreihundertvierundsechzig Knöpfe.

"Dein Safeword ist Feuer. "

"Safeword?", flüsterte ich.

"Wenn du willst, dass ich aufhöre, dann sag einfach dieses Wort, und ich werde es tun. "

Ich konnte ihn stoppen?

"Aber wenn du es tust, dann bekommst du keinen Knopf für diese Nacht. Du musst ihn zurückgeben. "

Ich fühlte mich unglaublich dankbar dafür, dass er mir überhaupt so eine Möglichkeit gab. Bones hatte abscheuliche Dinge mit mir getan, unaussprechliche Dinge. Ich hätte ihn nicht stoppen können, selbst wenn ich es gewollt hätte. Aber ich sollte auch Crow nicht zu dankbar sein. Immerhin hatte er mich manipuliert, um diesem Deal zuzustimmen. "Okay. "

Seine Lippen strichen sanft an meinen entlang, bevor er mir einen langsamen Kuss gab. Er war sanft und zart, wie der Kuss einer neuen, jungen Liebe. Er küsste mich vorsichtig, mich langsam wieder zum Leben erweckend. Mit jeder Berührung seiner Lippen, spürte ich Wärme durch meinen Körper strömen. Es fühlte sich nicht wie ein Geschäft an. Es fühlte sich echt an.

Er atmete etwas heftiger und zog mir dann mein Shirt über meinen Kopf. Er blickte mit geweiteten Augen an mir herab, meinen Körper wie eine geöffnete

Schatztruhe voller Gold bestaunend. Alte Narben von Bones Misshandlungen verunzierten meine Haut, aber Crow schien sie nicht zu sehen.

Er drückte seinen Mund gegen meinen Hals und biss mich spielerisch, druckvoll genug, um leichten Schmerz durch mich zu schicken, aber nicht hart genug, um mich zum Bluten zu bringen. Er öffnete gleichzeitig den Verschluss meines BHs, sodass er herunterrutschte.

Meine Nippel verhärteten sich, während seine Lippen meinen Hals kosteten. Er gab mir sanfte Küsse und saugte dann aggressiver an der Haut, kleine rote Stellen hinterlassend. Meine Hände griffen automatisch nach seinen Armen. Ich spürte seine Muskeln unter meinen Fingerspitzen, ich mochte es zu fühlen, wie stark er war.

Sein Mund ging zu meinem Ohr und er lutschte an meinem Ohrläppchen und atmete heftig in meinen Gehörgang. Der Klang seiner Erregung wurde dadurch verstärkt. Ich konnte spüren, wie sehr er mich wollte. Ich konnte sein Verlangen in seinem leisen Stöhnen und Knurren fühlen.

Seine Hände glitten zu meiner Hüfte und er öffnete meine Jeans, bevor er sie mit einem kräftigen Ruck herunterriss. Er kniete sich vor mich, um mir zu helfen, sie auszuziehen. Meine Hände legten sich auf seine Schultern, und ich hielt mich an ihnen fest, um die

Balance zu halten, und spürte, wie sich die Muskeln unter seiner perfekten Haut bewegten.

Er zog mir auch meinen Slip herunter, hob meine Füße einen nach dem anderen hoch, um ihn frei zu bekommen, und warf ihn dann zur Seite. Als er wieder aufstand, blickte er mich an, als ob ich ihm gehörte. Ich war jetzt sein Eigentum, denn er hatte mich für die Nacht bezahlt. Er konnte mich anstarren und mit mir tun, was er wollte. Seine Hand bewegte sich zu meinem Bein und berührte die alte Narbe, die Cane mir zugefügt hatte. Seine Finger berührten sie ganz sanft, wie eine stille Entschuldigung dafür, dass das passiert war.

"Es ist okay", flüsterte ich.

Meine Worte holten ihn zurück ins Jetzt, und er zog sich sein T-Shirt über seinen Kopf, seinen perfekt durchtrainierten Körper entblößend. Er ging jeden Morgen Joggen und aß nichts außer Proteinen, aber er sah immer noch zu gut aus, um real zu sein. Sein Körper war schlank und muskulös. Ein Muskelstrang fügte sich an den nächsten an. Wenn wir uns in einer anderen Welt getroffen hätten, vielleicht in der U-Bahn auf dem Weg zur Arbeit, dann hätte ich mich anders gefühlt. Ich hätte ihn zu einem Date eingeladen und gehofft, dass er noch zu haben war.

Er zog seine Jogginghose und seine Boxershorts aus, sein Gerät stolz entblößend. Sein Schwanz war länger und dicker als der von Bones. Ich wusste nicht, ob das eine gute oder schlechte Sache war.

Ich starrte ihn an und konnte mir nicht vorstellen, wie er in mich reinpassen sollte.

Seine Finger bewegten sich zu meinem Kinn und er hob meinen Kopf sanft an, bis meine Augen in seine blickten. "Auf deine Knie. "Seine Stimme klang autoritär. Er hatte die volle Kontrolle über diesen Abend übernommen. Er war dominant und ich war vollkommen unterwürfig. Er hatte das kranke Spiel gewonnen, das wir gespielt hatten. "Los. "

Ich ging auf meine Knie, und obwohl der harte Holzfußboden mir etwas wehtat, wartete ich geduldig darauf, dass er mir seinen Schwanz in meinen Mund steckte.

Er kam dichter auf mich zu, seinen harten Schwanz direkt vor mein Gesicht haltend. Seine Hand strich durch mein Haar und dann packte er fest zu. "Lutsch mich. "Seine Augen wurden düsterer, als er darauf wartete, dass ich gehorchte.

Ich vertrieb meine Gedanken, leerte meinen Kopf und tat genau das, was er von mir verlangte. Ich griff seinen Schwanz an seinem Schaft und schob mir seine Schwanzspitze in den Mund. Sobald ich ihn im Mund hatte, konnte ich seine Lusttropfen schmecken. Es war ein salziger und maskuliner Geschmack. Ich leckte mit meiner Zunge an seinem Schaft entlang und spürte die pulsierende Ader in seinem Schwanz. Ich schloss meine Augen und schluckte seinen Schwanz fast komplett, bis er mir fast in der Kehle steckte. Ich hatte Bones Hunderte Blowjobs gegeben. Obwohl Crow größer war, war es mit ihm einfacher. Wenigstens war er völlig heiß darauf.

Crow entfuhr ein leises Stöhnen, als ich mich an die Arbeit machte. Seine Hand griff fester in mein Haar, meinen Kopf leicht zu sich ziehend. Seine Hüften bewegten sich dichter an mein Gesicht und wieder zurück. Er passte sich meinem Rhythmus an. "Du lutschst verdammt gut. "

Was für ein reizendes Kompliment.

Ich verteilte meinen warmen Speichel um ihn herum und lutschte weiter in der Hoffnung, ich könnte ihn dazu bringen, in meinem Mund zu kommen, und dass dies als ein Knopf zählen würde. Ich dachte, es wäre fair, sie gegen Orgasmen zu verrechnen und nicht pro Nacht.

Die Minuten vergingen und ich spürte, wie sich mein Inneres regte. Ich drückte meine Schenkel zusammen und ich spürte die Wärme zwischen meinen Beinen. Es war das gleiche Gefühl wie beim letzten Mal, als wir intim zusammen gewesen waren, und ich hasste mich dafür. Ich hasste es, dass es mich erregte, seinen Schwanz in meinem Mund zu haben. Ich hasste es, dass es mich antörnte, ihn so erregt zu sehen. Jedes Mal, wenn Bones mich genommen hatte, hatte ich es gehasst. Ich wollte nicht, dass Crow wusste, wie mein Körper auf ihn reagierte. Es war mir peinlich und es würde sein Ego noch größer werden lassen, als es ohnehin schon war.

Er ergriff meinen Nacken und zog dann seinen Schwanz aus meinem Mund. Das Verlangen in seinen Augen war größer als je zuvor. Sein Schwanz war nass von meinem Speichel und er war bereit dafür, in mich geschoben zu werden. "Aufs Bett. "

Meine Knie taten weh, als ich aufstand, und ich kroch auf das Bett in der Annahme, dass er mich auf dem Bauch liegen haben wollte. So hatte Bones mich immer gewollt. Er hatte mir niemals ins Gesicht sehen wollen.

Crow trat hinter mich und packte mich an den Hüften. Er drehte mich um, sodass ich auf meinem Rücken lag. Er hielt ein Band in seiner Hand. Es war aus gelber Spitze. Ich wunderte mich, warum ein Mann, noch dazu ein Gangster, ein gelbes Spitzenband besaß. Er fesselte meine Handgelenke damit und band sie dann am Bett fest. Mein Körper lag nackt vor ihm, ihm völlig ausgeliefert, und ich konnte meine Hände nicht bewegen, wenn ich das wollte.

Er kroch über mich und drückte meine Schenkel mit seinen auseinander. Sein Schwanz pulsierte ungeduldig, er wollte in mich eindringen. Ich hatte seit über einem

Monat keinen Mann mehr in mir gehabt, und ich wusste nicht, wie mein Körper darauf reagieren würde. Er bevorzugte Abstinenz.

Crows Gesicht tauchte vor meinem auf und gab mir einen Kuss, der völlig anders war als die vorherigen Küsse. Dieser Kuss war feurig und hart. Er drückte seinen Mund fest auf meinen, zerquetschte ihn fast vor Gier. Seine Finger bewegten sich zu meiner Klitoris und massierten sie, genau die gleichen Gefühle hervorrufend wie beim letzten Mal, als er das getan hatte.

Ich hasste es, dass ich es mochte.

Ohne Vorwarnung schob er zwei Finger in mich hinein.

Und ich war nass.

Verdammt.

Er stöhnte an meinen Lippen, als er fühlte, wie nass ich war. Als er seine Finger wieder herauszog, glänzten sie vor Nässe. Ein klebriger Faden spannte sich zwischen ihnen, als er seine Finger spreizte. "Du möchtest mich genauso sehr, wie ich dich möchte. "

Ich wollte Nein sagen, aber ich konnte es nicht. Es wäre eine Lüge gewesen, und wir beide wussten, dass es eine wäre.

Er rieb meine Klitoris mit seinen nassen Fingern.

Ich fing an zu zittern, weil es sich so gut anfühlte. Meine Hüften bewegten sich automatisch, denn er rief unkontrollierbare Gefühle in mir hervor. Ich liebte es, wenn er mich so berührte. Er machte es besser, als ich es selber konnte.

Er gab mir einen sanften Kuss. "Es gefällt dir. "

Ich atmete in seinen Mund und spürte, wie ich die Kontrolle verlor, als meine animalische Seite in mir erwachte.

Er griff seinen Schwanz und schlug meine Klitoris damit. Jeder Schlag tat weh und fühlte sich gleichzeitig gut an. Dann massierte er mich mit seinem Schwanz, ließ ihn über meine Klitoris gleiten und übte dabei gleichzeitig Druck aus.

Er spreizte meine Beine etwas weiter und ich spürte seinen Schwanz vor meinem Eingang. Langsam drückte er die Spitze seines Schwanzes in mich hinein, nur so weit wie beim letzten Mal. Er beobachtete meinen Gesichtsausdruck aufmerksam.

In dem Moment, als ich ihn in mir spürte, erstarb meine Erregung. Sein Schwanz erinnerte mich an all die furchtbaren Dinge, die Bones mit mir getan hatte. Nichts von dem, was er getan hatte, hatte sich jemals gut angefühlt. Es war immer nur schmerzhaft gewesen. Und da Crow noch größer war, würde es mit ihm nicht anders sein.

"Nein. Stopp. "Ich spürte, wie er tiefer in mich eindrang. Ich war triefend nass, und er glitt mühelos in mich hinein, aber ich wollte es immer noch nicht. Ich wollte diese Schmerzen nicht wieder spüren. Ich hatte gedacht, ich würde es ertragen können, aber ich konnte es nicht.

"Ich werde nicht aufhören, es sei denn, du sagst mir das Safeword. "Er drang weiter in mich ein, sein halber Schwanz steckte jetzt schon in mir.

Stimmt. Ich hatte das Safeword vergessen. "Feu—"

"Ich bin nicht er. "Er war meinen Gedanken gefolgt, als diese das Zimmer verlassen hatten und zu Bones zurückgekehrt waren. "Du gehörst mir, nicht ihm. Es wird sich gut anfühlen. Ich verspreche es. "Er drückte sein Gesicht an meines und schob seinen Schwanz komplett in mich hinein. "Bleib bei mir. "

Ich wollte nicht bleiben. Ich wollte davonrennen.

"Knopf. "Er nahm mein Gesicht in seine Hände und blickte mir in die Augen. "Geh nicht. "Er küsste mich ganz sanft.

Er hatte mich noch nie so genannt, und ich hätte nicht erwartet, dass dies mein Kosename sein würde. Aber er war es. Aus irgendeinem Grund beruhigte mich das. Sein Schwanz steckte komplett in mir, aber ich wehrte mich nicht dagegen. Ich hielt meinen Körper entspannt und spürte, wie er mich dehnte.

Crow bewegte sich langsam in mir, zog seinen Schwanz zurück, bis nur noch seine Spitze in mir steckte. Dann schob er ihn wieder in mich, mühelos glitt er bis ans Ende hinein. Unsere Körper machten Geräusche, als sie sich gemeinsam bewegten, meine

Nässe ließ ihn sich ohne Schmerzen in mir bewegen. "Fuck. Du fühlst dich so verdammt gut an. "Seine Hüften wollten sich schneller bewegen, aber er hielt sich zurück.

Er hatte einen wunderschönen Körper und ein perfektes Gesicht. Er würde der Mann sein, an den ich dachte, wenn ich mich selbst berührte. Ich versuchte so zu tun, als ob das, was geschah, nicht real wäre. Es war nur ein Traum. Ich wollte es. Ich wurde nicht gezwungen, es zu tun.

Er bewegte seine Hand wieder zu meiner Klitoris und massierte sie so, wie er es zuvor getan hatte. Er machte kreisförmige Bewegungen und drückte in genau der richtigen Stärke beim Massieren, um mich weiter zu erregen.

Er stöhnte, als er spürte, wie ich noch feuchter wurde. "Fuck!"

Ich zerrte an meinen Fesseln, nicht um mich zu befreien, sondern um mein Becken zu heben und dichter an ihn zu rutschen. Ich wollte mehr von ihm. Sein Schwanz fühlte sich riesig in mir an, aber auch gleichzeitig berauschend. Es war nicht rau und grob, wie es mit Bones gewesen war, vermutlich weil ich immer trockener als eine Wüste gewesen war, als dieses Monster mich genommen hatte. Aber mit Crow war es anders, wir bewegten uns gemeinsam und alles passte perfekt.

Ich fing an, es wirklich zu genießen.

Crow drückte sein Gesicht auf meines und saugte an meiner Unterlippe. Seine Hand bewegte sich zu einer meiner Brüste und er griff sie und drückte sie und quetschte meinen Nippel. Es tat weh, aber auf schöne Art. Der leichte Schmerz ließ den Sex sich noch besser anfühlen. Meine Muschi wurde noch nasser. Ich spürte, wie die Innenseiten meiner Schenkel feucht wurden und mein Saft auf das Leintuch tropfte.

Er stieß härter in mich, brachte das Bett zum Beben, sodass das Kopfende gegen die Wand schlug. Schweiß erschien auf seiner Brust und er sah so sexy aus wie beim Joggen. Er sah aus wie ein Gott aus der Unterwelt, mächtig und düster.

Ich spreizte meine Beine breiter, denn ich wollte ihn so tief wie nur möglich in mir haben. Ich wollte jeden Zentimeter dieses Schwanzes haben. Ich wollte, dass er mich härter und härter nahm. Seine Hand löste sich von meiner Brust und er benutze seinen ganzen Körper, um in mich zu stoßen.

Es würde geschehen. Ich konnte fühlen, wie es sich aufbaute, wie Unwetterwolken, die sich kurz vor dem Sturm am Horizont auftürmten. Er würde über mich hereinbrechen und mich davontragen. Meine Schenkel zitterten, mein Blut fing an zu kochen und mein Bauch zog sich zusammen, um sich auf das, was kam, vorzubereiten. Ich hasste mich für das, was ich fühlte, aber ich wollte auch, dass es geschah. Ich wollte es mehr als alles andere auf der Welt.

Crow wusste, dass ich gleich explodieren würde. Er hatte einen triumphierenden Blick in seinen Augen. Er wusste, dass er mich hatte. "Ich werde dir gleich deine Fotze so vollspritzen, dass sie überläuft. "Er stieß härter in mich, sein riesiger Schwanz dehnte meine Muschi weit und es war exakt die richtige Mischung aus Gleiten und Reibung.

Seine Worte sollten mich nicht schockieren, aber sie taten es. Mein Rücken spannte sich zu einem Bogen, mein Becken hob sich ihm entgegen, gierig auf den nächsten Stoß seines Schwanzes in mich hinein. Und dann explodierte ich. Eine weißglühende, blendende Welle der Wonne wusch über mich hinweg und durch mich hindurch. Ich konnte nichts tun, als die mächtigen Gefühle jede Zelle meines Körpers in Besitz nehmen zu lassen.

Ich schloss meinen Mund, so fest ich konnte, denn ich wollte keinen Laut von mir geben. Ich weigerte mich, ihm mitzuteilen, dass ich gekommen war, während er seinen Schwanz in mir hatte. Der Mann, der mich entführt hatte und mich hier gefangen hielt, hatte mich gerade zum Orgasmus getrieben.

Und ich hasste ihn.

Ich hasste ihn aus tiefster Seele.

Crow öffnete meine Lippen mit seinen, während er

weiter in mich stieß. Seine Eier klatschten bei jedem seiner Stöße gegen meinen Arsch. Seine Zunge grub sich in meinen Mund, sodass ich nicht länger meine Geräusche unterdrücken konnte.

Ein Stöhnen entfuhr mir, laut und klar hörbar.

Verdammt.

Ich spürte, wie sich seine Lippen zu einem Lächeln verzogen, wie er seinen Sieg genoss. "Deine Fotze ist so eng. Ich kann es nicht erwarten in sie abzuspritzen. "

Ich riss an den Bändern, denn ich wollte frei sein. Ich wollte seine starken Arme greifen und mich an ihnen festhalten. Ich wollte meine Fingernägel in seine Haut graben, bis Blut floss. Mein Orgasmus wogte immer noch durch mich, aber die Wellen wurden langsam schwächer. Ein wonniges Wimmern entkam meinen Lippen, denn zwischen meinen Beinen spürte ich immer noch die Nachbeben.

Er stöhnte, als er in mich stieß, und nach ein paar letzten Stößen füllte er mich mit seinem Sperma, genau wie er es versprochen hatte. Er drückte seine Stirn an meine, als er kam. Sein Körper spannte sich auf mir an, sein Schwanz wurde noch härter und mit einem lauten Stöhnen spritzte er in mir ab. "Nimm alles davon. "

Ich spreizte meine Beine weiter, denn ich wollte all seinen Saft. Ich war immer noch berauscht von meinem Orgasmus und auf einer anderen Bewusstseinsebene. Ein weiteres Stöhnen entkam meinen Lippen, denn ich fühlte mich noch befriedigter mit seinem Sperma in mir.

Seine Augen verdunkelten sich, als er fertig war, sein heißesSperma kitzelte mein Inneres. Ich konnte es spüren, denn es war so schwer und warm. Ein befriedigtes Stöhnen entkam seinen Lippen, maskulin und tief aus seinem Inneren.

Er blieb in mir, so als ob er mich nie wieder verlassen wollte. Sein Schwanz wurde langsam weicher und kleiner. Seine Lippen fanden meine und er gab mir sanfte Küsse, so zart, wie ich nie gedacht hätte, dass er dazu in der Lage sein könnte. "Ich hab dir ja gesagt, dass du es genießen wirst. "

Meine Wangen liefen rot an vor Verlegenheit. Ich hatte nicht verstecken können, wie sehr ich es genossen hatte. Dieser Mann hielt mich gegen meinen Willen hier gefangen. Ich hatte ihn angefleht, mich gehen zu lassen, aber er hatte sich geweigert, das zu tun. Und jetzt hatte ich mit ihm geschlafen—und es genossen. Er hatte mir den ersten Orgasmus seit Monaten gegeben.

Es war solch ein Verrat an meinen Prinzipien.

Er küsste das Tal zwischen meinen Brüsten und zog dann seinen weich gewordenen Schwanz aus meiner Muschi. Er war kleiner als vorher, aber immer noch beeindruckend groß. Ich konnte es nicht glauben, dass er in mich hineingepasst hatte. Und ich konnte nicht glauben, wie sehr ich es genossen hatte.

Er beugte sich nach unten und küsste meine Klitoris und strich neckisch mit seiner Zunge darüber.

Mein Körper verspannte sich wieder, denn es fühlte sich besser an als seine Finger.

Er richtete sich auf, seine Lippen feucht glänzend. "Ein Knopf weniger. "

KAPITEL EINUNDZWANZIG

Crow

Es hatte ihr gefallen.

Sie hatte versucht, ihren Orgasmus zu verheimlichen, indem sie ihren süßen, kleinen Mund geschlossen hatte, aber das war sinnlos gewesen. Ihre Fotze hatte sich um mich zusammengezogen wie eine Anakonda. Sie hatte um meine Samen gebettelt, geradezu versucht, sie aus mir herauszuquetschen. Sie hatte ihre Beine weiter gespreizt, weil sie mich noch tiefer in sich haben wollte. Ihr Versuch, mir etwas vorzumachen, war eine Zeitverschwendung gewesen.

Sie hatte es genau so sehr genossen wie ich.

Nachdem ich sie endlich erobert hatte, hoffte ich, dass ich mich wieder auf meine Arbeit konzentrieren konnte. Solange sie mir im Kopf herumgespukt war, hatte ich nicht so viel erledigen können. Papierkram, Lieferungen und das Einstellen von neuen Arbeitern für meine Fabrik waren unerledigt geblieben. Meine Sklavin hatte sich mit ihrem schönen braunen Haar und ihrem herrlichen Körper in den Mittelpunkt meiner Gedanken gedrängt.

Aber jetzt war ich noch mehr abgelenkt als zuvor.

Ich hatte sie einmal gehabt, und ich war immens befriedigt. Aber jetzt wollte ich sie wieder. Ihre Fotze war so eng und schlüpfrig. Mein Schwanz war in einem weiblichen Himmel, wenn er in sie glitt. Sie war wegen mir feucht geworden, weil zwischen uns ein Feuer entfacht worden war.

Als ich sie zuerst gesehen hatte, war ich nicht übermäßig beeindruckt von ihr gewesen. Ja, sie war schön. Aber das waren andere Frauen auch. Es war nichts Spektakuläres an ihr, nichts, das den Wunsch in mir aufkommen ließ, sie aufs Bett zu werfen, damit ich sie nehmen konnte.

Aber als ich das Feuer in ihren Augen sah, hatten mich die Flammen magisch angezogen. Sie war nicht unterwürfig, überhaupt nicht. Sie war eine Herausforderung, eine Frau, die kämpfte, und die im Kampf bestehen konnte. In dem Moment wollte ich sie unbedingt haben, sie besiegen und sie mir unterwürfig machen.

Und ich hatte jede Sekunde dabei genossen.

Nachdem ich am nächsten Nachmittag von der Arbeit kam, duschte ich und setzte mich dann zum Abendessen hin. Sie war an diesem Morgen nicht zum Frühstück heruntergekommen, aber jetzt kam sie. Sie trug eines der Kleider, die Lars für sie besorgt hatte. Es war trägerlos und rosa und wehte um ihre Hüften. Sie hatte die Eleganz einer Königin und die Grazie einer Göttin.

Sie setzte sich mir gegenüber an den Tisch, ohne Augenkontakt mit mir zu aufzunehmen. Die Weinflasche stand bereits geöffnet da, also schenkte sie sich ein Glas ein und nahm sich ein Stück Weißbrot aus dem Brotkorb.

Ich beobachte jede ihrer Bewegungen.

Lars brachte die Vorspeisen und stellte die Teller vor uns und legte das Besteck zurecht. Er stellte eine Karaffe mit Wasser und zwei Gläser neben den Brotkorb. Er schien die Spannung im Raum zu spüren, denn er ging wieder, ohne auch nur ein Wort zu sagen. Er hatte uns letzte Nacht vermutlich beim Sex gehört. Sein Zimmer war im Erdgeschoß.

Ich brach die Stille. "Wie war dein Tag?"

Sie hielt ihre Augen auf ihren Teller gerichtet. "Gut. Und deiner?"

Ich wusste, warum sie mich nicht ansehen wollte. Sie schämte sich dafür, wie sie sich letzte Nacht gefühlt hatte. Sie schämte sich, dass sie sich mir hingegeben hatte—und dass es ihr gefallen hatte. Sie hatte den Kampf verloren und sich ergeben, und das hatte keinen guten Nachgeschmack in ihrem Mund hinterlassen. "Gut. Ich hatte viel Arbeit zu erledigen. "

Sie stellte mir nie Fragen über meine Arbeit. Entweder nahm sie an, dass ich nicht antworten würde, oder es war ihr schlicht egal, was ich tat, wenn ich aus dem Haus war.

"Was liest du?"

"Ein Wörterbuch und ein italienisches Buch. "

Ich hielt meine Gabel in der Hand, aber ich rührte mein Essen nicht an. "Du bringst die selber Italienisch bei?"

Sie nickte. "Ich versuche es zumindest. "

Obwohl sie mich in einem Jahr verlassen würde?

"Es ist eine wunderschöne Sprache. "Sie beantwortete meine Frage, obwohl ich gar nicht gefragt hatte. "Ich mag es, sie zu hören. "

"Ich kann sie dir beibringen. "

"Du scheinst sehr beschäftigt zu sein…"

"Wenn wir uns unterhalten, kann ich Italienisch sprechen. "

"Aber ich wüsste nicht, was du sagst…"

"Du wirst es herausfinden. "Schließlich nahm ich

einen Bissen von meinem Essen. Lars war früher einmal Koch in Wien gewesen und er kannte sich in der Küche genauso gut aus wie im Rest des Hauses. Er war ein unersetzliches Mitglied meiner Dienerschaft. Wenn er jemals gehen wollte, würde es mir schwerfallen, ihn gehen zu lassen.

Sie nahm ein paar Bissen von ihrem Essen, dann blickten ihre Augen zu meinen. Sie waren leuchtend blau, klarer als das Meer um eine paradiesische Insel. "Ist Crow dein richtiger Name?"

Interessante Frage. "Ja. "

"Er ist ungewöhnlich..."

Ich fand, dass er zu meiner düsteren Erscheinung, meinem Jähzorn und meiner Boshaftigkeit passte. "Pearl ist ebenso ungewöhnlich. "

Sie hatte gerade ihr Weinglas greifen wollen, aber sie hielt wie erstarrt inne. "Du kennst meinen Namen?"

Ich geriet nicht aus dem Tritt. "Ich weiß alles über dich. "

"Aber du hast meinen Namen bislang noch nie benutzt. "

"Wenn du gewollt hättest, dass ich dich mit deinem Namen anrede, dann hättest du ihn mir schon vor langer Zeit gesagt. Und mir gefällt *Knopf*. "Ich wollte sie nicht mit einem Namen ansprechen, den jemand anderer bereits verwendet hatte. Sie war mein Eigentum. Sie gehörte mir alleine. Also brauchte sie einen neuen Namen, einen, den nur ich für sie verwendete.

Sie konnte den Schock in ihrem Gesicht nicht verstecken. Sie hatte naiverweise angenommen, dass niemand ihre Geheimnisse kannte.

"Ingenieurin. Das ist beeindruckend."

Diesmal wirkte sie nicht mehr überrascht. Ihr Gesicht war stoisch ruhig und versteckte ihre Gedanken. "Ich mag es. Jedes Projekt ist anders und eine neue Herausforderung."

"Nur wenige Frauen wählen eine Karriere, die mit Naturwissenschaften und Mathe zu tun hat."

"Vermutlich ist das so."

"Was hat dich dazu veranlasst, diesen Beruf zu wählen?"

Sie zuckte mit den Achseln. "Ich mag es Dinge zu bauen. Ich mag Gebäude von Grund auf zu bauen. Ich mag es, etwas zu bauen, das mich überdauern wird. Keine zwei Projekte sind jemals gleich. Es ist immer wieder etwas Neues."

Meine Hand mit der Gabel hörte auf, sich zu bewegen, und meine Augen konzentrierten sich auf ihr Gesicht. Ich spürte, wie ich mich noch mehr zu ihr hingezogen fühlte und wie mein Respekt für sie wuchs. Sie war so völlig anders als jede andere Frau, die ich je getroffen hatte. Wenn diese in meiner Anwesenheit gewesen waren, dann hatten sie schnell aufgegeben. Sie gehorchten mir sofort, beindruckt von mir oder weil sie mich fürchteten. Diese Frau war anders. Sie schien nach ihrer eigenen inneren Uhr zu funktionieren. Sie ließ niemand anderen sie kontrollieren oder sie manipulieren.

Deswegen wollte ich sie unbedingt kontrollieren und manipulieren. Sie war der wildeste Hengst, das letzte freie Wildpferd in der Welt. Es konnte nicht gebrochen oder gezähmt werden. Es war zu starrköpfig, zu wild.

Ich liebte die Herausforderung.

"Vielleicht hätte ich etwas, woran du arbeiten könntest—wenn du interessiert bist. "

"Kommt darauf an, was es ist. "

"In der Weinkellerei suchen mir immer nach Methoden, um den Fermentierungsprozess effizienter zu machen. "

"Damit verdienst du dein Geld?"Sie hatte mir bislang noch nie eine persönliche Frage gestellt. Es schien ihr egal zu sein, was ich tat. Ich war nur derjenige, der sie gefangen hielt, die Person, der sie entkommen wollte.

"Ja. "*Zum Teil.*

"Arbeitest du dort mit Cane zusammen?"

"Nein. Der Weinbetrieb gehört ausschließlich mir. "

Sie war eine intelligente Frau und ihre Gehirnzellen waren ständig am Arbeiten. Gedanken schossen ihr jetzt durch ihren Kopf und sie überlegte genau, was sie als nächstes fragen sollte. Schließlich stellte sie ihre Frage. "Was tust du zusammen mit Cane?"

"Waffenhandel. Wir stellen Waffen her und verkaufen sie an den Höchstbietenden. "

Ihre Augen verengten sich, ihr Gehirn arbeitete auf Hochtouren. "Bones tut genau das Gleiche. "

"Ja. "Er war mein größter Konkurrent, mein größter Feind. Unsere Rivalität reichte zurück zu einer früheren Generation, als mein Vater und sein Vater miteinander im Krieg waren. Wir hatten diesen Krieg geerbt, und wir würden ihn weiterführen, bis einer von uns beiden starb.

"Das ist also dein Problem mit ihm. "Sie sagte es laut, aber sie schien es mehr zu sich selber als zu mir gesagt zu haben.

"Im Grunde ja. "

"Und mich zu entführen, ist eine Methode, um ihn zu manipulieren. "

Jetzt lag sie daneben. "Nein. "

"Nein?", fragte sie. "Wozu sonst hast du mich entführt?"

"Rache. "Ich musste Vanessa, meine kleine Schwester, rächen. Sie war nicht nur Familie gewesen, sondern auch eine Freundin. Als unsere Eltern gestorben waren, war ich zum Familienoberhaupt geworden. Ich war ihr Vater geworden.

"Rache wofür?", fragte sie. "Was hat er dir angetan?"

Ich begegnete ihrem Blick, aber meine Lippen pressten sich zusammen. Ich wollte nicht über Vanessa sprechen. Wann immer ich an sie denken musste, vertrieb ich die Gedanken sofort. Es war zu schmerzvoll, selbst für mich. Wenn ich sie lange genug ignorierte, dann würden die Schmerzen vielleicht verschwinden. "Das sind genug Fragen für heute Abend. "

Ihre Augen blickten irritiert. "Du kannst also alles über mich wissen, aber ich darf nichts über dich wissen?"

"Du weißt eine Menge über mich. "*Mehr als die meisten anderen.*

"Aber du willst meine Fragen nicht beantworten. "

"Würdest du meine beantworten?"Ich beobachte ihren Gesichtsausdruck und sah, wie ihre Entschlossenheit nachließ. Wenn ich sie nach persönlichen Dingen gefragt hätte, dann hätte sie mir nichts erzählt. Dessen war ich mir sicher. Aber glücklicherweise wusste ich bereits alles, was wichtig war.

Sie antwortete nicht, blickte wieder auf ihren Teller und aß weiter. Sie war irritiert, dass ich auch ohne Fragen soviel über sie zu wissen schien. Ihre Schultern waren angespannt und ihre Lippen leicht mürrisch verzogen. In der kurzen Zeit, in der ich sie kennengelernt hatte, hatte ich ihre Gewohnheiten studiert. Ich hatte gelernt, wie ich ihre Gedanken lesen konnte. Ich hatte ihre Vorlieben und Abneigungen herausgefunden, ohne eine einzige Frage zu stellen.

Und sie hasste das.

Nachdem ich meine Einsamkeit in meinem Arbeitszimmer genossen hatte, ging ich zu ihrem Zimmer. Ich wusste bereits, was sie tun würde, noch bevor ich dort ankam. Sie verbrachte ihre gesamte Freizeit mit Lesen. In ihrem Zimmer waren Hunderte von Büchern, die meisten davon in Englisch. Sie hatte immer irgendetwas zu tun, wenn ich mich nicht mit ihr beschäftigte.

Meine natürliche Reaktion wäre gewesen, die Tür zu öffnen und einfach ins Zimmer zu gehen. Sie war mein Eigentum und ich konnte tun, was immer ich wollte. Aber aus irgendeinem Grund erwies ich ihr mehr Respekt als irgendjemand anderem. Ich hob meine Hand und klopfte sachte an die Tür.

"Herein. "Ihre wunderschöne Stimme schickte mir ein Schaudern über meinen Rücken.

Ich ging ins Zimmer und sah sie auf dem Sofa sitzen, genau wie ich es mir vorgestellt hatte. Ich trug meine Jogginghose und ein T-Shirt, die Kleidung, die ich immer trug, bevor ich ins Bett ging. Nur Lars und ein paar der Hausangestellten sahen mich so gekleidet. Und nun auch diese Frau.

Sie klappte das Buch zu, das sie gerade gelesen hatte, und blickte zu mir, genau wissend, was ich wollte, ohne dass ich es sagen musste.

Ich setzte mich auf das Sofa neben ihr und zog einen Knopf aus meiner Tasche. Er war braun mit einem beigen Muster. Ich hielt ihn hoch, damit sie ihn sehen konnte, drehte ihn zwischen meinen Fingerspitzen und warf ihn dann in das Glas auf dem Tisch. Der erste Knopf lag bereits darin und jetzt hatte er einen Freund.

Das Gefühl von Macht strömte durch meine Adern. Das Verlangen nach Dominanz überkam mich und ergriff vollständig Besitz von mir. Ich liebte es, in dieses Zimmer zu gehen und ihr einen Befehl zu geben, ohne ein einziges Wort sagen zu müssen. Ich liebte es, dass ich sie unterwerfen konnte, weil sie es wollte, und nicht durch Gewalt. Es war die größte Eroberung, die ich je gemacht hatte.

Sie blickte den Knopf an und dann wieder zu mir. Das Unbehagen, das noch letzte Nacht in ihren Augen gewesen war, war nicht mehr da. Ihre Lippen waren leicht geöffnet und ihr Atem ging etwas schneller. Meine Hand griff sich automatisch ihr Handgelenk. Sie dachte, es wäre eine unbewusste Berührung, aber ich fühlte ihren Puls. Er schlug immer schneller, bis er sich einem gefährlich hohen Level näherte. Das waren Symptome von Erregung, nicht von Angst.

Mein Schwanz erwachte zum Leben.

Ich zerrte sie zur Tür hinaus und den Korridor entlang zu dem anderen Schlafzimmer. Er wurde zu unserem Fickzimmer, unserem privaten Reich, in dem wir unanständige Dinge taten. Ich hatte noch ein anderes Zimmer, einen speziellen Raum, in dem ich meine dunkelsten Fantasien ausleben konnte, aber ich wusste, dass sie dafür noch nicht bereit war. Ich würde ein paar Knöpfe ausgeben, um sie auf das vorzubereiten, was ich wirklich wollte.

Nachdem wir die Tür hinter uns geschlossen hatten, ergriffen meine Hände ihr Gesicht und ich küsste sie so, wie ich es mochte. Und sie auch. Als ich diesen Nachmittag an meinem Schreibtisch gesessen hatte, war es genau das, woran ich gedacht hatte. Ich hatte an das Gefühl ihrer vollen und köstlichen Lippen an meinen gedacht. Und ich hatte daran gedacht, wie sie sich um meinen Schwanz anfühlen würden.

Sie erwiderte meinen Kuss sofort, so als ob sie auch den ganzen Tag daran gedacht hätte. Ihre Hände ergriffen meine Hüften, ihre Fingerspitzen gruben sich in meine Seiten. Dann glitten sie nach oben und erkundeten meine muskulöse Brust. Ihr Atem wurde heftiger, als unsere Leidenschaft aufloderte.

Meine Zunge fand ihre und sie tanzten miteinander

und umeinander, als hätten sie dies schon tausendmal getan. Ihr kleiner Mund war köstlich. Ich liebte es, sie zu schmecken, sie zu riechen und sie zu berühren. Meine Hände glitten über ihren Rücken, bis sie die lange Kurve erreichten, die zu ihrem Arsch führte. Die Kurven ihres Körpers waren perfekt. Sie war jeden Cent wert, der für sie bezahlt worden war.

Ich zog mich aus und dann zog ich ihr Kleid aus, ihre üppigen Titten freilegend. Sie waren nicht riesig, aber sehr weiblich. Ich liebte es, sie in meine Hände zu nehmen und sie zu drücken. Ich nahm ihre Nippel zwischen meine Fingerspitzen, drückte sie und verdrehte sie, ihr Schmerzen und Vergnügen gleichzeitig bereitend.

Jeder Muskel in meinem Körper spannte sich an, als das sexuelle Verlangen mich überkam. Diese Frau machte mich wild, brachte mich dazu, tiefer in die Finsternis zu fallen. Ich wollte ihr ihren Arsch versohlen, bis er rot und blau war. Ich wollte ihre Titten tausendmal stärker drücken, bis sie vor Schmerz schrie. Ich wollte, dass sie weinte und mich anflehte, sie loszulassen.

Aber das würde noch warten müssen.

Ich zog meinen Mund von ihrem weg, obwohl ich sie weiter küssen wollte. Ich wollte sie für immer küssen. Aber mein Schwanz wollte diesen Mund dringender haben. Und wenn ich mich mit ihm anlegte, dann verlor ich den Kampf üblicherweise. Er bekam immer, was er wollte.

Ich setzte mich auf die Bettkannte, mein Schwanz stolz aufrecht stehend. Ich starrte ihren nackten Körper an und eine Welle von Hitze fuhr durch mich hindurch. "Auf deine Knie. "

Widerspruch blitzte in ihren Augen auf. Sie hasste meine Befehle. Sie hasste es, gesagt zu bekommen, was sie tun musste. Einen Augenblick lang sah es so aus, als würde sie mir trotzen. Sie wollte mir sagen, ich solle mich zum Teufel scheren. Aber sie hielt ihren Mund. Sie wusste, sie musste einen weiteren Knopf abarbeiten, um ihre Freiheit zu verdienen.

Sie ging vor mir auf die Knie.

Mein Schwanz zuckte. Ich hatte eine weitere Schlacht gewonnen. Sie zu unterwerfen, machte meinen Schwanz immer hart. "Lutsch mich. "Meine Hand glitt durch ihr Haar und packte sie dann am Schopf. Meine andere griff meinen Schwanz und rieb dessen Spitze an ihren feuchten Lippen entlang.

Sie gehorchte diesen Befehlen ohne Widerstand zu leisten. Sie nahm die Spitze meines Schwanzes in ihren Mund und lutschte daran. Sie bettete ihn auf ihrer Zunge, es war ein sehr sinnliches Gefühl.

Mir entfuhr ein leises Stöhnen.

Sie griff mit ihrer Hand nach meinen Eiern und

spielte mit ihnen, sie auf eine sexy Art streichelnd, die mich erschaudern ließ.

Ich hatte ihr nicht einmal sagen müssen, das zu tun.

Sie schluckte meinen Schwanz fast in ganzer Länge, bis er ihr in den Rachen ragte und sie fast würgen musste, und zog ihn dann wieder aus ihrem Mund. Ihre Finger massierten mich weiter, glitten über meinen Schwanz, der nass von ihrem Speichel war.

Meine Augen genossen das Bild, das sich ihnen bot. Ich dominierte sie, sie kniete vor mir und hatte meinen Schwanz in ihrem warmen Mund. Meine Hand packte ihren Nacken und ich dirigierte ihren Kopf, ließ sie meinen Schwanz in voller Länge schlucken und zog ihn wieder zurück, ihr genau zeigend, was ich wollte und wie ich es wollte. Sie lutschte meinen Schwanz unglaublich gut, sie gab mir den besten Blowjob, den ich je hatte.

Ich beobachtete sie genau, sah ihren Mund sich weiter öffnen, bevor sie meinen Schwanz komplett schluckte. Anstatt ihre Augen zu schließen, hielt sie sie weit geöffnet. Sie blickte meinen Schwanz an, während er in ihren Mund und aus ihm heraus glitt. Das Feuer in ihren Augen fing langsam an aufzulodern. Es wurde heller und heißer, ihre Lust meine widerspiegelnd.

Sie genoss es.

Ich wollte ihre feuchte Fotze spüren. Ich wollte ihre Nässe um meinen Schwanz fühlen. Ich wollte wissen, wie erregt sie war. Sie liebte es meinen Schwanz in ihrem Mund und in ihrer Fotze zu haben. Und schon bald würde sie es auch lieben, ihn in ihrem Arsch zu haben.

Ich wollte diese feuchten Lippen noch ein wenig länger genießen, aber ich konnte mich nicht länger zurückhalten. Ich wollte mein Sperma in ihren Rachen spritzen und sehen, wie sie es schluckte. Mein Mund wollte andere Dinge mit ihr tun, aber ich musste erst einmal kommen. "Nimm es und zeige es mir. "Meine Finger gruben sich in ihren Nacken und ich schob meinen Schwanz tief in ihren Rachen. Meine Brust hob und senkte sich wild, während eine Welle von Hitze durch mich hindurch schoss. Glühend heiße Flammen loderten in meinem Inneren auf und schossen abwärts durch meinen Körper. Ein gewaltiger Orgasmus, der mich laut aufstöhnen ließ, schoss durch meinen Körper und aus mir heraus. Ich spürte, wie mein Schwanz anschwoll, als ich in ihrem Mund kam.

Sie öffnete ihren Mund automatisch, sodass ich mein Sperma auf ihrer Zunge sehen konnte. Sie massierte meinen Schaft weiter, drückte jeden Tropfen aus ihm heraus und gab mir einen Orgasmus, der fast eine Minute lang dauerte.

"Fuck. "Meine Finger gruben sich so tief in ihren Hals, dass ich dachte, ich würde sie erwürgen. Als mein letzter Tropfen in ihrem Mund war und ich wieder von meinem Hoch herunterkam, wandte ich mich zu ihr. "Zeig es mir. "

Sie streckte ihre Zunge heraus. Sie war fast völlig von meinem weißen Sperma bedeckt. Es war eine beeindruckende Menge, und ich schämte mich nicht, mich etwas stolz zu fühlen. Meine Hand war immer noch um ihren Hals gelegt und ich drückte leicht zu. "Schluck es. "

Anstatt Angst zu haben, als ich sie am Hals drückte, leuchteten ihre Augen als Antwort auf. Sie schloss ihren Mund und schluckte mein Sperma dramatisch herunter, ich konnte ihre Halsmuskeln unter meinen Fingern sich bewegen fühlen.

Das törnte mich wieder an. "Braves Mädchen. "

Diese Worte schreckten sie auf und sie warf mir einen finsteren Blick zu.

Ich mochte es, wenn sie verärgert war. Ich fand es sexy. "Aufs Bett. Sofort. "

Sie gehorchte meinem Befehl und kroch auf allen Vieren aufs Bett.

Ich kniete mich hinter sie, mein Schwanz war halb steif. Er wollte sich von dem Orgasmus erholen, den er gerade gehabt hatte, aber ihren Arsch vor mir zu sehen, brachte mich wieder auf Touren. Ich blickte zu ihrer Fotze und sah, wie sie feucht glänzte. Ihre Fotze war nass und glitschig, genau wie ich es erwartet hatte.

Ich lächelte triumphierend und schob dann zwei

Finger in sie. "Du bist so verdammt nass. "Mein Atem stockte, als ich spürte, wie warm und nass sie war. "Dich macht es an, meinen Schwanz zu lutschen. "Ich konnte sehen, dass sie es genossen hatte, trotz ihrer Versuche, es zu verbergen. "Ist es der Geschmack meines Schwanzes?Ist es seine Größe?Ist es, weil ich es liebe, dass du so gut blasen kannst?"Ich fingerte sie und meine Finger wurden von ihrem feuchten, schleimigen Saft bedeckt.

Sie gab mir keine Antwort, aber ihr Körper antwortete. Ihr Rücken verspannte sich mehr und ihr Atem wurde heftiger.

"Sag es mir. "

Sie blieb weiter trotzig still.

Ich kniete mich auf dem Boden nieder und zog ihre Hüften dichter an mich heran. Mein Gesicht ging zu ihrer süßen Fotze und ich leckte sie aggressiv, ließ meine Zunge ihre Klitoris umrunden, bevor ich sie in meinen Mund nahm.

Ein unterdrücktes Stöhnen entkam ihrem Mund. Sie versuchte mit aller Macht zu verstecken, wie sehr es ihr gefiel, was ich mit ihr tat. Sie weigerte sich, mir die Befriedigung zu geben, mich wissen zu lassen, wie sehr sie mich genoss. Aber das war vergebens, denn ihre nasse Fotze verriet sie und sagte mir alles, was ich wissen musste.

Ich leckte wieder um ihre Klitoris und sie verspannte

sich noch mehr, drückte sie mir entgegen, sodass ich sie noch besser in meinen Mund nehmen konnte.

Ich zog meinen Kopf zurück. "Sag es mir. "

Sie atmete tief und laut aus.

"Antworte mir, Knopf. "Ich saugte grob an ihrer Klitoris, sie bis an den Rand eines Orgasmus treibend, und hörte dann abrupt auf.

Ein tiefes, frustriertes Knurren entfuhr ihr.

Ich blies sanft auf ihre Öffnung und gab ihr dann einen zarten Kuss.

Sie zuckte zusammen und gab nach, genau wie ich es erwartet hatte. "Ich liebe es, wie sehr du es genießt…"In ihrer Stimme klang Selbstverachtung mit, sie hasste sich, dass sie es zugab. Sie seufzte ergeben, ihr Rücken zitterte. "Und ich liebe es, wie du schmeckst… und wie groß du bist. "

Meine Dominanz wuchs und ich fühlte mich wie ein wahrer König. Ich war auf dem Gipfel der Welt und sie war unter mir. Ich hatte sie erneut erobert und besiegt. Ich hatte ihr alles genommen und sie zu einer unterwürfigen Dienerin gemacht.

Ich drückte mein Gesicht zwischen ihre Beine und gab ihr die Belohnung, für die sie sich gerade selber aufgegeben hatte. Ich lutschte an ihrer Klitoris und ließ meine Zunge um sie gleiten, mit mehr Präzision und subtilerem Druck, als es meinen Fingern möglich gewesen wäre.

Sie stöhnte laut auf. Sie war nicht länger in der Lage, ihre Laute der Erregung und Wonne unter Kontrolle zu halten. Ihr Rücken krümmte sich noch mehr, sie hob ihr Becken an, wollte noch mehr von meiner Zunge spüren.

Dann zuckte sie und explodierte in einem Orgasmus, der so heftig wie meiner war. Ihr Stöhnen verwandelte sich in ein lautes Schreien und sie genoss ihr Hochgefühl. "Oh, Gott…"Sie griff in die Bettlaken, zerrte an ihnen und kam. "Oh, Gott…"Sie drückte ihr Gesicht in die Matratze und ihr Körper strömte Wärme und Schweiß aus und zuckte.

Als ihre Schreie langsam verklangen, wusste ich, dass sie fertig war. Sie lag heftig atmend auf dem Bett, ein zusammengesackter Körper, erschöpft von dem, was ich gerade mit ihm getan hatte. Ich wusste dann, dass ich sie kontrollierte. Und sie wusste es auch.

Ich bewegte mich hinter sie und hielt meine Schwanzspitze an ihren Eingang. Nach dieser Vorstellung war mein Gerät wieder voll funktionsfähig und bereit für mehr Action. Ich stieß in sie, mein Schwanz genoss die Mischung aus ihrer Feuchtigkeit und meinem Speichel.

Und dann fickte ich sie, bis sie wieder schrie.

KAPITEL ZWEIUNDZWANZIG

Pearl

Schwere Schuldgefühle lasteten auf mir. Ich fühlte mich niedergedrückt. Ich litt still vor mich hin, hasste mich dafür, dass ich mich ihm unterworfen hatte. Der Deal mit den Knöpfen war rein geschäftlich. Ich hatte sein Angebot nur angenommen, weil es keine andere Option gegeben hatte. Aber jetzt freute ich mich auf den Abend. Ich wartete darauf, dass er mit einem Knopf in der Tasche zur Tür hereinkam.

Der Sex sollte mir keinen Spaß machen, aber er tat es. Als sein Mund zwischen meinen Beinen gewesen war, war ich explodiert wie ein Feuerwerk. Jacob hatte mich fast nie so befriedigt, und wenn er es getan hatte, war es nie sehr gut gewesen. Es hatte sich angefühlt, als würde eine Echse mich mit ihrer dünnen Zunge lecken, sich dabei nicht bewegen, es nur halbherzig oder gar widerwillig tun. Crow verschlang meine Muschi, als ob er am Verhungern wäre.

Ich war noch niemals zuvor in meinem Leben so heftig gekommen.

Aber jetzt war ich wieder mit meinen Gedanken alleine und Hass stieg in mir auf. Als ich von Jacob entführt worden war, hatte ich versucht, nicht an ihn zu denken. Ich hatte ihn bedauert, mir vorgestellt, wie er zuhause saß und sich Sorgen um mich machte. Als ich an ihn dachte, kam ein Gefühl von Einsamkeit in mir auf. Er war die einzige Familie, die ich in der Welt hatte. Meine Eltern waren beide Alkoholiker und ich war ihnen weggenommen worden, als ich zehn Jahre alt gewesen war. Ich hatte keine anderen Verwandten. Ich war ganz alleine auf der Welt.

Ich fand Crow unglaublich attraktiv. Und der Sex mit ihm war so gut, wie ich es nie für möglich gehalten hatte. Er befriedigte mich so gut und er schien es genauso sehr zu mögen, mich zum Orgasmus zu treiben, wie selber einen zu haben. Ich versuchte so zu tun, als würde ich es nicht mögen, seinen Schwanz in mir zu spüren, aber ich konnte das nicht mehr tun.

Crow hatte mich manipuliert und mich genau dahin gebracht, wo er mich haben wollte.

Und ich hatte es einfach geschehen lassen.

Ich hatte Jacob betrogen. Als Bones mich vergewaltigte, konnte ich es nicht verhindern. Aber ich könnte Crow stoppen. Doch ich tat es nicht. Wie sehr würde das Jacob sein Herz brechen?Ich genoss den Sex mit einem anderen Mann. Ich liebte ihn sogar.

Auf gewisse Art war Crow schlimmer als Bones. Er brachte mich dazu, tatsächlich mit ihm zusammen sein zu wollen. Er hatte mich an einen wunderschönen Ort gebracht und mir die Freiheit gegeben, mich überall im Haus und im Freien zu bewegen. Er respektierte meine Privatsphäre und zwang mich niemals etwas zu tun, was ich nicht tun wollte. Er ließ mich sicher fühlen, auch wenn ich mich überhaupt nicht sicher fühlen sollte. Und das brachte mich dazu, dass ich nicht weggehen wollte.

Also war er viel gefährlicher.

Jetzt hasste ich ihn wirklich.

Ich hasste seine Arroganz. Ich hasste seine Intelligenz. Ich hasste seine Rücksichtslosigkeit. Für ihn war dies nur ein unterhaltsames Spiel. Er wollte mich unterwerfen, weil ihn das anmachte. Er war der dominante Partner in dieser Beziehung und er genoss es jedes Mal, wenn ich mich ihm unterwarf.

Ich verachtete ihn.

Er hatte mir meine Waffen und meine Rüstung weggenommen. Ich war wehrlos und verwundbar. Er hatte mich irgendwie dazu gebracht, zu glauben, dass der Deal mit den Knöpfen eine gute Idee sei. Er hatte mich reingelegt und mich dazu gebracht, meine Beine für ihn zu spreizen und ihm genau das zu geben, was er wollte.

Ich war geradewegs in seine Falle getappt.

Und ich hasste mich dafür.

Ich vermied ihn wie die Pest.

Wenn er im Haus war, hielt ich mich draußen auf. Er hatte einen wunderschönen Pool im Garten, also verbrachte ich meine Zeit damit, dort in der Sonne zu liegen. Jedes Mal, wenn er nach draußen kam, um mit mir zu sprechen, sprang ich in den Pool, wohin er mir nie folgte.

Ich leistete ihm bei den Mahlzeiten keine Gesellschaft. Lars brachte mir das Essen auf mein Zimmer oder dorthin, wo ich mich versteckt hatte. Er schien zu verstehen, dass ich seinem Arbeitgeber aus dem Weg ging, aber er stellte mir niemals deswegen eine Frage.

Crow wollte üblicherweise abends Sex haben, also ging ich um diese Zeit zum Pool. Es war zu spät, um draußen zu sein, aber es war besser, als unter ihm zu liegen.

Ich saß in dem geheizten Becken und legte meinen Kopf auf ein zusammengerolltes Handtuch als Nackenstütze zurück. Ich konnte die Sterne am Himmel über mir sehen. Sie schienen hier heller als in Amerika, vermutlich weil wir weit weg von der Stadt waren. Ich starrte sie an und versuchte die verschiedenen Sterne und Planeten zu identifizieren. Während ich das versuchte, verschwanden alle anderen Gedanken in meinem Kopf. Es war der einzige Friede, den ich finden konnte.

"Darf ich mich zu dir setzen?"

Wie immer hatte ich ihn nicht kommen hören. Ich fuhr fast aus meiner Haut bei seiner Frage. Ich hob meinen Kopf und sah ihn in seiner Jogginghose und einem schwarzen T-Shirt stehen—die gleichen Sachen, die er abends immer trug. "Ich möchte einfach nur alleine sein. "

"Du bist den ganzen Tag alleine gewesen. "

"Und das war nicht lange genug. "

Er kam nicht näher. Er hatte seine Hände in seine Hosentaschen gesteckt und blickte über die Felder. Eine abendliche Brise wehte durch mein Haar und kitzelte meinen Nacken.

Ich legte meinen Kopf wieder zurück und wartete darauf, dass er davonging. Er kam immer nur aus einem

Grund zu mir—wenn er Sex wollte. Ich weigerte mich, ihm welchen zu geben—nicht heute Nacht. "Gute Nacht, Crow. "

Anstatt zu gehen, zog er sich aus und kam zu mir ins Becken. "Ich habe etwas getan, oder?"

Meine Augen blickten weiter in den Sternenhimmel. "Nein. Ich mag dich nur nicht. "

Er lachte. "Letzte Nacht hast du mich aber gemocht. Sehr sogar. "

Ich wollte ihm in die Eier treten.

"Knopf. "Sein neckischer Ton verdampfte wie der Dampf des heißen Wassers im Becken im Nachthimmel. Seine Stimme klang autoritär, er gab mir eine Anweisung.

Ich weigerte mich, ihr zu folgen.

Er bewegte sich durch das Wasser, bis er direkt neben mir war. Seine Hand griff nach meinem Schenkel. Seine Finger glitten langsam an der Innenseite meines Schenkels entlang, bis zu der Stelle, wo sich beide Schenkel trafen. Mein Körper spannte sich erwartungsvoll an, er wollte, dass er mich wieder berührte und meine Klitoris massierte. Aber dann meldete sich mein Verstand wieder zurück und ich setzte mich auf. "Was?"

Seine Hand glitt wieder nach unten und lag in respektvollem Abstand auf meinem Schenkel. "Sprich mit mir. "

"Ich werde heute keinen Knopf annehmen. Geh weg. "

Er zeigte keine Spur von Enttäuschung und zog seine Hand zurück. Er schien verstanden zu haben, dass ich heute Abend keine Lust auf dieses Spiel hatte. "Ich bin nicht nur dein Master. Ich bin auch dein Freund. "

"Du bist nicht mein Master. "Gift flog zusammen mit meinen Speicheltropfen aus meinem Mund. "Ich gehöre dir nicht und ich werde es nie tun. "

Alle Geduld und alles Verständnis in ihm verschwanden. Ich hatte seine gute Seite zerstört und nur den rücksichtslosen Teil von ihm am Leben gelassen. "Du. Gehörst. Mir. "Er griff mein Handgelenk und verdrehte es, bis er mich in einer unangenehmen Position fixiert hatte. Wenn er es noch ein wenig weiterdrehen würde, dann würde er mir den Arm brechen.

Trotz meiner misslichen Lage reagierte ich nicht. Ich zeigte ihm nicht, dass ich Schmerzen hatte. Ich nahm es einfach hin, reglos, und weigerte mich nachzugeben.

Er riss grob an meinem Arm und zog mich an seine Brust. Blitzschnell griff er mein Kinn und hielt es mit zwei Fingern fest. Ich war gezwungen, ihm in die Augen zu sehen. "Du. Gehörst. Mir. "Er drückte mich fester und mein Körper spannte sich an. "Je früher du das realisierst, desto einfach wird es für dich werden. "Seine Hand griff nach meinem Hals und drückte leicht zu, als ob er mir drohen wollte. "Und jetzt sag es. "

"Niemals. "Ich würde mich ihm nie unterwerfen. Ich mochte ihm vielleicht meinen Körper geben, aber ich würde ihm niemals meinen Geist unterwerfen. Mein Körper reagierte physisch auf seinen, er genoss es, was er mit mir tat, er genoss es seinen Schwanz in sich zu spüren. Mein Mund reagierte auf ihn und liebte das Gefühl seiner Lippen auf meinen. Aber er würde niemals in meinen Kopf eindringen und meinen Geist beherrschen. Er würde niemals meinen Willen brechen. Wenn Bones das nicht geschafft hatte, dann würde er es auch nicht schaffen.

Er drückte meinen Hals fester. "Nur weil ich in der Vergangenheit gnädig zu dir war, bedeutet das nicht, dass ich es auch in Zukunft sein werde. Stell mich nicht auf die Probe. "Seine Finger schlossen sich so eng um meinen Hals, dass ich kaum noch atmen konnte.

"Ich werde eher sterben, als es zu sagen. "Er könnte mich erwürgen oder hier im Pool ertränken, aber ich würde nicht mit ihm kooperieren. "Ich breche nicht, ich unterwerfe mich nicht meinen Entführern. Bones hat das nicht geschafft und du wirst es mit Sicherheit auch nicht schaffen. "Ich blickte im in die Augen ohne mit der Wimper zu zucken. Ich würde nicht nachgeben, nicht jetzt, niemals.

Er bewegte sein Gesicht dichter an meines heran,

sein Schwanz war hart geworden. Je mehr ich ihm trotzte, desto mehr wollte er mich. Seine Augen verdüsterten sich, als ob das die Antwort gewesen war, die er hatte hören wollen. Immer wenn ich mich ihm widersetzte, dann wuchs seine Besessenheit und sein Verlangen nach mir. Er drückte meinen Hals so fest zu, dass ich keine Luft mehr bekam. "Wir werden sehen. "

Ich hatte die Nase voll.

Ich würde meine Gefangenschaft nicht länger hinnehmen. Ich hatte gerade mal zwei Knöpfe bisher bekommen, und für diese hatte ich viel opfern müssen. Könnte ich denn noch mehr opfern?

Ein Teil von mir respektierte Crow. Er tat mir nicht weh, obwohl er es tun könnte. Er hätte meine Beine einfach auseinanderreißen und sich mir aufzwingen können, wenn er das gewollt hätte. Als Cane gekommen war, um genau das zu tun, hatte er ihn gestoppt.

Aber trotzdem hasste ich ihn.

Ich hasste es, dass er mir tatsächlich etwas bedeutete. Ich hasste es, dass er sich irgendwie in mich getrickst hatte. Ich genoss seine Gesellschaft und auch die kryptischen Unterhaltungen, die wir führten. Aber das war nicht, wie es eigentlich sein sollte.

Ich sollte den Mann nicht mögen, der mich gefangen hielt.

Ich musste hier weg.

Ich schlich mich durch das Haus und ging in die Küche. Es war völlig dunkel im Haus, bis auf das Mondlicht, das durch die Fenster schien. Es erleuchtete die Küche hell genug, damit ich die Messer auf dem Tresen finden konnte. Sie waren in einem metallenen Messerblock direkt neben dem Spülbecken.

Ich nahm mir das größte Messer, das ich finden konnte.

Sein Schlafzimmer war im obersten Stockwerk. Ich war niemals in seinem Schlafzimmer gewesen, aber ich vermutete, dass es neben seinem Arbeitszimmer war. Ich ging die Treppe zum zweiten Stockwerk hoch, ohne ein Geräusch zu machen. In meinem Zimmer hatte ich eine Büroklammer gefunden und ich benutzte sie, um das Schloss seiner Tür damit aufzuschließen.

Ich arbeite leise und lauschte nach dem kleinen Klicken, das mir sagte, dass das Schloss geöffnet war. Mein Herzschlag war schnell, aber ich unterdrückte meinen Atem, aus Furcht, ein Geräusch zu machen.

Als die Tür offen war, schlich ich mich ins Zimmer. Es war dunkel wie der Rest des Hauses, aber es war das größte Zimmer in der Villa. Es hatte ein großes Wohnzimmer mit einem Flachbildschirm, eine Bar und einen Schreibtisch in einer Ecke.

Ich schloss die Tür hinter mir und schlich mich auf Zehenspitzen durch den Raum. Ich hielt das Messer fest in meiner Hand. Ich war bereit, den Mann zu töten, der mich gefangen hielt. Ich würde ihm die Kehle durchschneiden und ihn verbluten und sterben lassen. Niemand würde bis zum Morgen seinen Körper finden und ich würde mir seine Autoschlüssel nehmen und mit seinem Bargeld in der Tasche zum Flughafen fahren. Ich würde im nächsten Flugzeug nach Hause sitzen.

Zuhause.

Ich ging durch das Wohnzimmer und fand den Durchgang, der in sein Schlafzimmer führte. Meine Füße bewegten sich langsam über den Boden. Ich ging barfuß und alles, was ich trug, war ein langes T-Shirt, das mir bis zu den Beinen reichte. Wenn ich erwischt würde, könnte ich lügen und sagen, dass ich nach etwas gesucht hatte.

Die Tür zu seinem Schlafzimmer stand offen. Ich sah das große Bett in der Mitte des Zimmers. Die Bettwäsche war weiß und die Wände waren grau. Die Möbel waren aus Mahagoni und nach italienischem Design angefertigt. Über dem Bett war ein weiteres seiner ungewöhnlichen Gemälde, die mit Knöpfen gestaltet worden waren.

Ich schlich mich zum Bett und hielt meinen Atem an. Er lag völlig still auf seinem Rücken und sein Gesicht blickte nach oben zur Decke. Seine Augen waren geschlossen und sein Kinn war von dichten Bartstoppeln bedeckt. Wenn er schlief, sah er noch schöner aus als sonst. Die Linien um seine Augen waren nicht zu sehen und das leichte Stirnrunzeln, das er oft hatte, war verschwunden. Wenn er schlief, war er nur ein Mann.

Ich hielt mein Messer fest im Griff, während ich mich über ihn beugte. Ich hatte schon einmal einen Mann getötet, und ich würde es wieder tun. Niemand würde mich bei meiner Flucht aus diesem Gefängnis aufhalten. Wenn Männer nicht im Schlaf umgebracht werden wollten, dann sollten sie sich nicht mit mir anlegen. Ganz einfach.

Ich setzte mein Knie auf das Bett und beugte mich über ihn, das Messer an seine Kehle setzend. Alles, was ich tun musste, war die scharfe Klinge über seinen Hals zu ziehen und Crow Barsetti würde nicht mehr existieren.

Er würde mich nicht mehr belästigen können.

Meine Hand blieb ruhig und ich war bereit es zu tun. Ich blickte sein Gesicht noch einmal an und erinnerte mich, wie seine Lippen sich an meinen angefühlt hatten und an seine sanften Umarmungen. Allein die Tatsache, dass ich mir diesen Moment Zeit nahm, um in einer Erinnerung zu schwelgen, zeigte, wieviel Schaden er in mir angerichtet hatte. Er hatte mich genug manipuliert.

Seine Augen öffneten sich plötzlich, aber er zuckte

weder zusammen, noch blickte er mich überrascht an. Er sah mich an, als ob er erwartet hätte, dass ich in sein Schlafzimmer kommen würde. Seine Augen strahlten Ruhe aus. Er konnte den kalten Stahl des Messers an seiner Haut spüren, aber er bewegte sich keinen Zentimeter. Er sah mich genauso ruhig an, wie er es tat, wenn er mir beim Abendessen gegenübersaß.

Ich hielt meinen Atem erneut an, erschrocken darüber, dass ich ertappt worden war.

"Tu es. "

Was?

"Tu es. "Er legte eine Hand hinter seinen Kopf und wirkte völlig entspannt. "Du wirst mir einen Gefallen tun. Ich bin zu feige, es selber zu tun. "

Als ich seine Worte hörte, fing meine Hand an zu zittern. Ich hielt das Messer nicht mehr so fest im Griff. Meine Finger fühlten sich schwach an und meine Entschlossenheit verschwand.

Seine Augen blickten in meine. "Komm schon, Knopf. "Er griff meine Hand und drückte die Klinge fester an seine Kehle, so fest, bis Blut aus einem dünnen Schnitt sickerte.

Meine Hand zog automatisch zurück, mein Herz schmerzte bei dem Anblick des Blutes.

Er legte einen Arm um mich und zog mich auf sich. Gleichzeitig zog er die Decke zur Seite und entblößte seinen nackten Körper. "Nach allem, was ich getan habe, hast du jedes Recht dazu. "Er griff nach meinem Slip und zog ihn zur Seite. Sein harter Schwanz drückte sich gegen meinen Hintern.

Meine Entschlossenheit verschwand, als ich in diese wunderschönen Augen blickte. Manchmal sahen sie so harmlos aus, voll mit Gutem und Versprechungen. Manchmal wollte ich einfach in sie eintauchen und in ihnen verschwinden, wenn ich zu lange in sie starrte.

Er setzte sich langsam auf, meine Hand mit dem Messer immer noch an seine Kehle haltend. "Wenn du mich unbedingt umbringen willst, dann tue es. Das ist deine einzige Gelegenheit. "Er drückte sein Gesicht an meines, so dicht, dass die Rückseite der Klinge meinen Hals berührte.

Los. Tu es.

Meine Hand bewegte sich nicht. Ich konnte das Messer kaum noch in meinen Fingern spüren. Alles, woran ich denken konnte, war, wie sehr ich ihn bereits verletzt hatte. Bluttropfen liefen seinen Hals herab bis auf seine Brust. Das Letzte, was ich tun wollte, war ihn zu töten. Ich wollte ihm helfen.

Was zum Teufel stimmte nicht mit mir?

Er schob seinen Schwanz tief in mich hinein, bis er komplett in mir steckte. Ein leises Stöhnen entfuhr ihm, als er mich spürte, als meine Feuchtigkeit, die aus dem Nichts gekommen zu sein schien, ihn willkommen hieß und ihn aufnahm. Er drückte seine Lippen an mein Ohr.

"Knopf. Deine Fotze wurde dafür erschaffen, um meinen Schwanz aufzunehmen. "Er bewegte seine Arme unter meine Schenkel und fickte mich mit der ganzen Länge seines Schwanzes.

Er dehnte mich und sein Schwanz massierte mein Inneres auf die herrlichste Art und Weise. Jeder Stoß fühlte sich besser an als der vorherige. Ich vergaß, warum ich eigentlich hierhergekommen war. Nichts spielte mehr eine Rolle, außer seinen Schwanz in mir zu spüren. Als er in mir war, konnte ich nur noch an unsere beiden Körper denken, wie sie sich vereinten und gemeinsam bewegten. Die feuchte Reibung zwischen uns setzte uns beide in Flammen. Ich wurde noch feuchter für ihn, genoss es, wie er mich dehnte, genoss seinen mächtigen Schwanz in mir, mehr als bei jedem anderen zuvor. Meine Arme legten sich um seinen Hals und ich bewegte meine Hüften vor und zurück, um ihn so tief wie möglich in mir aufzunehmen.

Er nahm das Messer aus meiner Hand und schnitt mir damit ganz leicht in meinen Hals.

Es geschah so schnell, dass ich nicht wusste, wie mir geschah. Es tat nicht weh, aber der Schnitt brannte leicht.

Er presste seinen Mund an meinen Hals und küsste die Tropfen weg und trank mein Blut wie ein Vampir.

Es hätte mich anekeln sollen. Es hätte mich

erschrecken sollen. Aber es verstärkte nur mein Verlangen nach ihm.

Er zog seinen Kopf zurück und entblößte seinen Hals, mich auffordern, es ihm gleich zu tun.

Ohne zweimal darüber nachzudenken, leckte ich sein Blut von seinem Hals. Es schmeckte metallisch auf meiner Zunge. Dieser intime Akt brachte uns noch näher zusammen. All mein Hass erstarb und meine Schutzwälle verschwanden. Ich ließ ihn zum ersten Mal in mich hinein.

Er zog mein Gesicht an seines, während er von unten in mich hineinstieß. Er betrachtete meine Lippen und sah sein Blut auf ihnen. Dann küsste er mich und unsere Zungen trafen sich.

Meine Fingernägel krallten sich in seinen Rücken, ich hielt mich an ihm fest, während ich seinen Schwanz ritt. Ich bewegte mich schneller und schneller und fickte ihn härter, als er mich je gefickt hatte. "Crow…"Es war das erste Mal, dass ich seinen Namen sagte. Und es fühlte sich gut an, als wäre es mein eigener Name. "Crow. "

Er stöhnte an meinem Mund und sein Schwanz zuckte als Antwort. Er griff meine Pobacken und drückte und massierte sie aggressiv. "Deine Fotze ist für mich immer so feucht, Knopf. Nur für mich. "

"Ja. "Mein Körper hatte noch nie zuvor so intensiv auf einen Mann reagiert. Ich war noch niemals so erregt gewesen. Selbst als ich meine Jungfräulichkeit verloren hatte, war ich nicht so aufgeregt gewesen. Crow rief die heftigsten Emotionen in mir hoch, von Hass bis zu Leidenschaft. Sie waren alle so extrem, dass sie sich wie die gleiche Emotion anfühlten.

"Ich kann es nicht erwarten, in dir zu kommen."

Die Körperregion zwischen meinen Beinen brannte. Ich hatte niemals so sehr das Sperma eines Mannes gewollt wie seines. Ich ritt seinen Schwanz härter und spürte, wie mein eigener Orgasmus sich aufbaute. "Ich möchte, dass du gleichzeitig mit mir kommst."

Er saugte an meiner Unterlippe und biss sie dann sanft mit seinen Zähnen. Er stieß härter in mich, meine Beine weiter dehnend. Sein dicker Schwanz rieb bei jedem Stoß gegen meine Klitoris, mich noch weiter an den Abgrund treibend.

Ich konnte es nicht länger zurückhalten.

"Komm für mich."

Ich griff seine Schultern, um mich festzuhalten, als meine Muschi sich eng um ihn zusammenzog. Mein ganzer Körper spannte sich an, als sich eine Lawine der Wonne in ihm löste. Sie begann tief in meinem Inneren und rauschte dann durch meinen kompletten Körper hindurch. Ich war schweißgebadet und erschöpft, aber ich wollte nicht aufhören. Es fühlte sich verdammt gut an.

Sein Schwanz schwoll in mir an, bevor er kam. Ich

konnte spüren, wie er tief in mir kam, sein Sperma genau dahin spritzend, wo es sein sollte. Es war warm und dickflüssig. Ich hatte niemals zuvor freiwillig einen Mann in mir kommen lassen. Er war der erste, und es war unglaublich sexy.

Crows Augen verloren sich in der Dunkelheit und die Hitze klang langsam ab. Sein Schwanz wurde weicher in mir, aber seine normale Größe dehnte mich immer noch etwas. Er legte seinen Arm um meine Taille und rollte mich auf das Bett. Das Messer lag auf dem Nachttisch, sodass sich keiner von uns aus Versehen verletzen würde.

Als ob nichts geschehen wäre, legte er seinen Arm um mich, kuschelte sich an mich und schloss seine Augen. Mein Bein lag über seiner Hüfte und sein Arm umschlang meine Taille. Jetzt, da der Spaß vorbei war, machte er sich keine Sorgen mehr, dass ich noch einmal versuchen würde, ihn umzubringen. Er machte sich um nichts in der Welt Sorgen, so als ob nichts ihm etwas anhaben konnte. Er schlief fast sofort ein, sein warmer Körper mich warm haltend.

Ich blickte ihm noch einmal ins Gesicht und schloss dann meine Augen. Sein düsterer Gesichtsausdruck war wieder verschwunden und er sah ruhig und friedlich aus. Es war kein Anzeichen zu sehen, dass er ein Krimineller war. Er war einfach nur ein Mann.

Ein Mann, den ich noch nie getroffen hatte.

Ich hatte seit meiner Entführung keine Nacht lang so gut geschlafen wie in dieser. Ich hatte keine Alpträume, die mich nachts aufschreckten. Es gab keine Träume, die mich im Schlaf zum Weinen brachten. Alles, was ich spürte, war Friede. Crows Arme hielten mich die ganze Nacht sicher fest.

Es war das erste Mal, dass ich mich in Sicherheit fühlte.

Am nächsten Morgen klingelte sein Wecker und er schlüpfte aus dem Bett. Kaum hatte er es verlassen, fühlte sich das Bett kälter an. Er ging ins Badezimmer und duschte und machte sich für den Tag bereit.

Ich wickelte mich enger in die Decke, um warm zu sein, und schlief wieder ein. Es schienen nur Sekunden vergangen zu sein, als er wieder aus dem Bad kam und sich einen seiner Designeranzüge anzog. Er zog das Jackett über seine breiten Schultern und legte seine teure Armbanduhr an. Er betrachtete sich im Spiegel und schaute nach Falten in seiner Kleidung. Er sah aus wie ein Modell für Armani, das gleich auf den Laufsteg gehen würde. Sein Selbstbewusstsein dominierte den Raum und schnitt wie ein Schwert durch die Luft.

Ich setzte mich im Bett auf und zog die Decke über meine Brust, um warm zu bleiben. Ich mochte es, ihm zuzusehen, wie er sich bewegte. Er hatte eine Art von Eleganz, die immer noch sehr maskulin wirkte. Er wirkte wie ein Adeliger. Er dominierte jeden Raum, den er betrat. Diese Art von Macht war sexy—selbst wenn ich es nicht zugeben wollte.

Er erblickte mich im Spiegel. Er legte seine Krawatte an und band einen perfekten Knoten. "Guten Morgen. "

"Morgen. "Das Messer lag immer noch auf dem Nachttisch. Der Stahl glänzte im Licht der Lampe. Die Erinnerungen an letzte Nacht kamen zurück. Ich war hierhergekommen um ihn umzubringen, aber stattdessen hatte ich ihn gefickt, als ob ich ohne ihn nicht leben konnte.

Er kam um das Bett herum und beugte sich herunter, um mich zu küssen. Es schien ihm egal zu sein, dass ich mir noch nicht die Zähne geputzt und schlechten Atem hatte. Er küsste mich genauso, wie er mich an unseren gemeinsamen Abenden küsste.

Ich schmolz unter seinem Kuss dahin wie Butter auf einem warmen Brötchen. Meine Hände griffen nach seinen Armen, denn ich wollte nicht, dass er ging. Ich wollte ihm diese teure Kleidung ausziehen und ihn auf mich draufziehen.

Er zog seine Lippen zurück, aber hielt sie dicht an meinen. "Bring das Messer zurück zu Lars. Er sucht es bestimmt schon. "Etwas Drohendes war in seinen Augen. Er war nicht glücklich über das, was ich letzte Nacht versucht hatte zu tun. "Ich werde dich bestrafen, wenn ich nach Hause komme. "

"Mich bestrafen?"

"Ja. "Er packt mich an meinem Haar und hielt mich fest. Es war ein fester Griff, seine Hand schien aus Stahl zu sein. "Ein Mordversuch an deinem Master wird nicht unbestraft bleiben. Ich schlage vor, du ruhst dich aus, bevor ich zurückkomme. "

Seine Drohung bereitete mir keine Sorgen. Er konnte versuchen, mir wehzutun, aber ich würde mich wehren. Bloß weil ich keine Waffen hatte, bedeutete das nicht, dass ich nicht einen fiesen rechten Haken schlagen konnte. Im Ghetto aufzuwachsen, hatte mich gestählt. Es war schwierig, mich einzuschüchtern oder mich zu besiegen.

Sehr schwierig.

Er kam zu seiner üblichen Uhrzeit nach Hause und zog sich in sein Zimmer zurück, um zu duschen und sich umzuziehen. Er hielt nicht im Schlafzimmer an, um mich zu begrüßen. Ohne ein Wort zu mir zu sagen, wusste ich, dass er erwartete, dass ich in einem schönen Kleid zum Dinner erschien.

Wenn ich nicht gehorchte, würde das zu einem Streit führen, und ich wollte meine Kraft lieber für das sparen, was immer er auch für mich später geplant hatte. Wenn ich es mit Crow zu tun hatte, musste ich mir meine

Kämpfe sorgfältig auswählen. Ich mochte zwar eine gute Kämpferin sein, aber er war ein noch besserer Kämpfer.

Ich setzte mich ihm am Tisch gegenüber, ein Kleid tragend, das ich im Schrank gefunden hatte. Meine Garderobe bestand hauptsächlich aus Kleidern. Crow bevorzugte einen klassischen Stil, eine Frau, die elegant gekleidet war und ihre Schultern und Beine zeigte.

Er trank von seinem Wein und begann zu essen. Er sprach nicht mit mir. Er erwähnte nicht, was letzte Nacht geschehen war. Manchmal war er in einer gesprächigen Stimmung, und manchmal war er es nicht. Seine Launen waren unvorhersehbar. Obwohl ich schon über einen Monat lang seine Gefangene war, war dies nicht genug Zeit für mich gewesen, um ihn lesen oder verstehen zu lernen.

"Und, wann wirst du mich bestrafen?"Ich sollte ihn vermutlich nicht necken, aber ich konnte nicht anders. Ich mochte es, ihn zu reizen, um ihn daran zu erinnern, dass ich nicht leicht unterzukriegen war.

"Sobald wir mit dem Abendessen fertig sind. "Er fuhr fort zu essen, und das mit besten Manieren. Seine eleganten Bewegungen standen im Kontrast zu der Finsternis in seinen Augen. Er war ein Gentleman, aber er war gleichzeitig auch ein Teufel.

"Und was genau hast du mit mir vor?"

"Das kann bis nach dem Essen warten. "Er musste immer die Kontrolle in einer Konversation haben. Mit subtilen Methoden schaffte er es, dass ich die Untergebene und er der Überlegene war.

Ich drängte weiter. "Nein, kann es nicht. "

"Ich möchte nicht, dass dir dein Appetit vergeht. "

"Ich habe niemals großen Appetit, wenn ich dich ansehen muss. "Ich warf ihm einen kühlen Blick zu, ihn gleichzeitig hassend und bewundernd. Ich liebte es, wenn er mich so leidenschaftlich küsste und fickte. Kein Mann hatte mich jemals zuvor so genommen, als ob es nur mich gäbe und er mich unbedingt hier und jetzt haben musste. Es war die Art von Attraktion und Lust, von der ich nur gelesen hatte. Aber ich hasste ihn gleichzeitig dafür, dass er mich hier gefangen hielt. Er behandelte mich wie einen Bauern in einem Spiel, als ob ich nur ein Spielzeug für ihn wäre.

Meine Worte schienen ihm keine Sorgen zu bereiten. Er wirkte nicht, als ob es ihn kümmerte, was ich sagte. "Alles, was ich tun muss, ist zwei Finger in dich zu schieben. Und dann hast du plötzlich Appetit. "Er begegnete meinem kühlen Blick mit einem, der so kalt wie eine Winternacht war.

Meine Schenkel drückten sich automatisch zusammen, denn sie wussten, dass er recht hatte. Mein Körper war schon fast dehydriert, so feucht ließ er mich werden, wenn ich nur in seiner Nähe war.

Wir saßen in unangenehmer Stille und aßen unsere Teller leer. Ich wartete darauf, dass er mir seinen Plan für diese Nacht sagte, aber er tat es nicht. Er trank sein Weinglas aus, genau wie er es jeden Abend tat. Die angebrochene Flasche ließ er wegbringen, er hob niemals eine Flasche auf, die bereits geöffnet worden war.

"Ich bin fertig. "Ich legte meine Serviette auf den Tisch und stand auf.

"Setz dich hin. "Seine Anweisung kam tief aus seiner Kehle. Er erhob niemals seine Stimme, aber er klang trotzdem machtvoll und einschüchternd.

Ich wollte ihm nicht gehorchen. Ich wollte einfach nur aus Trotz stehenbleiben. Aber ich wollte wissen, was für Pläne er mit mir hatte. Eine Weinflasche stand auf dem Tisch und ich hätte sie einfach greifen und ihm damit auf den Kopf schlagen können. Ich setzte mich wieder hin.

"Deine Aktion letzte Nacht hat mich wirklich tief getroffen. "Er saß aufrecht auf seinem Stuhl, als ob er ein König wäre und ich ein Untertan, der hingerichtet werden sollte. "Ich habe noch niemals zuvor in meinem Leben so einen Harten bekommen. "

Dieser Satz verwirrte mich.

"Aber du musst für deine Aktion bestraft werden. Also werde ich dich fesseln, dich mit meinem Gürtel verprügeln und dich dann ficken. Das ist eine faire Bestrafung für dein Verhalten, Knopf. "

Ich war bereits zuvor mit einem Gürtel geschlagen

worden. Es klang nicht sehr schmerzhaft, aber das war es. Das Leder hinterließ immer Markierungen in der Haut, ließ sie anschwellen und rot werden. Der Schmerz hielt ein paar Tage lang danach an und die Narben brauchten Wochen, um zu verschwinden. "Du erwartest, dass ich dich das für einen Knopf tun lasse?"

"Du *wirst* es für einen Knopf tun. "Er begegnete meinem Blick und seine Augen sagten mir, dass Widerspenstigkeit mir in dieser Situation nicht helfen würde. Er würde bekommen, was er wollte, egal wie sehr ich mich wehrte.

"Nein. "Ich würde mich nicht wie eine Puppe herumwerfen lassen. Das wäre nicht das erste Mal.

"Doch. Deine Handlungen sind unentschuldbar. "

"Vielleicht hätte ich nicht versucht, dich umzubringen, wenn du mich gestern Abend nicht fast erwürgt hättest. "

"Und vielleicht hätte ich das nicht tun müssen, wenn du einfach eingestehen könntest, dass du mir gehörst. "

Ich verschränkte meine Arme vor meiner Brust. "Ich werde eher sterben, als das zuzulassen. "

"Dann werde ich dich töten und danach wieder zum Leben erwecken. "Das war keine leere Drohung. Er starrte mich an, als ob er das genau so meinte.

Manchmal vergaß ich, dass er ein Psychopath war. Nicht ein Psycho wie Bones, aber trotzdem mental instabil. "Ich werde dich mich nicht schlagen lassen. Akzeptiere es einfach. "

"Ich werde dich nicht schlagen. "

"Aber das hast du gerade gesagt. "

"Ich werde dir den Hintern versohlen. Das wird ein wenig wehtun, aber es wird sich auch so gut anfühlen, dass du es mögen wirst. "

"Ich bin schon mal mit einem Gürtel geschlagen worden. Es hat sich überhaupt nicht gut angefühlt. Vielleicht sollte ich dich mit dem Gürtel verprügeln und dann schauen wir, wie dir das gefällt. "

Er reagierte nicht auf meinen Sarkasmus. "Es wird dir gefallen. "

"Wird es nicht. "

"Es wird dir gefallen, wenn ich es tue. Das kann ich dir versprechen. "

"Nein. "

Er lehnte sich über den Tisch. "Knopf. "

Ich blickte ihm in die Augen ohne zu blinzeln. "Crow. "

Er hasste, wenn ich ihm trotzte, aber er liebte es gleichzeitig. Es war klar in seinen Augen zu erkennen. Er schüttelte frustriert den Kopf. Er hob zwei Finger hoch. "Zwei Knöpfe. "

Ich hob eine Augenbraue. "Was soll das bedeuten?"

"Anstatt einem, werde ich dir zwei geben. "

Mir war bis dahin nicht bewusst gewesen, dass der

Preis für meine Unterwürfigkeit verhandelbar war. "Mindestens fünf. "

Er blickte mich mit einem berechnenden Blick an.

Ich würde ihn es nicht ohne eine angemessene Vergütung tun lassen. Fünf Knöpfe für so eine Sache erschien mir ein guter Preis. Das würde mir fünf Tage Gefangenschaft ersparen. Das würde mich der Freiheit fünf Tage näher bringen.

"Fünf ist zuviel. "

"Wenn du derjenige wärst, der verprügelt werden würde, dann würdest du das anders sehen. "

"Es wird nicht wehtun, Knopf. "

"Leicht für dich, das zu sagen. Fünf. "Ich würde nicht nachgeben. Ich war mehr wert als zwei Knöpfe.

Er rieb sich sein Kinn, während er über das Angebot nachdachte. Sein Schwanz war in seiner Hose hart geworden, als er an das dachte, was er mit mir tun würde. Er würde keine Zeit damit verschwenden, lange über den Preis zu verhandeln. Er wollte so schnell wie möglich anfangen. "Vier. "

"Fünf. "

Er griff die Tischkante und schaute mich finster an, bevor er nachgab. "Fünf. "

Er warf mich auf das Bett und band meine Knöchel mit

dem gelben Band zusammen, das er aus seiner Tasche zog. Ich war völlig nackt und lag auf meinem Bauch. Er packte meine Handgelenke und fesselte sie hinter meinem Rücken, sodass ich mich nicht mehr bewegen konnte.

Er kroch auf mich drauf und schob die Haare aus meinem Nacken. Er küsste meinen Nacken sanft, dann bewegten sich seine Lippen meine Wirbelsäule abwärts in Richtung meines Hinterns. Seine Lippen fanden meinen Eingang und er küsste ihn sanft, sodass sich mein Rücken vor Wonne anspannte.

Ich vergaß, dass ich wie ein Schlachttier gefesselt war, und genoss es einfach. Er war so gut mit seinem Mund und er wusste, wie er mich zum Leben erwecken konnte. Er schob seine Zunge in meine Spalte und massierte meine Klitoris.

Mein Hass auf ihn ebbte ab und wurde von Verlangen nach ihm in meinem Bauch ersetzt. In den Qualen der Leidenschaft gab es nichts außer uns beiden. Es gab kein Zögern und kein Nachfragen. Wir waren zusammen und in diesem Moment fühlte es sich an, als würden wir immer zusammen sein.

Er schob sich hoch, seine Brust über meinen Rücken gleitend. Er küsste jede meiner Schultern und drehte dann mein Gesicht zu sich, damit er mich auf den Mund küssen konnte. Ich konnte mich selber schmecken, aber das erregte mich nur noch mehr.

Er hielt seinen Mund an meinen, aber er hörte auf, mich zu küssen. "Das Safeword ist Fessel. "

Das Safeword versetzte mich in Furcht, denn dieses Mal war es notwendig. Aber es ließ mich auch heißer werden, jetzt, wo ich wusste, dass ich diese Option hatte. Alles, was ich tun musste, war das Wort zu sagen, und er würde sofort aufhören. Es gab mir Macht, etwas, das ich bei Bones nie gehabt hatte.

"Sag es. "

"Fessel. "

Er rutschte zurück, stand auf und griff nach dem schwarzen Gürtel auf seinem Tisch. Er stand in seinen schwarzen Boxershorts neben dem Bett, seine muskulösen Schenkel waren dick und stark. Sein Bauch war wie aus Stein gemeißelt und sein Waschbrettbauch und alle seine Muskeln waren selbst im Dunkeln klar erkennbar. Seine Brust hob sich bei jedem seiner Atemzüge. Seine Augen waren düsterer geworden. "Du hast versucht, mich in meinem eigenen Bett umzubringen. "Er hob den Gürtel.

Ich schloss meine Augen und bereitete mich auf den Schlag vor. Ich war schon zuvor mit einem Gürtel geschlagen worden, und auch, wenn es erstmal nicht so schlimm war, tat es weh. Das Warten auf das, was kommen würde, war schlimmer als der Schmerz selber.

Er schlug mich mit dem Gürtel auf meine linke

Pobacke und es knallte laut, als der Gürtel meine Haut traf.

Ich stieß unfreiwillig einen Schmerzschrei aus.

Er atmete tief ein, als ob meine Reaktion ihm gefallen hätte. "Du verdienst es, für das, was du getan hast, bestraft zu werden. "Er schlug mich wieder, diesmal auf meine rechte Pobacke.

Ich biss meine Zähne zusammen und versuchte, keinen Laut von mir zu geben. Ich hatte bereits einmal geschrien und das war mir peinlich.

Er schlug erneut mit dem Gürtel zu.

Mein Körper zuckte zusammen. Meine Haut brannte und ich konnte spüren, wie sich rote Striemen bildeten und meine Haut anschwoll. Anstatt trocken zu werden, wurde meine Muschi feuchter. Zu meinem Entsetzten genoss ich es tatsächlich. Ich mochte den beißenden Schmerz des Leders auf meiner Haut. Es tat weh, aber es fühlte sich gleichzeitig auch gut an.

Er schlug mich erneut. "Versuche noch einmal mich zu töten und du wirst sehen, was geschieht. "Er schlug mich dreimal hintereinander, mich immer wieder auf die gleiche Stelle schlagend.

Tränen brannten in meinen Augen, doch ich unterdrückte sie. Aber ich konnte nicht verhindern, dass Schreie meinem Mund entfuhren. "Stopp. Bitte, hör auf. "Mein ganzer Hintern brannte und ich wusste, dass ich wochenlang nicht sitzen können würde.

"Du willst, dass ich aufhöre?"Er schlug mich erneut. "Ich werde es, wenn du deine Lektion gelernt hast. "

Tränen stiegen mir in die Augen und schließlich konnte ich sie nicht mehr zurückhalten. Sie liefen mir über mein Gesicht. Mein Körper reagierte auf den Schmerz. Aber meine Muschi wurde feuchter und zuckte vor Verlangen. Die Schmerzen machten es nur noch besser.

Ich war krank.

Er warf den Gürtel auf den Boden und riss dann die Fesseln von meinen Knöcheln ab. Er drehte mich auf den Rücken um, meine Hände unter mir liegend. Das Feuer in seinen Augen hatte sich in ein wild loderndes Inferno verwandelt. Es verbrannte alles, was ihm in die Quere kam. Er wollte mich. Er spreizte meine Beine und lehnte sich über mich. Dann schob er seinen harten Schwanz in mich. Er blickte meine Tränen an, die mir übers Gesicht flossen, und diese ließen seinen Schwanz noch dicker und härter als jemals zuvor werden. Der Anblick meiner Tränen erregte ihn noch mehr. Meine Schmerzen waren seine Lustfantasie.

Er schob sich ohne Vorspiel in mich hinein und glitt durch die Nässe zwischen meinen Beinen. Er stöhnte, während er mich fickte, seine Eier bei jedem Stoß gegen meinen Hintern schlagend.

Ich schmeckte das Salz auf seinen Lippen und meine Tränen versiegten. Ich starrte seine muskulöse Brust an, während er in mich stieß. Schweiß glänzte auf ihr. Ich wollte meine Hand ausstrecken und ihn anfassen, aber meine Hände waren nach wie vor hinter meinem Rücken gefesselt.

Er griff meine Beine und legte sie sich über seine Schultern. Dann fickte er mich weiter, mich bei jedem Stoß tiefer in die Matratze drückend. Er stieß hart in mich hinein und benutzte die Federn der Matratze, um mich ihm entgegenwerfen und seinen Schwanz tiefer verschlingen zu lassen. Er fickte mich härter, als er es jemals zuvor getan hatte. "Du bist feuchter, als du es jemals vorher gewesen bist. "

Ich hätte angewidert sein sollen, von dem, worauf ich mich eingelassen hatte. Ich hätte seine Besessenheit, mir weh zu tun, abscheulich finden sollen. Aber ich wurde mit ihm zusammen in die Finsternis gezogen. Ich war ein Monster, genau wie er. Meine Gefangenschaft bei Bones war ein Alptraum gewesen, aber Crows Gefangene zu sein, war das erotischste Erlebnis meines Lebens.

"Deine Fotze gehört mir. "Er drückte seine Stirn an meine und stieß weiter mit seinem Schwanz in mich. "Sag es mir. "

Meine Muschi nahm seinen Schwanz immer und immer wieder auf und wurde feuchter und klitschnass, als sich ein Orgasmus in mir aufbaute. Ich spürte, wie er tief in mir begann und sich langsam in meinem ganzen

Körper ausbreitete. Eine Lawine hatte sich hoch oben in den Bergen in Bewegung gesetzt, und immer größer werdend, rauschte sie auf mich zu.

Sein Beckenknochen stieß gegen mein Becken, als er in mich stieß und dabei meine Klitoris grob massierte. "Sag es mir. "

Ich gehörte ihm nicht, und ich würde es nie tun. Aber er hatte die Kontrolle über meinen Körper übernommen. Er bestimmte alle meine Reaktionen. Mein Körper gehorchte ihm, wenn er seinen Schwanz in mir hatte und mich zum Orgasmus trieb. "Meine Fotze gehört dir. "

Meine Unterwerfung brachte ihn dazu, tief aus seinem Inneren zu stöhnen. "Alles gehört mir. "Er wollte kommen, aber er hielt sich zurück, mich weiter hart fickend, damit ich im gleichen Moment kommen könnte wie er.

Ich spürte den Orgasmus sich langsam in mir aufbauen, aber je mehr er sich aufbaute, desto schneller kam er. Er ließ mich in unendlich viele kleine Teile explodieren. Ich zerfiel, zerbrach Stück für Stück und immer weiter, bis nichts mehr von mir übrig war. Es gab nur noch ein brennendes Gefühl zwischen meinen Beinen. Hemmungslose Lust und Wonne strömte durch mich und schickte mich bis zu den Sternen und wieder zurück. "Oh, Gott..."Es war der heftigste Orgasmus, den ich je gehabt hatte. Er schmerzte, weil er sich so gut anfühlte. Er schien für immer anzuhalten, er setzte sich aus vielfachen Höhepunkten zusammen, die sich zu einer Reihe von Explosionen vereinten. "Crow…"Ich blickte ihm in seine Augen und fiel noch tiefer in ihn hinein. Ich war ihm mehr verfallen, als ich es je hatte sein wollen.

"Knopf. "Er schob seinen Schwanz komplett in mich hinein, als er kam, und füllte mit einem lauten Stöhnen meine Muschi mit seinem warmen Sperma. "Fuck. "Er packte meinen Nacken und hielt ihn fest, während er weiter in mich stieß, um sicherzustellen, dass ich jeden Tropfen seines Spermas bekam.

Ich krümmte mich unter ihm, mich an der Euphorie festhaltend, während sie langsam verschwand. Ich wollte, dass dieses Gefühl nie endete. Es war phänomenal, besser als alles andere auf der Welt. Es war sogar besser als Freiheit.

Und dann überkamen mich plötzlich die Schuldgefühle. Ich genoss dies viel zu sehr. Ich hatte einen Freund zuhause, der sich um mich Sorgen machte, und ich genoss den Sex mit einem anderen Mann in einem fremden Land. Das machte mich nicht nur zu einer Schlampe. Es machte mich zu einem furchtbaren Menschen.

Crow sah die Veränderung in meinen Augen. Er sah, wie das Licht aus ihnen verschwand. "Wohin bist du verschwunden?"

Ich wollte nicht mit ihm darüber sprechen. Ich hatte ihm gerade gesagt, dass ich ihm gehörte. Jacob war mir nicht einmal in den Sinn gekommen. Also antwortete ich, ohne über die Konsequenzen nachzudenken. "Nirgendwo. "

Nachdem er geduscht hatte, kam er in mein Schlafzimmer. Ich war gerade damit fertig, Salbe auf meinen Hinter zu schmieren, um das Brennen zu stoppen. Meine Pobacken waren rot und voller Striemen. Obwohl sie wehtaten, genoss ich sie trotzdem. Sie erinnerten mich an die wilde Art, mit der er mich genommen hatte. Und das ließ mich zwischen meinen Beinen wieder feucht werden.

Er ging zu dem Tisch mit dem Glas, in dem sich zwei Knöpfe befanden. Er holte fünf Knöpfe aus seiner Tasche und warf sie ins Glas, meine Knopfsammlung auf sieben Knöpfe ansteigen lassend.

Er setzte sich neben mir aufs Bett, seine Augen blickten wieder ganz sanft. Die Finsternis und das Feuer waren aus ihnen verschwunden. "Es hat dir gefallen. Aber dann bist du plötzlich verschwunden. Was ist passiert?"

Er war zwei völlig verschiedene Menschen, abhängig davon, was für eine Tageszeit es war. Jetzt war er wieder

der sanfte und fürsorgliche Mann, denn ich von Zeit zu Zeit sah. Er hatte kein Interesse daran, mich zu verletzen, und er würde mich vor allem und jedem in Schutz nehmen. Er interessierte sich und sorgte sich um meine Gefühle und Gedanken. Ich liebte diese Seite von ihm. Aber ich liebte auch die wilde, animalische Seite. "Ich möchte nicht darüber sprechen. "

Er strich mir mein Haar aus meinem Gesicht und ließ seine Finger sanft durch meine Strähnen gleiten. Er besänftigte mich still und führte mich an einen sicheren Ort. Er lehnte sich zu mir und küsste meine Wange, dann meine Schulter und behandelte mich wie eine Göttin, die er verehrte. "Habe ich irgendwas getan?"

"Nein. "Nun, ja. Ich befand mich in dieser Situation, weil er mich nicht gehen lassen wollte. Er fickte mich Tag für Tag und ich genoss es.

"Ich bin für dich da, wenn du darüber sprechen möchtest. "

"Ich weiß…"Mein Herz schmolz bei dem Angebot.

Er nahm mein Gesicht in seine Hände und gab mir einen Kuss. "Gute Nacht. "

"Gute Nacht…"Ich wollte nicht, dass er ging. Als ich letzte Nacht neben ihm geschlafen hatte, war es der beste Schlaf gewesen, den ich seit langem gehabt hatte. Niemand würde mir etwas tun können, wenn ich in seinen Armen war. Bones würde mir nichts tun können. Niemand würde es.

Er verließ mein Zimmer und schloss die Tür hinter sich.

Meine Augen richteten sich auf das Glas, in dem die sieben Knöpfe lagen. Sie hatten alle verschiedene Farben und Formen und kamen von unterschiedlichen Orten. Jeder einzelne Knopf war einzigartig. Es war die ungewöhnlichste Form von Währung, von der ich je gehört hatte.

Ich ging ins Bett und fühlte mich einsam. Das Zimmer war zu groß und ich war zu klein. Meine Vergangenheit verfolgte mich und ich konnte ihr nicht entkommen. Ich musste immerzu an Bones denken und wie er mir wehgetan hatte. Aber dann dachte ich an Crow und wie er das Gleiche mit mir getan hatte, und wie sehr ich es genossen hatte. Es ergab keinen Sinn. Nichts passte zusammen.

Ich schlief schließlich ein, aber ich hatte keine Träume. Stattdessen hatte ich Alpträume. Ich träumte von Jacob und wie er versuchte, mit meiner Entführung klarzukommen und sein Leben neu zu gestalten. Ich stellte mir die Trauer in seinen Augen vor. Er musste sich ohne mich verloren und einsam fühlen, wenn er weiterhin in der Wohnung lebte, die wir beide geteilt hatten. Er war zur Polizei gegangen und hatte alles versucht, um mich zu finden, aber es gab keine Spur von mir. Er hatte mich für immer verloren.

Dann änderte sich mein Traum und Bones erschien.

Seine groteske Fratze sah in mein Gesicht und dann schlug er mich, so hart, wie er nur konnte. Plötzlich hatte er einen Schlagstock in der Hand und er jagte mich durchs ganze Haus, um mir meinen Schädel einzuschlagen.

Crow erschien aus dem Nichts und stoppte ihn. Er zerbrach den Schlagstock auf seinem Oberschenkel und rammte Bones dann beide Teile in seinen Bauch. Bones brach zusammen und lag tot auf dem Boden.

Crow kam zu mir und nahm mich in seine Arme. "Knopf, Niemand wird dir etwas tun. Ich passe auf dich auf. "Seine Stimme war undeutlich, seine Umrisse waren verschwommen.

Ich legte meine Arme um ihn und fühlte mich endlich sicher.

Bones erwachte wieder zum Leben und zog sich die Holzstücke aus seinem Bauch. Dann stürzte er sich auf Crow und stach den Holzstock von hinten komplett durch Crow durch, bis in meine Brust. Wir waren zusammen aufgespießt.

Bones lachte, als er zusah, wie das Licht Crows Augen verließ.

Stopp.

Wach auf.

Los, Pearl.

Wach auf.

Ich wachte schließlich aus diesem Traum auf und

setzte mich im Bett auf. Mein Körper war schweißgebadet und ich konnte meinen Atem nicht unter Kontrolle bringen. Ich griff das Bettlaken neben mir und spürte die Feuchtigkeit in dem Stoff. Ich brauchte etwas, das bestätigte, dass ich wirklich wach war—dass ich in Sicherheit war.

Mein Herz klopfte wild und mir war schlecht. Bilder aus dem Traum erschienen vor meinen Augen und lösten sich langsam auf und verschwanden wie Rauch im Wind. Aber auch, nachdem die Bilder aus meinem Kopf verschwunden waren, war mein Herz immer noch voller Angst.

Ich schlüpfte aus dem Bett, stand auf und ließ meine Füße mich davontragen. Ich ging aus meinem Zimmer und dann die Treppe hinauf in den dritten Stock. Sein Zimmer war am Ende des Flures und ich ging so schnell, wie ich konnte, ohne zu rennen.

Ich griff nach dem Türgriff und drehte ihn, aber er war abgeschlossen. Er bewegte sich nicht. Ich schlug mit meinen Fäusten gegen die Tür und hoffte, er würde mich in seinem Schlafzimmer hören. Als meine Hände müde wurden, lehnte ich meine Stirn gegen die Tür und versuchte, ruhig zu bleiben. Es war nur ein Alptraum. Bones konnte mir nichts mehr tun.

Die Tür öffnete sich und Crow starrte mich mit ausdruckslosem Gesicht an. Seine Stirn war gerunzelt und seine Haare waren leicht zerzaust. Er trug nur seine schwarzen Boxershorts. "Knopf, was ist los?"

Ich warf mich an seine Brust und legte meine Wange an sein langsam pochendes Herz. "Alptraum. "

Er nahm mich in seine Arme und rieb meinen Rücken sanft. Sein Kinn ruhte auf meinem Kopf und er tröstete mich still. Seine Wärme und Ruhe beruhigten mich.

Als ich in seinen Armen war, fühlte ich mich sofort besser. Ich fühlte mich so sicher wie in der Nacht, als ich in seinen Armen geschlafen hatte. Ich liebte mein Zimmer, aber ich wollte nicht alleine sein. Ich wollte neben meinem Traumfänger schlafen. Ich löste mich aus seiner Umarmung und ging in Richtung seines Schlafzimmers.

Er ergriff meine Hand und hielt mich fest. "Was tust du?"

"Ich gehe schlafen. "Ich befreite mich aus seinem Griff.

"Du kannst hier nicht schlafen. "

Ich drehte mich zu ihm um, weil ich dachte, ich hätte ihn falsch verstanden. "Wie bitte?"

"Du kannst hier nicht schlafen", wiederholte er. "Das ist mein Zimmer—nicht deines. "

"Ich habe letzte Nacht hier geschlafen. "

"Das war aufgrund besonderer Umstände. "

Was wollte er?"Du schlägst mich und fickst mich,

aber du willst nicht, dass ich in deinem Bett schlafe?"Ich konnte die Wut in meiner Stimme nicht unterdrücken. "Ich hatte einen Alptraum und ich möchte nicht alleine sein, aber du schickst mich einfach wieder weg?"Es schmerzte mich, dass ich mich ihm öffnete und ihm meine Verletzlichkeit zeigte, aber das kümmerte ihn nicht.

"Ich komme mit in dein Zimmer und bleibe bei dir, bis du eingeschlafen bist. "

Das machte alles nur noch schlimmer. "Du tust das dann also nur aus Mitleid?"

Seine Augen verdüsterten sich irritiert. "Ich weiß nicht, was du von mir erwartest. Ich bin dein Master und du bist meine Sklavin. Ich bin nicht dein Freund. Ich bin nicht dein Geliebter. Ich schulde dir gar nichts. "

Das war wie eine Ohrfeige. "Fick dich, Crow. "

Er stand schweigend und still wie eine Statue da.

"Ich hätte dich töten sollen, als ich die Gelegenheit dazu hatte. "Ich stürmte aus dem Zimmer und knallte die Tür hinter mir zu. Ich war so wütend, dass ich nicht sehen konnte, wohin ich ging. Mein Herz hatte sich ihm geöffnet, sogar auf ihn vertraut, aber dass er mich einfach kalt abwies, ließ mich dumm fühlen. Ich fühlte mich mehr als nur dumm. Ich fühlte mich wie ein verdammter Idiot.

Zu blind vor Wut, um zu sehen, wo ich hinlief, rannte ich praktisch den Flur entlang bis ich die Treppe erreichte. Ich stolperte bei einer Stufe und purzelte schmerzhaft die Treppe hinunter. Mein Körper landete auf dem gefliesten Boden und ich lag einfach nur da, überall Schmerzen verspürend, aber besonders in meinem Knöchel.

Ich stand nicht auf, denn mir fehlte die Motivation dazu. Es gab keinen Grund dafür. Ich hatte gerade den Boden des Abgrunds erreicht, in den ich gefallen war. Ich blickte durch den Raum und sah die Haustür am Ende der Eingangshalle. Mein ganzes Leben lang hatte ich mich immer wieder aufgerappelt, nachdem ich zu Boden gegangen war. Niederlagen waren nichts, was ich hinnahm. Aber jetzt hieß ich sie willkommen.

Rasche Schritte ertönten hinter mir und stoppten, als sie mich erreicht hatten. Starke Hände hoben mich vom Boden auf.

Ich musste nicht hinschauen, um zu wissen, wer es war.

Crow trug mich in mein Zimmer und legte mich aufs Bett. Er untersuchte mich kurz, um zu sehen, ob ich verletzt war. Er tastete meinen Knöchel vorsichtig ab, um sicherzustellen, dass er nicht gebrochen war.

Wie konnte er mich so kaltherzig wegschicken und sich dann so um mich kümmern, als ob ich ihm am Herzen liegen würde. "Ich bin okay. Lass mich in Ruhe. "Ich trat seine Hand weg und kroch auf mein Bett, bis mein Kopf das Kissen erreicht hatte. Mein Schweiß im

Leintuch war getrocknet und es fühlte sich nicht mehr feucht an.

Sein Körper legte sich neben mir aufs Bett und er legte seinen Arm um mich. Seine Brust lag an meinem Rücken und ich konnte seinen Atem in meinem Nacken spüren. "Ich werde hierbleiben, bis du eingeschlafen bist. "

"Ich bin okay. Du kannst gehen. "

Er blieb, wo er war, und hielt mich in seinem Arm.

Kaum herrschte Ruhe, fingen meine Augen an sich zu schließen. Die Erschöpfung breitete sich in mir aus. Langsam verschwanden meine Gedanken und Ruhe und Frieden breiteten sich in mir aus. Ich fiel in einen traumlosen Schlaf.

Dank ihm.

KAPITEL DREIUNDZWANZIG

Crow

Ich saß in meinem Arbeitszimmer mit einer Flasche Scotch neben mir. Ich war die Geschäftszahlen für diesen Monat durchgegangen und war erfreut zu sehen, dass unser neues Logistikzentrum ein Erfolg war. Der erhöhte Profit war die Investition wert gewesen.

Lars Stimme erklang in der Sprechanlage. "Euer Gnaden, Cane kommt gerade aufs Haus zu. "

Mein Blut gefror, als ich realisierte, was er gerade gesagt hatte. "Danke. "

"Soll ich ihn hereinlassen?"

"Halte ihn zwei Minuten auf. "

"Jawohl, Sir. "

Ich verließ mein Büro und ging nach unten zu ihrem Zimmer. Sie würde vermutlich auf ihrer Couch sitzen und lesen. Sie hatte seit letzter Nacht nicht mit mir gesprochen. Sie versteckte ihre Verachtung für mich nicht. Wahrscheinlich hasste sie mich auch jetzt gerade. Aber das würde sich ändern, sobald ich sie wieder ausgezogen hatte und zwischen ihre Beine kam.

Ich klopfte nicht an, so wie ich es normalerweise tat. Ich stürmte einfach durch die Tür.

Sie saß auf der Couch, genau wie ich es erwartet hatte. "Äh, hast du jemals was von Anklopfen gehört?"

"Komm mit. Sofort. "Ich schnippte mit den Fingern und deutete auf die Tür.

Ihre Augen weiteten sich entrüstet. Sie öffnete ihren Mund, um zu protestieren.

"Cane ist hier. "Das war alles, was ich sagen musste.

Sie legte das Buch weg und kam an meine Seite geeilt. Panik war in ihren Augen zu sehen.

"Ich wusste, dass er wiederkommen würde, um nach dir zu suchen. Folge mir. "Ich eilte die Treppe hoch in den dritten Stock und sie folgte dicht hinter mir. Ich ging den Flur nach rechts hinunter, in die entgegengesetzte Richtung, in der mein Schlafzimmer war. Ich holte einen Schlüssel aus meiner Tasche und schloss eine große, grüne Tür auf.

Sie stand an meiner Seite, die Tür misstrauisch anblickend. "Was für ein Raum ist das?"

"Einer, in den er nicht hineingehen wird. "Ich trat hinein und schloss die Tür hinter mir.

Sie keuchte, als sie die Ledergurte von der Decke hängen sah, und dann das Bett in der Ecke und die Regale voller Sexspielzeuge. "Oh mein Gott..."

Ich hatte sie bislang nicht in mein Spielzimmer eingeladen, weil ich wusste, dass sie noch nicht dafür bereit war. Aber jetzt hatte ich keine andere Wahl. "Bleib einfach hier, bis ich zurückkomme. Mach es dir bequem. "

"Ich soll es mir hier bequem machen?", fragte sie ungläubig.

"Du kannst auch mit mir nach unten zu Cane kommen. ", sagte ich.

Sie warf mir einen finsteren Blick zu und ging dann zum Bett. Sie setzte sich hin und zog ihre Knie an ihre Brust.

"Ich werde in einer Stunde oder so wieder zurück sein. "

"Okay. "

Ich verließ den Raum und verschloss die Tür hinter mir. Die Stahltür würde Cane draußen halten. Ich wollte nicht, dass er seine Hände an meine Sklavin legte. Ich wollte nicht, dass er anfasste, was mir gehörte.

Ich ging die Treppen hinunter und begrüßte Cane in

der Eingangshalle. Er trug einen seiner besten Anzüge und sah aus wie ein aufrechter Bürger. Er war glattrasiert und sein Haar frisch gestylt.

"Hallo Bruder. Lange nicht gesehen. "

"Hallo, Cane. "Ich versteckte meine Verärgerung, so gut es ging. Wenn er mir zu nahe kam, dann irritierte er mich nur umso mehr. "Miguel hat mir gesagt, dass sie die erste Lieferung bekommen haben. Sie lieben das Produkt. "

"Sollten sie auch. "Er stand da mit seinen Händen in seine Hosentaschen gesteckt. "Es ist die beste Ware, die die Welt je gesehen hat. Nichts, was Bones hinbekommen könnte. "

"Bones kann gar nichts hinbekommen. "Über das Geschäft zu sprechen, war das Einzige, was Cane und ich auf zivilisierte Art hinbekommen konnten. Wir hatten die gleichen Interessen und arbeiteten gut zusammen. Aber sobald Dinge persönlich wurden, stritten wir uns. Und seit Vanessa umgebracht worden war, waren die Dinge zwischen uns schwieriger geworden. Sie war diejenige gewesen, die uns zusammengehalten hatte. Sie war es gewesen, die uns diszipliniert hatte sein lassen, vermutlich weil sie unserer Mutter so ähnelte.

Wenn ich zu lange über sie nachdachte, dann stiegen die Schmerzen in mir auf. Ich spürte, wie meine Trauer mich überkam. Die Schmerzen waren zu stark, um sie zu ertragen, also drückte ich sie weg und verstaute sie in der hintersten Ecke meines Kopfes.

"Und...wo ist dein kleines Spielzeug?"

"Hängt irgendwo gefesselt rum. "

Er grinste wie ein aufgeregter Schuljunge. "Ah, dann hast du endlich den Mumm gefunden, sie ein wenig zu verprügeln?"

Das Schlimmste, was ich mit ihr getan hatte, war ihr den Hintern zu versohlen—und das hatte mich extrem hart werden lassen. Ihre Haut war von dem Ledergürtel rot geworden, und ich befürchtete, dass ich in meinen Boxershorts kommen würde, wenn ich nur darüber nachdachte. "Kann man so sagen. "

"Und wie ist sie?", fragte er. "Weint sie? Schreit sie?"

Diese Frage war viel zu persönlich. Was Knopf und ich hatten, war intim. Sie gehörte mir und ich wollte sie nicht mit irgendjemand teilen. Ich wollte noch nicht einmal irgendwelche Geschichten über sie mit irgendjemand teilen. "Bist du aus einem besonderen Grund hierhergekommen?"

Er rollte mit den Augen. "Du bist langweilig. "

Ich wartete darauf, dass er meine Frage beantwortete. Seine halbherzigen Beleidigungen waren mir egal.

"Ich möchte eine Runde mit ihr. Das war unser Deal. "

Ich würde ihn nicht in die Nähe meiner Sklavin

lassen. Sie gehörte mir. "Du wirst sie nicht anrühren. Ende der Diskussion. "

"Was zur Hölle?", rief er. "Ich will auch meine Rache nehmen. Ich möchte ihr wehtun, genauso wie Bones mir wehgetan hat. Ich muss sie in den Arsch ficken, um das zu erreichen. "

"Wir werden unsere Rache bekommen. Mach dir keine Sorgen darüber. "

"Nun, wir haben nicht mehr viel Zeit. Wir werden ihren Körper bald übergeben müssen. "

Was hatte er gesagt?"Was meinst du damit?"

"Bones hat eine Botschaft geschickt. "

Sein langes Schweigen hatte mir gesagt, dass sein Plan war, zurückzuschlagen. Er wollte uns treffen und das so hart wie möglich. Aber er konnte uns nicht finden. Wir waren über das Land verstreut und wir waren in Frankreich. Es würde einfacher sein, eine Nadel im Heuhaufen zu finden. "Was will er?"

"Er hat gesagt, er würde zwanzig Millionen für sie bezahlen. "

Mein Gesicht blieb stoisch ruhig, aber mein Herz pochte. Er machte mich wütend, dass er so viel für sie bezahlen wollte. Sie gehörte mir. Er konnte sie nicht zurückkaufen. Sie war nicht zu verkaufen.

"Kannst du das glauben?", fragte Cane. "Zwanzig verdammte Millionen Dollar. Das ist verrückt. Hat sie eine magische Fotze oder so was?"

"Halt. Verdammt. Nochmal. Den. Mund. "Ich blickte ihn drohend an. Niemand sprach so über sie —außer mir.

Er hob eine Augenbraue. "Verdammt. Jetzt bist du auch von ihr besessen. Was ist mit dieser Frau? Zugegeben, sie ist eine heiße Braut, aber sie ist auch kein Supermodell. "

"Wir nehmen das Angebot nicht an. "*Ende der Geschichte.*

"Machst du Witze?", fragte er. "Doch tun wir! Wir nehmen natürlich das Geld. Hast du eine Ahnung, wie viel Geld das ist?Ich weiß, wir sind beide reich, aber verdammt nochmal, das ist mehr Geld, als viele Länder in ihrer Staatskasse haben. "

"Nein. "Sie war mehr wert als alles, was irgendein Mann jemals bezahlen konnte.

"Nun, ich denke…"Er rieb sich seine Hände. "Wir nehmen das Geld und überweisen es auf unser Bankkonto. Dann geben wir die Frau zurück, aber vorher tun wir ihr eine Ampulle Gift in den Arm. Und dann, wenn er sie mitgenommen hat und im Arm hält, drücken wir den Auslöser und bringen sie dann um. "Er grinste von einem Ohr zum anderen, sehr stolz auf seinen Plan aussehend. "Das wäre doch eine süße Rache. "

Ich würde sie nicht hergeben. Und ich würde sie ganz bestimmt nicht umbringen. Ich hatte einen Deal mit ihr gemacht, und ich war ein Mann, der sein Wort hielt. Wenn sie ihre Schulden bei mir abbezahlt hatte, würde ich sie frei lassen. Aber ich konnte Cane das nicht sagen, nicht ohne ihn fuchsteufelswild zu machen. "Ich werde darüber nachdenken. "

"Was gibt es da groß nachzudenken?"

"Wenn wir sein Angebot ablehnen und sie behalten, dann wird ihn das noch mehr ärgern. Das ist eine noch bessere Rache, wenn du mich fragst. "

"Da stimme ich dir nicht zu. "

"Wenn wir uns weigern, sie für diesen oder irgendeinen Preis auszuhändigen, wird ihn das noch mehr ärgern. Es gibt nichts, was ein Mann mehr hasst, als machtlos zu sein. Bones wird keine Möglichkeit haben, sie zurückzubekommen, und wissen, dass wir sie Tag für Tag vergewaltigen und quälen. Ich denke, dass ist eine wirkliche Qual für ihn und eine süße Rache für uns. "

"Da hast du nicht ganz unrecht", sagte er. "Aber ich denke immer noch, wir können es besser machen. "

"Lass uns etwas Zeit nehmen und in Ruhe darüber nachdenken. "Ich war mir nicht sicher, wie ich das bewerkstelligen sollte. Wenn ich sie gehen lassen würde, dann würde Cane das als eine Kriegserklärung betrachten. Er hatte Vanessa genau so sehr geliebt wie ich. Wenn ich ihm seine Rachepläne zerstörte, dann würde er es mir niemals vergeben. Unser Geschäft würde entzweibrechen und unsere Familie ebenso. Er würde diese Ablehnung nicht verkraften oder hinnehmen können, nicht von seinem einzig noch lebenden Familienmitglied.

"In der Zwischenzeit werde ich sie vor mir knien und mir einen blasen lassen. Das ist harmlos. "

Ihre Lippen würden sich nur um seinen Schwanz legen—beide Paare ihrer Lippen. "Ich hab dir gesagt, sie gehört mir. "

"Wir haben uns schon öfters eine Frau geteilt. Warum jetzt nicht?"

"Weil es eben so ist. "Ich hatte keine klare Antwort, die ich ihm geben konnte. Ich hatte keine Rechtfertigung für mein Verhalten. Alles, was ich wusste, war, dass er nicht in ihre Nähe gelangen durfte. Kein Mann durfte das. "Also, vergiss es. "

"Warum zum Teufel behältst du sie hier?Du hast sie jetzt schon einen Monat lang gehabt. Ich hätte gedacht, dass du mittlerweile genug von ihr hast. "

"Nun, habe ich nicht. " Ich hatte noch viel zu wenig von ihr gehabt. "Also, vergiss es. Du weißt, wo du eine Frau für dich finden kannst. "

"Eine Frau zu bezahlen ist langweilig. Aber die Sklavin eines anderen zu vergewaltigen…das ist etwas anderes. Das kann sich kein Mann entgehen lassen. "

Seine Besessenheit von meinen Besitztümern war nervig. Wir hatten uns niemals zuvor wegen einer Frau gestritten. Es gab mehr als genug Frauen für gutaussehende Männer wie uns. Seine Besessenheit war eine direkte Herausforderung an mich. Und ich mochte sie nicht. "Wirst du aber müssen. Und jetzt geh!Ich habe Arbeit zu erledigen. "

"Du meinst, du musst ficken gehen. "Als er sich umdrehte, stieß er seine Schulter schmerzhaft gegen meine. Gleichzeitig blickte er mich drohend an. "Ich werde sie bekommen, Crow. Du kennst mich. Ich werde einen Weg finden. "Er ging zur Tür und mein Butler öffnete sie ihm sofort.

Er ging hinaus und auf seinen Sportwagen zu. Er setzte sich seine Sonnenbrille auf, stieg ins Auto und ließ den Motor mit einem lauten Röhren zum Leben erwachen. Er blickte zu mir, und obwohl er eine Sonnenbrille trug, wusste ich, dass er mir einen eiskalten Blick zuwarf.

Mein Butler schloss die Tür, bevor er davonfuhr, so unseren Augenkontakt beendend. Ich wusste, wenn mir jemand drohte, und ich mochte es überhaupt nicht. Niemand drohte mir, es sei denn, er war lebensmüde.

Niemand.

Ich schloss die Tür auf und ging ins Spielzimmer.

Sie lag mit angewinkelten Beinen auf dem Bett. Sie

starrte an die Decke und betrachtete die Lederriemen, die von Haken herabhingen. "Das war schnell. "

"Wir hatten uns nicht viel zu sagen. "Meine miese Laune war auf dem Weg zum Spielzimmer noch schlechter geworden. Ich biss meine Zähne zusammen und spürte leichte Kopfschmerzen hinter meinen Augen. Ich ging ans Bett und stand mit meinen Händen in den Hosentaschen neben ihr.

"Er hat dich verärgert. "Sie war nicht glücklich mit mir, nach dem, was letzte Nacht geschehen war und wie ich sie behandelt hatte. Sie war in mein Zimmer gekommen, um Trost zu finden und Schutz zu suchen.

Ich hatte sie weggeschickt. "Er will dich ficken. "Ich blickte zu den Peitschen und Fesseln auf dem sterilen Tisch. Ich hatte meine Werkzeuge an einer Handvoll Mädchen ausprobiert, aber es war nie sehr aufregend gewesen. Sie hatten mich immer angefleht, aufzuhören, kaum dass wir begonnen hatten. Andere waren bezahlt worden, um ihre Rolle zu spielen. Das war auch nicht besonders spannend gewesen.

Sie setze sich auf und blickte mich fragend an. "Wirst du es ihm erlauben?"

"Niemand außer mir wird dich ficken. "

Sie seufzte vor Erleichterung. Sie versuchte nicht einmal ihre Reaktion zu verstecken. Sie liebte es meinen Schwanz in sich zu spüren und sie wollte niemand anderen. Wenn wir fickten, dann fiel sie zusammen mit mir in den Abgrund, als ob wir füreinander geschaffen worden waren. Sie passte sich der Intensität sofort an, sie hatte ein Rückgrat aus Stahl und ein furchtloses Herz. Sie war genauso sehr ein Monster wie ich eines war—sie wusste es nur nicht. Noch nicht. "Freut mich, das zu hören. Aber warum bist du dann so...missmutig?"

"Weil er nicht aufhört, mich damit zu belästigen. "

"Er wird irgendwann das Interesse verlieren. Ich bin nichts so Besonderes. "Sie verschränkte ihre Beine vor sich und hielt sich an ihren Knöcheln fest.

Es war das erste Mal, dass ich heute lachen musste. Sie überraschte mich immer wieder mit den seltsamen Dingen, die sie sagte.

"Was ist so komisch?", fragte sie kühl.

"Du. "

"Und was ist so komisch an mir?"Sie zog sich etwas zurück, sich unwohl dabei fühlend, dass ich etwas wusste, was sie nicht wusste.

"Du bist etwas Besonderes. Du bist die beeindruckendste Frau, die ich je getroffen habe—und ich habe eine ganze Menge Frauen getroffen. "Ich hatte noch nie eine Frau getroffen, die sich so sehr gewehrt hatte, die niemals aufgab. Ich hatte noch nie eine Frau getroffen, die nicht unter Druck zerbrach. Ich hatte noch nie so eine starke Frau getroffen. Es törnte mich an, nur daran zu denken.

Sie presste ihre Lippen zusammen, während sie

überlegte, was sie als Nächstes sagen sollte. Eine Frage würde kommen. Ihr Gehirn arbeitete auf Hochtouren. "Komm her. "Sie klopfte auf das Leintuch neben sich.

Ich mochte es nicht, wenn mir jemand sagte, was ich tun sollte, aber ich würde auch keine Einladung ausschlagen. Das Objekt meiner Begierde saß in meinem Spielzimmer, und sie hatte keine Ahnung, in was für einer Gefahr sie sich befand. Ich wollte ihre Handgelenke mit den Lederbändern fesseln und sie in die Luft ziehen.

Ich zog meine Schuhe aus und setzte mich neben sie, nur wenige Zentimeter von ihr entfernt. Sobald ich so dicht bei ihr war, fing mein Blut an zu kochen. Ich wollte sie ins Gesicht schlagen und sie dann küssen.

"Kann ich dich etwas fragen?"

Meine Hand legte sich auf ihren Schenkel und spürte die Muskeln unter ihrer wunderschönen Haut. "Das kommt drauf an. "

"Auf was?"

"Wenn du mir Fragen stellst, die ich nicht beantworten möchte, dann will ich eine Gegenleistung dafür haben. "

"Du möchtest immer etwas haben. "

"Ja. "Ich schämte mich deswegen nicht. Ich war ein Geschäftsmann. Ich tat nichts umsonst. "Wollen wir das nicht alle?"

"Was wollen wir alle?"

"Was ich immer will. "Ich drückte sanft ihren Schenkel.

"Bekomme ich einen Knopf?"

"Ja. Aber du musst mir auch einen Knopf geben, wenn du Antworten haben möchtest. "

Ihre Augen verengten sich. "Ich muss bezahlen, damit du mir Fragen beantwortest?"

"Ja. "

Sie rollte ihre Augen. "Du bist unglaublich. "

"Das ist unsere Welt, Knopf. Das ist unsere Währung. Wenn du etwas von mir möchtest, dann musst du dafür bezahlen. Wenn ich etwas von dir möchte, muss ich ebenfalls bezahlen. Es ist die fairste Beziehung auf der Welt, wenn man darüber nachdenkt. "

Sie blickte meine Hand an, die ihren Schenkel massierte.

"Also, was soll es sein?"

Sie blieb still und dachte nach. Eine Haarsträhne fiel ihr ins Gesicht und sie schob sie zurück hinter ihr Ohr. "Ich möchte meine Fragen stellen. "

"Und ich will dich ficken. Scheint so, als hätten wir einen Deal. "

"Ich kann dich also fragen, was immer ich möchte?"

"Kann ich dich ficken, wie immer ich es möchte?"

Furcht erschien in ihren Augen, als sie meine Frage verstanden hatte. "Nein. "

"Dann wähle deine Fragen sorgfältig aus. "

Sie wurde still und überlegte, was sie sagen wollte. Schließlich sprach sie. "Warum macht es dir Spaß, mir wehzutun?"

Das war eine gute Frage. "Ich weiß es nicht. Warum gefällt es dir, wenn ich dir wehtue?"

"Ich stelle die Fragen. Also antworte. "

"Es hat was mit Dominanz zu tun. Mit Macht. Mit Stärke. Nur die wirklich Starken können das Gute im Schlechten finden. Wenn man den Genuss, die Wonne, inmitten von Schmerzen finden kann, dann macht dich das stärker. Es macht mich an, eine Frau weinen zu sehen, aber ich genieße es trotzdem. Und wenn sie damit klarkommt, dann ist sie eine Kriegerin. "Ich blickte zu ihr, meine Lippen sehnten sich nach ihren. "Deswegen bin ich von dir so besessen. Du bist nicht wie die anderen. Du frisst Schmerzen und du spuckst Feuer. Du bist stark. Nichts kann dich brechen, nicht einmal ich. "

Anstatt übermeine Antwort verärgert zu sein, schien sie sie zu mögen. Es war nicht die Antwort, die sie erwartet hatte. "Fügst du jeder Frau Schmerzen zu, mit der du zusammen bist?"

"Nein. Ich habe auch gewöhnlichen Sex. Aber der macht nicht so viel Spaß. "

"Hast du jemals zuvor jemanden vergewaltigt?"

Jetzt war sie bei Frage Nummer drei. "Ich werde

deine Fragen weiter beantworten, aber das wird dich etwas kosten. "

"Wieviel?"

"Noch einen Knopf. "

Sie presste ihre Lippen zusammen, während sie nachdachte, was sie als Nächstes tun sollte. Sie hatte nur sieben Knöpfe in ihrem Glas übrig. Wie viele würde sie ausgeben?"Beantworte meine Frage. "

"Du hast mich das schon vor ein paar Wochen gefragt. "

"Und ich möchte wissen, ob deine Antwort immer noch die gleiche ist. "

Sie wollte eine Versicherung, dass ich kein Lügner war. Als sie mir diese Frage gestellt hatte, hatte sie mich so gut gekannt wie jetzt. "Nein, habe ich nicht. "

"Hättest du mich jemals vergewaltigt?"

Ich hatte es zweimal probiert, und ich war zweimal gescheitert. "Nun, ich habe es versucht. Als ich zum ersten Mal in dein Zimmer gekommen bin, wollte ich es tun. Aber ich konnte es nicht. "

"Warum nicht?"

Das war eine komplizierte Frage. "Ich mag es nicht, Frauen zum Weinen zu bringen. Ich mag es nicht, ihnen Schmerzen zuzufügen. Die Angst in deinen Augen und die Tränen…die flossen vor Angst. Das macht mich nicht an. Ich möchte, dass eine Frau mich haben will—und dass sie will, dass ich ihr wehtue. "

"Warum hast du mir dann dieses Angebot mit den Knöpfen gemacht?"

"Weil ich sehen konnte, dass du mich willst. Aber du hast eine Ausrede gebraucht, um mit mir zusammen zu sein. Du bist zu stolz, um dich deinem Entführer hinzugeben, Selbst wenn du ihn attraktiv findest. Ich musste dir einen Grund dafür geben. Und deine Freiheit war das Einzige, was dich dazu bringen konnte. Ich war willens, dich gehen zu lassen, wenn ich dich dafür zuerst haben kann. "

"Dann wirst du mich also wirklich gehen lassen?"

Sie hatte genug Fragen gestellt. "Du hast die nächste Stufe erreicht. Es wird dich drei Knöpfe kosten, um weiterzufragen. "

Sie seufzte irritiert. "Das ist nicht fair. Du brauchst mich nichts zu fragen, denn du weißt bereits alles über mich. Aber ich weiß nichts über dich. "

"Wer hat gesagt, das Leben sei fair?", konterte ich.

Sie warf mir einen finsteren Blick zu. "Ich sollte nicht für deine Antworten bezahlen müssen. "

Ich zuckte mit den Achseln. "Ist nun mal so. "

Sie blickte mich erneut finster an.

"Wie wäre es damit?Ich werde deine Fragen beantworten, bis wir die Anzahl von Knöpfen erreicht haben, die du gewillt bist, zu bezahlen. Und heute Nacht arbeitest du sie ab. "Wir waren im richtigen Zimmer, um das zu tun. "Dann sind wir quitt. "

"Aber du wirst irgendetwas Verrücktes mit mir tun wollen. "

"Ich tue nie etwas, was du nicht willst. "Sie sollte das mittlerweile wissen. Sie war niemals gezwungen worden, etwas gegen ihren Willen zu tun. Gut…außer meine Gefangene zu sein.

"Okay. Wirst du mich also wirklich gehen lassen?"

"Wenn du deine Schulden bezahlt hast?"

"Ja. "

"Ich halte mein Wort—immer. "

Erleichterung war in ihren Augen zu sehen. "Ich war mir nicht sicher, ob ich dir trauen soll oder nicht. "

"Du weißt, dass ich ein ehrlicher Mann bin, ein ehrlicher Krimineller. "

"Ich wusste nicht, dass so etwas existiert. "

"Jetzt weißt du es. Noch weitere Fragen?"

"Wenn du ein ehrlicher Mann bist, warum verkaufst du dann Waffen an Kriminelle?"

Ich hatte niemals so etwas gesagt. "Wieso denkst du, dass ich sie an Kriminelle verkaufe?"

"Du bist ein Waffenhändler. An wen würdest du sie sonst verkaufen?"

"Unsere Firma entwirft und baut Waffen, die wir an Regierungen für Verteidigungszwecke verkaufen. Wenn Bones eine neue Waffe auf den Markt bringt, dann entwerfen wir etwas, um sie zu neutralisieren. Länder wollen immer auf alle möglichen neuen Bedrohungen vorbereitet sein. "

Sie starrte mich mit einem verdutzten Gesichtsausdruck an, als sie realisierte, dass sie das Schlimmste angenommen hatte. Sie verbarg normalerweise ihre Schwächen wie eine Expertin, aber dieses Mal konnte sie ihren Fehler nicht verstecken. "Wirklich?"

"Wann habe ich dich je belogen?"

"Ich hatte nur gedacht...Ich bin verwirrt. "

"Ganz offensichtlich. "

"Warum tust du das? Warum verkaufst du Waffen an Regierungen und nicht an den Höchstbietenden?"

"Manchmal sind die Regierungen die Höchstbietenden. "Das war meine Antwort, aber nur ein Teil von ihr. "Ich weiß nicht, wie es dir geht, aber ich mag es, mich in meinem Land sicher zu fühlen. Ich habe Freunde überall auf der Welt, und ich möchte, dass die sich auch sicher fühlen können. Bones ist die Art von Kriminellem, der versucht, die ganze Welt zu beherrschen. Wenn es ihm gelingt, dann würde das niemandem etwas bringen. Und was ich tue, verärgert ihn. Und ich mag es, ihn zu verärgern. "

Sie sah immer noch verwirrt aus, unfähig, die Wahrheit zu verarbeiten. "Also...dann bist du gar nicht wirklich ein Krimineller. "

"Das würde ich so nicht sagen. "Ich hatte eine Reihe

von schrecklichen Dingen getan. Ich hatte mehr Böses als Gutes getan. "Vergiss nicht, dass du hier gegen deinen Willen festgehalten wirst. Ich zwinge dich, dir deine Freiheit zu erarbeiten—durch Ficken. Ich bin definitiv ein Krimineller. "

Sie strich mit ihren Fingern über das Leintuch, tief in Gedanken versunken. "Ich frage mich—"

"Du bist jetzt bei fünf Knöpfen. Ich werde dir weiter antworten, wenn du bereit bist, diesen Preis zu bezahlen. "

Ihre Augen verengten sich. "Deine Antworten waren nicht so viel wert. "

"Doch waren sie. "Sie wusste jetzt sehr viel mehr über mich.

"Aber ich habe mehr Fragen…"

"Frag weiter. Aber du wirst dafür bezahlen müssen. "Ich liebte es, sie zu manipulieren. Ich liebte es, dass sie mich mit ihrem schönen Mund und ihrer feuchten Fotze bezahlen musste.

"Ist das wirklich alles, was dich interessiert?Sex?"

Ich beantwortete die Frage nicht, denn ich verstand sie nicht.

"Bist du je in einer Beziehung gewesen?"

"Das klingt wie eine weitere Frage. "

Sie rollte ihre Augen. "Du weißt, dass du Sex mit mir haben kannst, wenn du einfach nur fragst. Musst du wirklich noch Knöpfe bekommen?"

"Ja. "Ich blickte ihr ohne jegliche Sympathie in die Augen. "Je mehr Knöpfe ich bekomme, desto mehr Sex bekomme ich, bevor ich dich gehen lassen muss. Es ist genau wie Geld auf einem Bankkonto. Ich gebe es weise aus. "

Als sie keine weiteren Fragen mehr stellte, wusste ich, dass sie ihr Maximum erreicht hatte. Sie wollte keinen Sex haben, der mehr als fünf Knöpfe kostete, denn sie wusste genau, was das bedeuten würde—sie hatte es bereits einmal getan. "Okay. Ich bin fertig. "

"Gut. Dann lass uns jetzt mit dem Spaß beginnen. "Ich verließ das Bett und holte das Instrument, an das ich gedacht hatte. Während sie ihre Fragen gestellt hatte, hatte ich darüber nachgedacht, wie ich sie nehmen wollte. Sie hier in meinem Spielzimmer auf dem Bett sitzen zu sehen, hatte mich hart werden lesen. Sehr hart. Meine Gedanken waren dreckig gewesen—sehr dreckig.

Ich kam zurück ans Bett und legte die Rute aufs Bett. Mein Mund bewegte sich zu ihrem, um das Vorspiel zu starten. Frauen feucht werden zu lassen, war der Teil, den ich am meisten hasste. Ich war bereits hart und wollte in ihr sein. Aber mit Knopf machte es mir nichts aus. Ich liebte es, sie zu küssen und sie zu berühren. Ich liebte die leisten Geräusche, die sie machte, wenn sie die Lippen öffnete. Sie legte sich in meine Arme, denn sie wollte mich und ich konnte spüren, wie sie ihre Schenkel in Erregung zusammendrückte.

"Oh, was ist das?"

Ich blickte ihre Lippen an, irritiert darüber, dass sie mich gestoppt hatte. "Ein Analstöpsel. "Ich presste meinen Mund auf ihren und drückte sie aufs Bett. Ich zog mein Jackett aus und warf es zu Boden. Die Tatsache, dass mein Bruder sie ficken wollte, ließ sie mich nur noch mehr haben wollen. Sie gehörte mir und ich teilte nichts, was mir gehörte.

"Halt, was?"Sie legte ihre Hand auf meine Brust und drückte mich zurück. "Ein Analstöpsel?"

"Ja. "Ein violetter Edelstein war an seinem Ende, und wenn er in ihrem Arsch wäre, dann könnte ich ihn im Licht funkeln sehen. Es würde sehr sexy zwischen ihren Arschbacken aussehen. "Hör auf zu reden. "Ich packte sie am Nacken, zog ihr Gesicht an meines und küsste sie.

Sie drückte mich wieder zurück. "Dieses Ding wird nicht in meinen Arsch gesteckt werden. Vergiss es. "

Sie war ebenso furchtsam und ablehnend gewesen, bevor ich sie mit meinem Gürtel geschlagen hatte, aber dann hatte sie es genossen. Sie würde das hier auch genießen. "Vertrau mir. "

"Nein. "

"Es wird dir gefallen. "Ich war gleichzeitig irritiert und erfreut. Ich war irritiert, wenn sie mit mir stritt, aber ich liebte es auch. Ich hatte eine Partnerin, die es mit mir aufnehmen konnte. Ich hatte eine Partnerin, die ebenso dickköpfig, streitlustig und eigenwillig wie ich war. "Es hat dir gefallen, geschlagen zu werden, und das hier wird dir auch gefallen. "

"Es gibt etwas, das ich nicht tun werde, und das ist Analsex. Vergiss es. "

Mein Schwanz wurde noch härter, als sie mir widersprach. Jetzt wollte ich ihren Arsch noch dringender haben. Die Tatsache, dass ich ihn nicht haben konnte, oder dass sie zumindest dachte, ich könnte ihn nicht haben, ließ ihn mich noch mehr begehren. "Knopf. "Meine Hand fuhr in ihr Haar und ich hielt sie sanft fest. "Wann habe ich jemals etwas getan, das sich nicht gut angefühlt hat?"Ich nahm sie hart ran, aber ich tat niemals etwas, das zu viel für sie war. Und das hier war noch sehr harmlos.

Sie entspannte sich unter meiner Berührung, meine sanfte Seite liebend, weil sie so selten zum Vorschein kam. "Bones hat eine Menge mit mir getan, besonders mit meinem Hintern, und es war das Schmerzvollste, was ich je im Leben erlebt habe. Schmerzvoller, als mit einem Stock geschlagen zu werden. Schmerzvoller, als mit einem Messer verletzt zu werden. Crow, ich will es nicht tun. "

Es war das erste Mal, dass ich so etwas Ähnliches wie Mitgefühl empfand. Mir vorzustellen, wie sie gejagt und verprügelt und ihr wehgetan wurde, machte mich wütend. Dass sie alleine und ohne jeden Trost hatte leiden müssen, verursachte mir Herzschmerzen. Es war ein Gefühl, das ich niemals für möglich gehalten hatte. Nicht bei mir. Aber trotzdem fühlte ich es. "Lass uns das klarstellen. Ich bin nicht er. Ich bin ihm überhaupt nicht ähnlich. Wenn du mich noch einmal mit ihm vergleichst, dann werde ich dich so sehr verprügeln, dass du tagelang bewusstlos sein wirst. Hast du das verstanden?"Mein Moment der Schwäche hatte mich eiskalt werden lassen. Ich wollte nicht mitfühlend und warmherzig sein. Ich wollte nicht, dass auch nur irgendjemand mein Herz berührte. Jedes Mal, wenn jemand das getan hatte, war er hinterher verschwunden.

Sie sah die Flammen in meinen Augen und nickte.

"Es wird geschehen. Ich weiß, dass du es tun kannst. "Sie war taffer als der Rest von uns. Nichts konnte sie umhauen. Sie war wie Superwoman, aber sexier.

"Crow—"

"Knopf. "Ich blickte ihr in die Augen und befahl ihr zu kooperieren.

"Sieben Knöpfe. "

Meine Augen verengten sich bei dem Angebot. "Fünf. Das war unsere Abmachung. "

"Ich werde das nicht für weniger als sieben Knöpfe tun. "

"Nein. "

"Dann haben wir keinen Deal. "Sie widersetze sich mir mit Feuer in ihren Augen. Sie hatte keine Angst vor mir, und sie fürchtete sich nicht, sich gegen mich aufzulehnen. Sie wusste, dass sie es bekommen konnte, wenn sie nur hart genug dafür kämpfte.

Ich lutschte mit meinem Mund an ihrer Unterlippe und biss dann ganz sanft hinein. "Ich sage dir, was wir tun. Ich stimme sieben zu. Aber wenn es dir gefällt, dann bekommst du nur fünf. Das klingt fair. "

Sie blickte mich überrascht an. "Wie willst du wissen, dass ich nicht lügen werde?"

Ich küsste sie sanft auf den Mund. "Weil wir einander nicht anlügen. "

Ich nahm sie von hinten und schob meinen Schwanz langsam in ihre enge, kleine Fotze. Sie war glitschig und warm, genau wie die anderen Male zuvor. Sie hatte die beste Fotze auf der Welt. Sie zog sich jedes Mal, wenn ich in sie hineinstieß, um meinen Schwanz zusammen. Ich konnte fühlen, wie sie vor Erregung zitterte.

Sie warso nass, dass ihr Saft auf meine Eier tropfte. Mein großer Schwanz würde nicht in der Lage sein, so gut in sie zu passen, wenn sie nicht so feucht für mich wäre. Sie war voller Lust auf mich, genau wie ich voller Lust auf sie war.

Ich blickte ihr kleines Arschloch an und spürte, wie mein Schwanz noch härter wurde. Ich konnte es nicht erwarten, sie in dieses kleine Loch zu ficken. Ich würde sie weit spreizen und sie vor Schmerz und Ekstase zum Schreien bringen.

Als ich spürte, wie sie sich um meinen Schwanz verengte und langsam zum Höhepunkt kam, verlangsamte ich meine Bewegungen. Ich wollte nicht, dass sie jetzt schon kam. Ich wollte tief in ihrem Arsch sein, wenn das geschah.

Sie blickte über ihre Schulter und ihr entfuhr eine Mischung aus einem Stöhnen und einem Knurren.

Der bettelnde Blick, ihr Flehen sie kommen zu lassen, ließ mich ihr fast nachgeben. Ich beugte mich vor und küsste sie auf den Mund.

Ich wusste, dass sie bereit war, also lehnte ich mich zurück, richtete mich auf und spritzte ihr das warme Gleitmittel in ihren Arsch. Sie zuckte zusammen, als sie die Flüssigkeit in sich fühlte, und ich konnte ihre Furcht vor dem, was als Nächstes kommen würde, spüren.

Ich schob zwei Finger in ihren Arsch und bewegte mich langsam, immer noch meinen Schwanz in ihrer Fotze lassend. Ich wollte, dass dies sich für sie so gut anfühlte, wie es das für mich tat. Meine andere Hand glitt zu ihrer Klitoris und ich massierte sie, um sie wieder heiß zu machen.

Als sie sich an meine Berührungen gewöhnt hatte, schob sie sich mir wieder entgegen und wollte jeden Zentimeter meines Schwanzes in sich haben. Sie stöhnte leise und genoss es, die Erregung und die Wonne in ihrem ganzen Körper zu spüren.

Ich konnte mich kaum noch zurückhalten. Ich hatte eine wunderschöne Frau, die bettelnd ihren Arsch an mich drückte. Ihre Fotze war triefend nass und hielt meinen Schwanz gierig umschlungen, und meine Finger genossen es ihr enges, kleines Arschloch zu erkunden. Ich konnte es nicht erwarten, meinen Schwanz in diese enge Öffnung zu schieben.

Ich zog langsam meine Finger heraus und griff mir den Analstöpsel. Ich schob die Spitze vorsichtig in ihren Arsch und drückte ihn dann langsam ganz hinein. Er glitt problemlos in sie, weil sie so erregt und feucht war.

Meine andere Hand massierte weiter ihre Klitoris und ich starrte den kleinen Edelstein in ihrem Arsch an. Ich hatte nie ein Problem damit gehabt, meinen Orgasmus zurückzuhalten, aber sie ließ mich schwach werden. Ich hatte jede Menge verrückten Sex in meinem Leben gehabt, aber Knopf zu ficken war mit Abstand der beste Sex. Sie hatte den perfekten Körper, die perfekte Seele, alles war schlichtweg perfekt.

Ich fickte sie noch ein paar Minuten länger, pausierte, wenn sie kurz vor dem Orgasmus stand, und machte dann weiter. Ich könnte ihr multiple Orgasmen verpassen, aber ich wollte alles für das große Finale aufsparen. Ich wollte, dass sie verstand, wie genussvoll es sein konnte, in den Arsch gefickt zu werden.

Als ihr Arsch weit genug gedehnt und bereit für mich war, zog ich den Analstöpsel heraus und schob dann schnell meinen Schwanz hinein, bevor er sich wieder zusammenziehen konnte. Zuerst schob ich die Schwanzspitze hinein und dann langsam den Rest hinterher.

Sie spannte sich unter mir an, es war ihr unangenehm, meinen dicken und langen Schwanz dort in sich zu spüren.

"Entspann dich. "

"Versuch du dich mal zu entspannen, wenn dir jemand etwas in den Arsch steckt. "

Ihre Worte machten mich nur noch heißer. Ich schob den Rest meines Schwanzes in sie, bis meine Eier an ihre Arschbacken stießen.

Sie schrie leise auf. Sie zog sich nicht von mir weg, aber sie versteifte unter mir. "Es tut weh…"

"Du kannst jederzeit das Safeword benutzen. Heute ist es *Eis*. "Ich erinnerte sie immer daran, nur für den Fall, dass sie es vergaß. Ich wollte, dass sie mich sie ficken ließ, weil sie es wollte, nicht weil ich sie dazu zwang. "Aber du benutzt es besser nicht. "Ich packte sie am Nacken und drückte sie in die Matratze. Dann stellte ich einen Fuß auf das Bett und beugte mein Knie, um einen besseren Winkel zu haben.

Und dann fickte ich sie in ihren Arsch.

Sie stöhnte vor Schmerzen auf, als sie meinen

Schwanz in sich hineinstoßen spürte. Es war ein großer Schwanz und ich konnte verstehen, dass es sich etwas unangenehm für sie anfühlte.

"Fuck, das fühlt sich gut an. "Ihr Arsch war noch enger als ihre Fotze. Er zog sich so eng um meinen Schwanz zusammen, dass es mir fast wehtat. Ich stieß weiter in sie und spürte die Erregung von tief in mir in meinen ganzen Körper ausströmen. Ihre leisen Schreie törnten mich noch mehr an. Ich liebte es, zu wissen, dass mein großer Schwanz ihr Schmerzen verursachte.

Ich massierte wieder ihre Klitoris, während ich sie weiter fickte, weil ich wollte, dass sie ein Genussgefühl bekam, während mein Schwanz in ihren Arsch stieß. Sie genoss es und sie und ihr Arsch um meinen Schwanz entspannten sich. "Knopf, massier deine Klitoris für mich. "Ich zog meine Hand weg und sah, wie ihre Hand ihren Platz einnahm.

Sie rieb ihren Knopf mit ihren Fingerspitzen. Ich konnte ihr dabei zuschauen.

Ich stieß schneller zu und fickte sie härter. Ich wusste, dass sie anfing es zu genießen, als sich ihre Schreie in Stöhnen verwandelten. Es wurde lauter und lauter. Dann hörte sie auf, ihre Klitoris zu massieren, und genoss es einfach.

"Oh mein Gott…"

Ich wusste, was als Nächstes kommen würde. Ich konnte spüren, wie sich ihr Körper anspannte.

"Ich werde kommen...Ich kann es nicht glauben. "

Ich fickte sie noch härter. "Komm für mich, Knopf. "

Sie stöhnte lauer auf, als sie es jemals zuvor getan hatte. Sie explodierte wie ein Feuerwerk und schrie vor Wonne laut auf, als sie kam. Sie zuckte unkontrolliert unter mir. Ihre Schreie und ihr Stöhnen schienen eine Ewigkeit anzuhalten, sie genoss einen langen und intensiven Orgasmus, der ohne Schmerzen nicht hätte erreicht werden können.

Als sie sich wieder etwas beruhigt hatte, drehte ich auf. Ich fickte sie schnell, hart und gierig wie ein Tier in ihren Arsch. Meine Arschbacken zogen sich bei jedem Stoß zusammen und meine Eier klatschten gegen ihre Haut. Ihr Stöhnen wurde wieder zu Schreien, weil ich sie so hart fickte.

Dann spritzte ich ab.

"Fuck. "Ich packte ihre Hüften, als ich mich in sie entleerte und sie mit meinem Sperma füllte. Ich steckte bis zum Anschlag in ihrem Arsch und spritzte ihr jeden Tropfen, den ich hatte, so tief wie nur möglich in sie hinein. Ich genoss die Vorstellung, dass sie in meinem Haus herumlaufen würde, mit meinem Sperma tief in ihrem Arsch. "Knopf, dein Arsch ist verdammt geil. "

Sie zog ihre Arschbacken auseinander, während ich mich aus ihr herauszog. Sie jaulte leise, als mein Schwanz aus ihr draußen war, da sich ihr Arsch wieder zusammenzog. Sie ließ ihre Arschbacken los und rollte sich sowohl erschöpft und befriedigt seufzend auf das Bett.

Ich kollabierte neben ihr, mitgenommen von einem Orgasmus, der mich fast in Stücke gerissen hatte. Knopf befriedigte mich so sehr, dass ich nicht wusste, wie ich damit umgehen sollte. Mit ihr war alles besser als mit jeder Frau, die ich vor ihr gehabt hatte.

"Fünf. "

Ich drehte mich zu ihr, als ich sie sprechen hörte. Unsicher, was sie gesagt hatte, blickte ich sie fragend an.

"Fünf Knöpfe. "

Ich grinste, rollte dann wieder auf den Rücken und starrte die Decke an. Ich hatte gewusst, dass sie das sagen würde.

KAPITEL VIERUNDZWANZIG

Pearl

Was zum Teufel stimmte nicht mit mir?

Ich war eine Gefangene in einer wunderschönen Villa, umgeben von Weinbergen, und ich hatte atemberaubenden Sex—den ich absolut genoss. Wenn Crow in mir war, dann dachte ich an niemand anderen außer ihm. Ich dachte nicht an meinen Freund, den ich zurückgelassen hatte, den Mann, der immer noch wegen meines Verschwindens litt. Unsere Beziehung war gerade wieder neu aufgelebt, als ich entführt worden war.

Ich war ein furchtbarer Mensch.

Böse.

Je länger ich hier war, desto weniger dachte ich an Jacob, und als ich das realisierte, hasste ich mich noch mehr. Ich vergaß ihn langsam und akzeptierte mein neues Leben. Italien war meine Heimat.

Was für eine Art Mensch war ich?

Schuldgefühle lasteten schwer auf mir und ich konnte nicht atmen. Ich ertrank in meiner eigenen Selbstsüchtigkeit. Während Jacob einsam zuhause saß und litt, tauschte ich Knöpfe mit einem Mann aus, der mir meine Freiheit nur gegen Bezahlung geben würde—in Form von sexuellen Dienstleistungen.

Und ich genoss es.

Ich konnte nicht so weitermachen. Als ich aufhörte, an Jacob zu denken, fühlte ich mich besser. Als ich realisierte, dass ich aufgehört hatte, an ihn zu denken, fühlte ich mich noch schlechter. Irgendetwas musste getan werden.

Crow kam in dieser Nacht zu meinem Zimmer. Ich war nicht zum Frühstück oder zum Abendessen erschienen, und er hatte mich in Ruhe gelassen. Er gab mir Zeit für mich alleine, wenn er verstand, dass ich sie brauchte. Aber wenn zu viel Zeit verstrich, dann kam er nach mir schauen.

Er saß neben mir auf dem Sofa, wie gewöhnlich seine Jogginghose und ein T-Shirt tragend. Die Muskeln seines Körpers schienen unter dem Stoff hervor. Alles an ihm war so furchtbar sexy. Er war der schönste Mann, den ich je gesehen hatte. "Was ist los, Knopf?"

Ich war mir nicht sicher, ob ich es ihm sagen sollte, aber ich hatte keine andere Wahl. Crow war der einzige Freund, den ich gefunden hatte, seit ich entführt worden war. Trotz seiner finsteren Seite, war er vertrauenswürdig. Ich konnte ihm Dinge erzählen, die ich niemand anderem erzählen würde. "Ich fühle mich schuldig, und ich kann das Schuldgefühl nicht loswerden. "

"Weswegen fühlst du dich schuldig?"Er legte einen Arm auf die Rücklehne des Sofas, seine warme Hand berührte meinen Nacken.

"Wegen uns. "

Er sah mir ins Gesicht, auf eine Erklärung wartend.

"Du hast mich entführt, aber trotzdem liebe ich es, mit dir Sex zu haben. Du hältst mich gefangen, aber ich vertraue dir. Du hast mich geschlagen und verprügelt, aber ich fühle mich sicher bei dir. "

"Deswegen musst du dich nicht schuldig fühlen. Wir fühlen uns zueinander hingezogen. "

Er verstand nicht. "Ich habe einen Freund..."Crow wusste von ihm. Er hatte es in meiner Akte gesehen. "Und ich fühle mich schlecht dabei, meine Zeit hier mit dir zu genießen, während er alleine zuhause sitzt und krank vor Sorgen um mich ist. Er weiß nicht, was mit mir geschehen ist. Er kann vermutlich nicht schlafen oder nicht einmal mehr klar denken..."

Crows Körper spannte sich neben mir an, er war ganz klar von dem Thema irritiert. "Du gehörst jetzt mir, Knopf. Vergiss ihn. "

"Aber das kann ich nicht. Wir haben zusammengelebt. Wie waren ein Jahr lang zusammen. Wie haben auch eine harte Zeit durchgemacht, aber ich weiß, dass dies nicht unsere Gefühle füreinander geändert hat. Ich weiß, dass er sich durch jeden Tag quält und hofft, dass ich nicht tot bin und irgendwo verscharrt wurde. "

Crow blickte weg, seine Wangen waren leicht gerötet und seine Nasenflügel waren geweitet. Wut stieg in ihm hoch und brachte ihn zum Kochen. Er bebte vor Zorn und wurde zu einem Mann, den ich nicht erkannte.

"Sei nicht eifersüchtig. "

Er biss die Zähne zusammen und zwang sich, nichts zu sagen.

"Bitte, lass ihn mich anrufen. Lass mich ihm einfach sagen, dass ich okay bin, und dass ich in einem Jahr zurückkommen werde. "Das würde meine Schuldgefühle etwas lindern. Jacob würde wissen, dass ich am Leben war und es mir gut ging. Ich siechte nicht unter Drogen in einem Bordell im Mittleren Osten vor mich hin. Ich führte ein luxuriöses Leben mit einem Mann, der mich beschützte.

"Du wirst ihn nicht anrufen. "Er zog seinen Arm weg und rutschte vor bis zur Sofakante. Er legte seine Arme auf seine Knie und sein Gesicht blickte zum Boden. "Fühl dich nicht wegen irgendetwas schuldig. Denk noch nicht einmal an ihn. Tu so, als ob er nicht existiert. "Wut brannte in seiner Stimme. "Er ist ein Stück Scheiße. Wage es noch nicht einmal, an ihn zu denken. "

Ich wusste, dass Crow mich als seinen Besitz betrachtete und mit niemandem teilen wollte, aber ich hätte nie gedacht, dass er so eifersüchtig sein könnte. Ich war seine Sklavin, sein Spielzeug. Aber ich war nicht seine Freundin. Ich war nicht seine Gefährtin. Er hatte das absolut klar gemacht. "Bitte, lass mich ihn einfach anrufen. Nur zwei Minuten. "

Er stand auf, seine Arme zitterten. "Nein. "

"Ich werde ihm nicht sagen, wo ich bin, okay?"

Er drehte sich um und warf mir einen Blick zu, der mir wirklich Angst machte. "Nein. Vergiss es. "

"Crow—"

"Ich verbiete dir, an ihn zu denken. Ende der Diskussion. "

"Verbieten?", fragte ich. "Crow, es gibt keinen Grund eifersüchtig zu sein. "

"Ich bin nicht eifersüchtig", rief er. "Ich hasse diesen Scheißkerl wie niemanden sonst auf dieser Welt. Hör einfach auf mich. Denk nicht mehr an ihn. Vergiss, dass du ihn je gekannt hast. "

Diese Unterhaltung ergab keinen Sinn. Crow sagte, dass er nicht eifersüchtig sei, aber er war so wütend, so voller Zorn, wie ich noch niemals zuvor gesehen hatte. "Was verschweigst du mir?"

Er wich meinem Blick aus und starrte in den kalten Kamin.

"Crow?"

Er biss wieder die Zähne zusammen und weigerte sich zu sprechen.

Ich sprang auf. Mein Verdacht wuchs. Ich war lange genug mit Crow zusammen gewesen, um ihn zu verstehen. Er verschwieg mir etwas. Seine Wut kam nicht aus dem Nichts. Er hatte immer einen Grund für alles, was er tat. Es gab eine Erklärung für das hier. "Sag. Es. Mir. Sofort. "Er reagierte nur auf Stärke. Je härter ich ihn antrieb, desto mehr würde er mir sagen. Er gab nicht aus Schwäche nach, sondern aus Respekt.

Sein Gesicht wandte sich zu mir, seine Augen musterten mich abschätzend.

"Ich kann die Wahrheit verkraften. "

Er blieb einen weiteren Moment lang still, bevor er sprach. "Ich wollte es dir nicht erzählen. Es schien mir sinnlos zu sein. "

"Mir was erzählen?"

"Aber ich werde nicht zulassen, dass du dich weiter

schuldig fühlst, deine Zeit mit mir zu genießen, einem echten Mann. Ich werde dich nicht weiter denken lassen, dass er leidend zuhause sitzt oder nach dir sucht. Ich werde dich nicht denken lassen, dass dieses Arschloch dich liebt. "

Jetzt hatte ich Angst. Wirkliche Angst.

Er blickte einen Moment lang weg, sah auf den Boden und dann wieder in meine Augen. "Er ist derjenige, der dich verkauft hat. "Seine Worte schlugen in meinen Ohren ein wie Atombomben. Jede explodierte in meinem Kopf mit solcher Kraft, die gereicht hätte, um Berge zu vernichten.

Ich hatte gehört, was er gesagt hatte. Ich hatte es ganz klar verstanden. Aber mein Gehirn verweigerte die Annahme dieser Worte, weil sie keinen Sinn ergaben. "Was?"

"Er hat dich zum Hafen gebracht, weil dort die Übergabe stattfinden sollte. Er sollte dich aushändigen und gehen. "

"Aber...er wurde bewusstlos geschlagen. "

"Ein Teil des Plans. Er wollte nicht, dass du weißt, dass er für deine Entführung verantwortlich ist. "Die Wut brannte immer noch in seinen Augen. Sie schien sich mit jeder Sekunde zu intensivieren, strömte aus ihm heraus und erfüllte den ganzen Raum.

"Er würde so etwas niemals tun. "Ich weigerte mich, es zu glauben. Unsere Beziehung war ein paar Monate lang in einer Krise gewesen, aber er würde niemals so etwas tun, um an etwas Geld zu kommen. "Nein. "

"Er hatte hohe Spielschulden. Wenn er sie nicht zurückbezahlt hätte, wäre er umgebracht worden. Er hat hunderttausend Dollar für dich bekommen, weil du Amerikanerin und schön warst. "

Mein Magen verkrampfte sich, als hätte jemand ein Messer in ihn gerammt. Ich erinnerte mich an den großen Mann, der zu unserer Wohnung gekommen war und nach Jacob gefragt hatte. Er hatte gesagt, dass Jacob ihm Geld schuldete. Ich hatte zu der Zeit nicht weiter darüber nachgedacht. Ich hatte gedacht, es sei ein Missverständnis oder dass Jacob ein paar hundert Dollar beim Poker verloren hatte. Aber jetzt ergab es Sinn. Alles begann sich jetzt zusammenzufügen und Sinn zu ergeben. Was Crow mir erzählte, war die Wahrheit.

Ich verschränkte meine Arme vor meiner Brust und spürte, wie sich die Wahrheit langsam in mir ausbreitete. Und die Schmach. Die ganze Zeit hatte ich mich mit Schuldgefühlen wegen meiner Beziehung mit Crow geplagt. Ich hatte mich auf unseren Deal eingelassen, nur damit ich wieder nach Hause und in mein Leben zurückkehren konnte. Aber jetzt verstand ich langsam, dass dort kein Leben mehr auf mich wartete. Jacob hatte keinen neuen Job gefunden. Er hatte das Geld genommen, das er für mich bekommen hatte, um mich auf die Bahamas zu bringen. Nicht für einen Urlaub, sondern um mich den Menschenhändlern zu übergeben.

Oh mein Gott.

Ich hielt mir die Hand vor den Mund, um nicht zu schreien, während Tränen aus meinem Herzen aufstiegen. Die Tränen kamen nicht von irgendwo hinter meinen Augen, wie sie es sonst taten. Diese Tränen kamen aus meiner gebrochenen Seele.

Crow beobachtete mich. Seine Wut verschwand und eine tiefe Traurigkeit ersetzte sie. "Ich wollte es dir nicht sagen. "

Ich wollte sein Mitgefühl nicht. Es stand ihm überall ins Gesicht geschrieben. Für ihn war ich ein dummes Mädchen, das dumme Dinge glaubte. Mein Freund hatte mich für Geld verkauft. Als er eine schwere Zeit durchgemacht hatte, hatte ich ihm beigestanden. Aber er hatte mich einfach verkauft. Er hatte mich an Menschenhändler verkauft, genau wissend, was die mit mir tun würden.

Und trotzdem hatte er es getan.

Ein gebrochenes Herz konnte nicht annähernd beschreiben, was ich fühlte.

Verrat war auch nicht das passende Wort.

Es gab kein Wort in irgendeiner menschlichen Sprache, das die Schmerzen beschreiben konnte, die mich von innen nach außen in Stücke rissen. Für jeden

Beobachterhätte ich vermutlich einfach nur ruhig und still ausgesehen. Aber in meinem Inneren zerfiel ich in viele kleine Stücke. All meine Stärke und mein Willen zu überleben und nach Hause zurückzukehren, waren verschwunden. Jacob war die einzige Familie, die ich gehabt hatte. Jetzt gab es keinen Grund mehr, nach Hause zurückzukehren. Es gab kein Zuhause. Niemand wartete irgendwo auf mich.

Ich wandte mich zur Tür, weil ich dringend aus dem Zimmer raus musste. Ich konnte Crows mitleidvolles Gesicht nicht eine Sekunde länger ertragen. Ich hasste es, das Spiegelbild meiner Schmerzen in seinen Augen zu sehen. Alles, was ich tun wollte, war wegzurennen— und niemals mehr zurückzukommen.

"Knopf. "Seine sanfte Stimme stoppte mich, aber nur eine Sekunde lang.

Ich ging aus dem Zimmer, ohne zurückzublicken. Meine Füße trugen mich zur Haustür und hinaus ins Freie. Mein Körper konnte den Schmerz tief in meinem Inneren nicht mehr ertragen. Ich wusste nicht, wie ich in solcher Agonie weiterleben sollte. Es war schlimmer als alles, was ich in der Zeit mit Bones durchgemacht hatte.

Ich konnte im Dunkeln nicht gut sehen, also stolperte ich einfach durch die Nacht. Ich wusste, dass ich bei den Weinstöcken angekommen war, als ich ihre Blätter in meinem Gesicht spürte. Ich ging in einer geraden Linie zwischen den Rebstöcken entlang, tiefer in die Dunkelheit. Als ich weit genug vom Haus entfernt und endlich alleine war, ließ ich die Tränen aus meinen Augen strömen.

Ich fiel auf meine Knie und schluchzte mitten im Feld, wo mich niemand hören konnte. Ich gab mich den Schmerzen meines gebrochenen Herzens hin und ließ alles aus mir herausströmen. Ich hatte gedacht, ich hätte den tiefsten Punkt des Abgrunds erreicht, als ich eine Sklavin geworden war. Aber ich wusste, dass ich erst jetzt ganz unten angekommen war, jetzt, wo ich wusste, dass niemand mehr auf mich wartete und ich kein Zuhause mehr hatte. Meine Eltern waren zu voll mit Drogen und Alkohol gewesen, um überhaupt nur mitzubekommen, dass die Polizei mich abgeholt und ins Waisenhaus gebracht hatte. Mein Freund, mit dem ich zusammengelebt hatte, hatte mich an Menschenhändler verkauft. Ich hatte niemanden mehr.

Ich war niemand.

Die Sprinkleranlage ging an und spritzte mir kaltes Wasser ins Gesicht. Meine Augen öffneten sich sofort, als ich das Wasser spürte, und meine Haare und meine Kleidung nass wurden. Ich setzte mich auf und spürte, wie mir das Wasser übers Gesicht lief.

Die ersten Sonnenstrahlen erschienen über den Hügeln und ließen den Himmel langsam orange werden. Die Nacht verging, aber die Finsternis blieb in mir zurück. Ich hatte mich in den Schlaf geweint und nun waren meine Augen trocken, aber der Schmerz schien sich für immer in meinem Herz festgesetzt zu haben.

Ich war niemals zuvor zusammengebrochen, nicht so komplett wie jetzt. Als ich aufwachte, hoffte ich, dass die letzte Nacht nur ein Alptraum gewesen war. Aber als ich die Hügel und Weinfelder um mich herum sah, wusste ich, dass alles real war.

Ich kam auf die Beine und ging den Pfad zwischen den Weinstöcken entlang, immer noch von der Bewässerungsanlage berieselt werdend. Meine Kleidung war völlig durchnässt und klebte an meinem Körper. Mein Haar klebte an meinem Nacken. Ich ging barfuß und die feuchte Erde haftete sich an meine Füße.

Ich ging zurück zum Haus, weil ich wusste, dass Crow mittlerweile bereits zur Arbeit gefahren sein würde. Ich würde ihn nicht sehen müssen und vor allem nicht den mitleidvollen Blick in seinen Augen. Lars würde mich vermutlich missbilligend anblicken, wenn ich so verdreckt ins Haus ging. Aber er würde nichts sagen.

Selbst wenn, wäre mir das im Moment völlig egal.

Ich ging ins Haus, die Treppe hoch zu meinem

Zimmer und zuckte zusammen, als ich Crow dort sitzen sah. Er trug keinen Anzug und sein Haar war nicht gekämmt. Er trug die gleichen Sachen, die er letzte Nacht getragen hatte. Er war offensichtlich die ganze Nacht hier gewesen.

Auf dem Bett war ein Tablett mit Frühstück—Eier, Tomaten und Speck. In einer kleinen Vase war eine rote Rose, genau wie an dem Tag, als ich hier angekommen war.

Er stand auf und sah mich an, seine Augen immer noch warm und mitfühlend blickend. Er stellte mir keine Fragen und ich war froh darüber. Seine Augen sahen sorgenvoll aus, als ob er sich die ganze Nacht um mich Sorgen gemacht hätte.

Ich wusste nicht, was ich sagen sollte, also sagte ich einfach die ersten Worte, die mir in den Sinn kamen. "Ich gehe duschen. "Ich sah aus wie eine nasse Katze, die in den Schlamm gefallen war. Ich roch wie ein Tier.

Er nickte.

Ich ging in die Dusche und stellte mich unter das warme Wasser. Schlamm floss auf den Boden der Dusche und verschwand im Abfluss. Mein Haar war voll davon, aber meine Füße sahen noch schlimmer aus.

Die Tür wurde geöffnet und Crow kam ins Bad und zu mir unter die Dusche. Er war völlig nackt und sah umwerfend aus. Wasser lief über seine kräftigen Muskeln am Oberkörper und über seine mächtigen

Schenkel. Sein Haar war glatt vom Wasser und sein Bart war in der Nacht dichter geworden.

Aber ich fühlte nichts.

Er griff sich die Seife, schäumte seine Hände ein und massierte dann meine Haut. Er wusch mich mit seinen bloßen Händen, massierte meinen Nacken und meine Schultern, um all den Dreck zu entfernen, der bis in meine Poren eingedrungen war. Er wusch mir sogar meine Hände und entfernte den Schmutz unter meinen Fingernägeln. Er wusch mich sanft und ließ sich Zeit. Sein Schwanz wurde nicht hart, während er mich berührte. Aber warum sollte er das auch?Ich war ein doofes und dreckiges Mädchen, das unter der Dusche stand.

Er wusch als nächstes mein Haar und entfernte den Schlamm aus meinen Strähnen. Seine starken Finger massierten meine Kopfhaut und versuchten mir jeglichen Trost zu geben, den sie mir geben konnten. Er hob mein Gesicht hoch und nahm es dann in seine Hände. Seine Augen blickten sorgenvoll, das erste Anzeichen von wirklichem Mitgefühl, das ich jemals in seinem Gesicht gesehen hatte. Dann beugte er sich vor und gab mir seinen sanften Kuss auf meine Lippen. "Ich werde ihm wehtun, dafür, dass er dir wehgetan hatte. Ich verspreche es. "

Er war der einzige Mensch, den es kümmerte, was mit mir geschah. Als Männer versucht hatten, mich zu nehmen, hatte er mich beschützt. Wenn jemand mich auch nur ansah, wurde er wütend. Er hatte mir ein Zuhause gegeben, in dem ich mich sicher fühlte. Er respektierte mich, er verehrte mich sogar. Trotz der Finsternis in ihm, war er der liebenswürdigste Mann, den ich je getroffen hatte. "Ich weiß. "

Crow arbeitete die ganze Woche von zuhause aus. Er verstand, dass ich Ruhe und Zeit für mich brauchte, aber er blieb im Haus, nur für den Fall, dass ich meine Meinung änderte. Er kam alle paar Stunden in mein Zimmer, um nach mir zu sehen.

Ich verbrachte die meiste Zeit alleine. Ich ging am Tage durch die Felder, begleitet nur vom Wind und den Weinstöcken. Die Sonne schien auf meine Schultern und die Wärme ließ mich etwas lebendiger fühlen.

Ich schwamm im Pool oder trieb einfach nur an der Wasseroberfläche. Ich blickte in den Himmel und versuchte einzuschlafen. Ich wollte im Wasser versinken und ertrinken. Ich hatte mich immer vor dem Tod gefürchtet, aber jetzt tat ich es nicht mehr. In der Finsternis zu verschwinden, klang besser, als in einem Alptraum zu leben.

Ich war von einem Monster an ein anderes Monster verkauft worden. Und dann hatte mich ein wildes Tier entführt. Die Welt war finsterer und übler, als ich es je für möglich gehalten hatte. Jeder war einfach nur egoistisch, selbstsüchtig und wurde von Gier und Macht angetrieben. Ich war nur ein Bauer in diesem Spiel, genau wie all die anderen. Aber ich war einer, der Glück gehabt hatte. Ich hätte unter Drogen gesetzt und in ein Bordell in Mexiko gesteckt werden können. Ich hätte nicht gewusst, wo ich war oder was mit mir geschah, bis die Drogen aufhörten zu wirken. Aber dann hätte man mir einfach eine neue Dosis verpasst, immer und immer wieder.

Es war ein trauriger Gedanke—mich selbst als glücklich zu betrachten.

Ich verbrachte die Nächte alleine in meinem Zimmer. Die meiste Zeit schlief ich nicht. Ich starrte einfach an die Decke und fragte mich, was Jacob jetzt gerade tat. Lebte er bereits mit jemand anderem zusammen?Fühlte er jemals Schuld für das, was er mir angetan hatte?Oder war er einfach erleichtert, dass seine Schulden abbezahlt waren?

Hatte ich ihm jemals etwas bedeutet?

Musste er sich zu Tränen zwingen, wenn er allen anderen sagte, was geschehen war?Machte er allen anderen etwas vor und tat so, als wäre er wirklich traurig darüber, dass er mich verloren hatte?Hatten alle aufgehört über mich zu sprechen?Ich war jetzt seit sechs Monaten verschwunden.

Das war eine lange Zeit.

Meine Nächte waren voller Alpträume. Manchmal erschien Bones in ihnen. Manchmal Jacob. Meistens kamen alle beide in ihnen vor. Jacob war von einem Haufen Geld umgeben, während Bones mit einem Messer auf mich einstach und mich gleichzeitig fickte.

Ich wachte immer schweißgebadet auf.

Diese Nacht war genau wie alle anderen. Ich setzte mich im Bett auf und meine Augen blickten zu dem Glas auf dem Tisch. Sieben Knöpfe lagen darin und glänzten im Mondlicht.

Ich starrte sie an und überlegte mir, was ich tun sollte. Crow hatte mir gesagt, dass dies unsere gemeinsame Währung war. Er bezahlte mich für Dinge, die er von mir wollte, und ich bezahlte ihn, wenn ich etwas wollte.

Und jetzt wollte ich etwas.

Er hatte mir meinen Wunsch einmal verweigert, aber vielleicht würde ein Knopf seine Meinung ändern. Ich nahm einen Knopf aus dem Glas und ging zu seinem Schlafzimmer. Die Tür war wie gewöhnlich abgeschlossen, also klopfte ich.

Er öffnete sie einen Moment später mit bloßem Oberkörper und sehr müde aussehend. Sein Haar war durcheinander und seine Augen sahen erschöpft aus. Aber sie blickten mich nicht irritiert an, wie sie es sonst getan hatten. Jetzt sahen sie nur besorgt aus.

Ich hob den Kopf hoch und drückte ihn ihm in die Hand. "Kann ich bei dir schlafen?"Ein Knopf für eine Nacht Schlaf erschien mir fair. Aber ich würde ihm auch zwei geben, wenn er wirklich handeln wollte. Der Preis war mir egal. Ich wollte einfach nur in seinem Bett liegen, in seinen Armen, damit er meine Alpträume vertreiben konnte.

Er betrachtete den Knopf in seiner Hand und strich mit seinem Daumen über ihn. Er drehte ihn um, fühlte die andere Seite und ließ seinen Finger über die winzigen Knopflöcher streifen. Er nahm ihn zwischen seinen Zeigefinger und seinen Daumen, griff sich meine Hand und legte den Knopf hinein. Er schloss meine Hand um ihn zu einer Faust. "Du kannst den Knopf behalten—dieses Mal. "

Ich legte meine Hand an meine Brust und war froh darüber, dass ich nichts bezahlen musste. Der Knopf selber war mir egal. Freiheit bedeutete mir auch nichts mehr. Aber diese Geste, diese Güte, bedeutete mir alles.

Crow küsste sanft meine Lippen und führte mich dann zu seinem Schlafzimmer. Er legte sich neben mich und legte seinen kräftigen Arm um mich, mich sicher festhaltend, genauso wie ich es gewollt hatte.

Ich legte den Knopf auf den Nachttisch direkt neben die Lampe, sodass ich ihn morgen leicht finden und mitnehmen konnte. Er glänzte im schwachen Licht des Weckers wie ein kostbarer Schatz.

Crow zog mich an seine Brust und küsste meinen Hals. "Schlaf gut, Knopf. "

Ich hakte meinen Arm um seinen ein, der mich fest im Griff hielt. "Das werde ich. "

Vielen Dank, dass Sie *Knöpfe und Fesseln* gelesen haben. Es hat mir sehr viel Spaß gemacht, diese Geschichte zu schreiben, und Crow und Pearl liegen mir sehr am Herzen. Wenn Sie das Buch genauso geliebt haben, dann würde es mir die WELT bedeuten, wenn Sie eine kurze Rezension verfassen könnten. Das ist die beste Unterstützung, die Sie einem Autor geben können.

Vielen Dank,

Pene

BÜCHER VON PENELOPE SKY

Wollen Sie mehr lesen?

Die Geschichte wird fortgesetzt in *Knöpfe und Hass* und *Knöpfe und Schmerz*

Buch Zwei

ÜBER DEN AUTOR

Bleiben Sie in Kontakt mit Penelope

Melden Sie sich für meinen Newsletter an, um Nachrichten über Neuerscheinungen und Angebote zu erhalten.

Jetzt anmelden.

www. PenelopeSky. com

Folgen Sie Penelope auf Facebook für Updates zu neuen Büchern und kostenlosen Angeboten.

Penelope's Facebook

10592505R00239

Printed in Germany
by Amazon Distribution
GmbH, Leipzig